水边书

徐则臣——著

四川文艺出版社

图书在版编目(CIP)数据

水边书 / 徐则臣著. — 成都：四川文艺出版社，
2018.1
　ISBN 978-7-5411-4818-7

　Ⅰ.①水… Ⅱ.①徐… Ⅲ.①长篇小说—中国—
当代Ⅳ.①I247.5

中国版本图书馆CIP数据核字(2017)第301281号

SHUI BIAN SHU
水边书
徐则臣　著

责任编辑	燕啸波　奉学勤
封面设计	叶　茂
内文设计	史小燕
责任校对	蓝　海
责任印制	喻　辉

出版发行	四川文艺出版社（成都市槐树街2号）
网　　址	www.scwys.com
电　　话	028-86259287（发行部）　028-86259303（编辑部）
传　　真	028-86259306
邮购地址	成都市槐树街2号四川文艺出版社邮购部　610031
排　　版	四川最近文化传播有限公司
印　　刷	成都东江印务有限公司
成品尺寸	140mm×203mm　1/32
印　　张	8.5	字　数	170千
版　　次	2018年2月第一版	印　次	2018年2月第一次印刷
书　　号	ISBN 978-7-5411-4818-7
定　　价	42.00元

版权所有·侵权必究。如有质量问题，请与出版社联系更换。028-86259301

一个作家必要为自己写一本成长的书。
　　　　　　　　——斯文特拉

如果你能看，就要看见；
如果你能看见，就要仔细观察。
　　　　　　　　——箴言书

1

陈医生的儿子在老屋里摆弄一台老式飞马牌挂钟，陈医生站在二楼的阳台上叫他吃晚饭。青苔和旱蜗牛沿着老屋的墙基正往上爬，速度之慢，除了墙谁都看不见。"陈小多，吃饭！"陈医生情绪不明朗的时候，说不上高兴也说不上不高兴的时候，说话就会跟他开的方子一样俭省。他的方子上经常写：烧38，阿司匹林2。但他的声音会很大。他儿子的手一抖，一个金色的小齿轮掉进了一堆零件里。

他儿子气得拍一下柳木做的写字桌，拼接好的更多的零件彻底散架了。这是他从早上到现在五次尝试中唯一可能成功的一次。多么不容易啊，一台挂钟有如此之多的小零件，所以他很生气。他想不明白，为什么所有的零件都在它们该在的位置上，挂钟还是没有反应。奇了怪了。陈医生又在二楼阳台上叫他名字。他把挂钟藏到床底的纸箱子里，走到屋子外面往斜上方看，他爸果然端着宜兴紫砂茶壶对着壶嘴喝茶。陈医生好这口，如果不在吃饭睡觉上厕所和给病人诊治，手里总要端着茶壶，而且必须是碧螺春，从早上起来一直端到上床睡觉，嘴不离壶壶不离嘴。喝多浓的茶也不影响他的睡眠。

"陈千帆！"他说，"说多少次了。"

陈医生说："好，陈千帆。吃饭。"

从去年九月份起，陈小多突然讨厌别人叫他的小名。陈小多，世界上还有比这更难听的名字么。我他妈叫陈千帆，以后都叫我陈千帆。他对老师、同学、父母和花街的街坊邻居一一声明，是陈千帆不是陈小多。请换一个名字称呼我，请！街南头杀猪的年午问，要是忘了怎么办？陈小多说，你是猪啊你忘！年午跟周围的人笑笑，你个小狗日的，喝猪血了。陈小多说，谁叫我小名谁才是小狗日的。陈小多从小就有点拧，弄不好就跟你翻大白眼。

去年九月份他满十六岁，他和朋友一夜之间达成了共识：一个男人在这个年龄早就该硬起来。该硬的都得硬起来，男人嘛！所谓朋友其实就是同学，谈正午、周光明，他们比他大一岁，他们和他一起升入了高中二年级。他们要做哥们儿，同生死共患难，干一番自己的事。击过掌，盟过誓，谁软下来谁他妈就是运河里的龟儿子王八蛋。要说运河里的乌龟，应该真不少，这河都流了快千年了，一不留心就有人从水里捞上只几十斤重的老鳖来。就因为多，所以咱们谁都不能做。但问题是这一回陈小多软了，他从去河南的半路上一个人转身跑回来了。

还没走到河南境内突然就怕了，其实早就怕了，长这么大从来没一个人出过远门，但他提心吊胆地忍着，咬牙切齿地忍，男人嘛，做大英雄岂能惧怕一个人跑千八百里路，而且还是去少林寺。"向前进，向前进，战士的责任重，妇女的怨仇深。"他就是靠着不停地给自己打气才逐渐接近河南,拖着腿往前挪。不过还是回头了,那真是怕,心里头没底的怕,这世界大得有点过头,满眼都是没看过的房子和景,满眼都是陌生人,是个人好像都对他居心叵测。正好钱也快用光了,河南比他预想的还要千里迢迢,花费也比预料的大。河南的烧饼都不便宜。陈小多回到家口袋里一分不剩,已经两顿没吃了,头发乱,脸变长,如果不是颧骨私自长高了,那一定是两个腮帮子在进家门之前陷了下去。

他不知道怎么跟朋友们说,见了面也开不了口,他不能说我半途而废打道回府了,所以就继续待在家里,熬过一天算一天。去少林寺学武不是哪一个人的主意,是众望所归。陈小多和谈正午和周光明举手表决,三只胳膊对浩荡长空一挥,就这么定了。那些当侠客能成事不挨人欺负的,哪个不是一身的好武艺。少林的,武当的,就是学上几手太极功夫也顶用,起码可以不惧守在水门桥上的小流氓,也不用怕学校里的斧头帮、青龙会。但他们俩只在嘴上练,头脑先发热的是陈小多,血全往上半身涌,一股豪气顶在嗓子眼儿里,一不小心顺了嘴就吐噜出来了,要给兄弟们做个示范:看老子的。

那就做吧,大家都猴急着想离家出走,又没胆量,有人打前站多好。陈小多夸下口了才发现事情没那么简单,不是跺跺脚就能直接飞到少林寺的。此去关山万千重,他知道嵩山在河南,但不知道河南在哪里。准备工作得先从学习看地图开始。他花了一周时间研究地图,曲曲折折地在心里画了七十多条线，然后给家里留了封信，声明是有计划出走，一切都在掌控之中，而且坐的是他叔叔陈子归的车，所以"勿念"。陈子归跑长途，不知道陈小多提前藏在自己的油布底下，他在家门口检查货物只是象征性地意思一下，油布好好地苫着车厢，底下的小麦袋子那一定就在。陈小多就和小麦挤在一起，抱着粮食袋子睡着了，口水流了一路，等车到了另外一个城市及时地醒过来，偷偷地下来，独自一人去找别的车。

陈医生两口子看见纸条就开始哆嗦，哪能不"念"，火烧屁股找到弟弟。陈子归说随他去，都快十七岁了，在过去都能抱儿子了，闯闯有什么？我十六岁时已经跟着老头子跑了好几趟水路了，河盗见了三四拨，不是好好活到了现在，还越活越精神。陈医生他爹跑了一辈子船，胆大心宽，跟大儿子和媳妇头一歪，说让他去，我十七岁就有了你，玉不琢不成器，人不闯不知世。陈医生想不起《三字经》里是不是有这后半句，不过两口子总算稍稍定下心来。然后陈小多两手空空脸色蜡黄地回来了，跟个远方来的要饭花子似的。

儿子活着回来陈医生已经满足了，没敢大规模教训他，精神上抚摸几下就开始着手调养他身体。好在前后只有十二天，亏欠的不多。少林寺门朝哪儿陈小多都没看见，所以他躲在老屋里，免得早早地被谈正午和周光明发现，那他们得笑到打嗝。胆小点无所谓，咱别愣撑是不是。他在老屋里没事干，把飞马牌老挂钟从储物间摸出来，打算把它修好。来不了武的来文的。这挂钟是陈医生的宝贝，坏了几次都没舍得扔，准备等走街串户的修表匠老董来了让他再修一次。老董早就修烦了，建议他把这挂钟当废品卖了，陈医生不答应，屡坏屡修。一根眉毛长一根眉毛短的老董说，这破玩意儿，你是心疼里面的铜齿轮还是喜欢钟面上跑来跑去的大白马？陈医生玄玄乎乎地回答，我要的是时间。

这是黄昏，两层楼的阴影覆盖了老屋的整个院子。陈小多一家住在新房子里，在花街，医生无论如何不可能是个穷人家。陈医生不在乎铜齿轮和大白马。他把一楼用作诊所，二楼居住。站在阳台上可以看清楚紧挨着的老屋的院子里任何一根杂草。过去陈小多在阳台上看老屋，觉得新老房子就像大人和小孩。现在觉得是小孩和大人，或者说是年轻人和老人。两层楼是陈小多，老屋是陈医生，起码应该是他爷爷。他只有十六岁，已经是正儿八经的男人，嘴唇上开始长出细软的胡子，他比他爹和他爹的爹个头都高。

陈医生说："陈千帆同志，请用晚饭。"这是医生才有的不锈钢似的幽默。

在饭桌上，他们和他商谈起上学的事。已经旷课半个多月了。陈医生说："陈，啊千帆，给老子一个准日子。"陈医生老婆也说："对，你得给你老子一个准日子。"

陈小多转着饭碗想，究竟哪一天去学校合适呢，书总得念下去。听到外面有人喊陈医生陈医生。

打猎的杜老枪领着两个陌生人站在门外，都是女的。陈小多初看她们觉得两人像姐妹，再看又像娘俩。他对女人的年龄向来没概念,为此屡遭谈正午和周光明的嘲笑。怎么可以呢,那还怎么搞,"搞"字音重得像颗炮弹。他们总能理直气壮,如同风月场上的老手,可陈小多就是分辨不出。他能看出来的就是那个妹妹或者女儿不大,她正好目光飘移过来撞他个正着,陈小多做贼似的低头扒饭。

杜老枪说:"陈医生,她痒。"

全家都去看那年纪大一点的女人,她正掐着左胳膊,尽管极力克制,身体还是在哆嗦,一头一脸的汗珠子。陈医生显然没听懂,一家人都没听懂,杜老枪只好继续说,她肉里痒。那女人点点头,对着左胳膊拼命挠,肉里痒。点头时汗珠子往下掉。她浑身都在动,好像马上要开始跳舞。陈医生总算明白了,是胳膊里面痒。这种痒很多人都经历过,你知道身体的某个部位痒,但总挠不到点子上,因为痒不在皮肤外边,痒在里面。然后那个小女孩说话了:

"我,姑妈她老是肉里痒。"

声音很脆,一点都不认生。陈小多斜着眼去看她,脸圆圆的,扎着马尾巴,两腮敷着健康的粉红色。他看见了她的胸部,高高地隆出来撑起了的确良褂子。陈小多心里一惊,靠,这不就是谈正午和周光明从早到晚在想的嘛,两只白面大馒头,说它像凉粉,其实像馒头。眼睛也不敢斜了,闷头吃饭。

"我侄女。"那女人说,"医生,就在里面,痒得我没着没落。"

杜老枪说:"陈医生,她们要搬到花街上住。你们姓什么？噢，郑。陈医生她们姓郑。"

陈医生放下饭碗让他们进来。问题不大，神经性毛病，吃点调节植物神经和镇静的药就没事了。他开始开方子。即使病人只要一片退烧的阿司匹林，他也开方子，为的是以后有案可稽，可以有效地跟踪病情，出了医疗事故他能说得清。他让老婆倒开水给病人服药。

陌生人不是杜老枪的亲戚，他去鹤顶的芦苇荡里打野鸟，回来的半路上遇到她们，搭他的顺风船。她们早就听说花街是好地方。陈医生老婆笑了一下，瞥了一眼丈夫。

"她们要租房子，"杜老枪踮起脚往窗户外看，"陈医生你们家的老屋不是空着么？"

"不行，"陈医生老婆说，"我们那房子不租，小多住着呢。"

陈小多在心里叫，陈千帆！我早想搬过去一个人住他们不让，一堆假话。他推开饭碗要上楼，陈医生问："想好了？"

"下周一。"

"就这么定，"陈医生乐呵呵地说，"要不是我爹就你这一个孙子，我早把你揍扁了。"

陈小多把他爸也恨上了，在外人面前不给自己面子。拐上二楼时他回了一下头，看见那女孩对着自己笑，明摆着看了笑话。真是丢人丢到家了。

"好点了，谢谢陈医生，"姓郑的女人吃过药，脸上的汗薄了，"那我们再去别的人家找找看，添麻烦了。"

晚上九点，陈小多躺在床上看《云海玉弓缘》，这部漫长的小说他一读再读。他想象如果金世遗活在他这个世界上会是个什么样子，也许首先要玉树临风，长发飘飘。大侠都要玉树临风，那时候不兴挺着洪金宝似的大肚子。金世遗武功盖世，愤世嫉俗，孤僻乖张，亦正亦邪，还坏，他要从运河里上岸，还是别让他上岸了，花街太小了。这样的人应该在地球仪上跑，要站在高山之巅，凌波微步奔走于太平洋和大西洋上。关于海洋，陈小多的知识到此为止，记不住更多的海洋名字，但他记武侠人物的名字一记一个准。比如《胜英保镖》里的夏侯商元，这个怪老头是胜英的师兄，绰号古来第一长：挟三山，震五岳，赶浪无丝鬼见愁。回到《云海玉弓缘》。他在一遍遍看这部小说时从来不会想到作者是梁羽生，因为他认为金世遗是活生生的人，硬硬地存在着。金世遗居无定所，他和谈正午、周光明无从追索，所以只好去少林和武当。少林寺和武当山不会跑。他站到地上准备做一个金世遗式的金鸡独立，姓郑的两个女声从楼下传上来。

年龄大的说："陈医生，我们把所有人家都问遍了，实在租不到房子，求你帮帮忙吧。"

年龄小的说："我，姑妈还痒。"

最终的结果是，她们租下了空闲的老屋。不仅仅是因为陈医生的心肠软，主要在于陈医生觉得有点对不住人家，一把药让她吃下去了，还痒。说出去丢死人了，最怕的就是自己的针药没效果。他回头重看了方子，没纰漏，市医院的大夫也只能用这些药。他决定给病人扎针。四根银针照着穴位扎下去又拔出来,姓郑的女人说,还痒。陈医生擦了一把脑门上的汗,不顾老婆啪嗒啪嗒接二连三递来的眼色,虚弱地说:

"先住下吧。"

很快陈小多就看见老屋里的灯亮了,玻璃上晃动着两个人头。后来他听见他妈在走道里咕哝,来花街的女人能有什么好东西,你还让她们住,早晚坏了名声。陈医生心事重重地答非所问,你说她怎么还痒呢?

2

下周一陈小多去了学校,只是比正常上课时间晚了一点,他在南大街路明的理发店门口打了五局台球,为的是不在进校门时碰到谈正午和周光明。上课迟到顶多说一声"报告",教语文的樊一生就让进了。他可以低着头坐到靠后门的位子上,时不时瞟一眼谈正午和周光明,这算适应,一节课下来他们再声讨嘲笑,陈小多的脸就不会那么红了。事实也是如此,下课以后谈正午和周光明围到后门口,阴阳怪气地说,哎呀呀!这少林武功也有速成的啊?才几天就满师下山了。

陈小多突然理直气壮:"我他妈起码知道河南在哪里!"

谈正午和周光明一下子愣了,他们活蹦乱跳地待在这里哪也没去,他们的确也不知道河南在哪里。这是没办法的事,河南在哪里是个硬知识。谈正午和周光明相互看看,两手一摊,自己找台阶下:"好了好了,上课了。"陈小多知道这一关差不多过去了,抹着鼻尖上的小汗珠暗自庆幸。原来很多事并不一定就如想象中那么难办,关键是要找对路,什么叫四两拨千斤,这就是。所以蚂蚁可以制服大象。庆幸之后不免又失落,甚至有点羞涩和难为情,十多天的煎熬突然卸掉,等同于在澡堂里突然脱掉厚棉衣，轻松是有了，光屁股也露出来了。

两节课后是课间操，结束后陈小多直接回了教室，坐在位子上索然无味，心还在路上。如果那会儿他再坚挺一下，现在可能已经在少林寺听敲钟了。谈正午和周光明还有其他几个同学斜倚在离他不远的窗户前，有人吹了声口哨，周光明夸张地打了个嗝。一个女生走过来站到了陈小多的课桌前，双手背在身后说："总算找到你了，你是三班的呀。"陈小多仰起脸看她，刺眼的阳光里半天才看清是租住他们家老屋的小房客。圆圆的脸，高高的胸脯矗立在他头顶。"你叫陈小多是吧？"她把脑袋歪了歪，陈小多看见的又是刺眼的阳光，"我叫郑青蓝，在一班。"

陈小多不知道该站起来还是继续坐着。又有人吹口哨。谈正午捏着嗓子小声说："你叫陈小多是吧？"很多人笑起来。郑青蓝回头白了他们一眼，"死一边去！"谈正午掩面做害羞状，继续捏着嗓子学，"死一边——啊去！"

"陈千帆，"陈小多觉得应该坚定地坐着，让她站着去，"不是陈小多。"

"对不起，陈千帆，"郑青蓝说，"没事，我就是来看看你，刚下操时看见你了。"

几个倚在窗前的混蛋继续学："没事，我就是来看看你！"

陈小多觉得自己的脚脖子都红了，有点慌了神："要上课了。"

郑青蓝走后，陈小多一节课都没上踏实，后悔自己的表现。刚才说"要上课了"算赶她走吗?要是算那还说得过去,不过为什么不能把脸板得像棺材或者墓碑。当然最理想的是摇摇晃晃站起来,轻佻地说,谢了,一会儿我也去看看你。这种事谈正午和周光明都干得出来,很多男生都干得出来。最后他决定,像武侠浪子那样,像金世遗那样,放松下来,一放松就抓住了主动权。

放学后陈小多和谈正午、周光明像过去一样亲密无间,至少表面如此。他们说笑,不用书包,习惯于把一两本书夹在胳肢窝里。谈正午和周光明以极大的热情说起了郑青蓝,这样的姑娘不多。小妮子长得不错,脸蛋白里透红,那身段,那胸、腰和屁股,他们科学地称之为"三围",高三的女生也没几个有能力长成这样。他们在评论郑青蓝时故意把陈小多晾在一边,陈小多为此不满,硬着头皮说了句没头没脑的粗话:"她奶子大。"谈正午和周光明嘎嘎地笑起来。"还停留在上半身阶段,"然后谈正午失望地摇摇头,"初级的男人看女人,看脸;中级的看胸;像咱们这种高级别的,早就看屁股了。她屁股有点意思。"周光明纠正说:"前两天看电视,我爸说,老男人爱看的是女人的小腿肚子。"

这大大超出了陈小多的审美经验,在他看来,看人当然是脸第一。小腿肚子算哪个部分的?他这个还处在初级阶段的人不能理解。他们两个显然也不甚了了,干脆在校门口坐下来,盯着过往女生的小腿看,想找出点名堂。他们经常像找不到屎吃的狗一样,不知道干什么好,随便在哪个地方就能逡巡个把小时。一条条腿走过去，可惜那些小腿肚子都裹在裤子里，如果不从裤子的布料和颜色上做点区分，他们看的就是一条腿。审美开始疲劳，于是三个人还是各看各的，陈小多找脸，周光明找胸，谈正午找屁股。

郑青蓝是最后出校门的一拨人，她已经和两个女同学建立了友好关系，像老朋友一样边说边笑走过校门。谈正午对她挥挥手喊："喂，陈千帆在这儿呢！"陈小多本能地站起来，觉得不妥已经晚了，只好气愤地重新坐回台阶上。气自己。郑青蓝果然摇荡着马尾巴跑过来。

"千帆，"她说，"你在这儿呀，我去你班上找你了。我路不熟，跟你一块儿走吧。"

陈小多像弹簧一样再次站起来，抡起胳膊匆忙划了一圈："过水门桥往左，到了石码头往右进花街就是。我有事。"没说完又坐下来，把头低下。还是不能放松，他痛恨自己的不能放松。

郑青蓝没能迅速地领会陈小多的意思，他说得太快了，也可能是别的原因，反正她没有一下子回过神来。她说："那我，我想……好吧。"

"你先走，"陈小多重复一遍，"我还有事。"

谈正午和周光明各拍陈小多一个肩膀。"够劲儿，"他们说，"就这样。"陈小多突然觉得自己很软弱，但他对哥们的夸奖心安理得地领受了。被肯定应该笑一下，所以他对他们各笑了一下。笑完了觉得如同躲过了一场灾难，放松了。为什么有个女孩站在你面前你就放松不下来呢？陈小多摸到额头上没能长成粗黑头发的细绒毛，一使劲揪下了一小撮。

傍晚有那么一会儿，收音机里一个黏糊糊的男声说，你知道油炸花生米酥脆的秘诀吗？不知道？好，我来告诉你。把炒熟的花生米盛在盘子里，倒上一点白酒，搅拌均匀，你能听到噼噼啪啪的爆裂声，待冷却后放上少许食盐即可。陈小多关了收音机，他对厨房里的一切东西都没兴趣。他小心地走到阳台后面，朝老屋院子里看。

墙角慢慢变黑，最黑的是通往院门的青砖小路，多少年里很多双脚在上面踩来踩去，变得像油烟一样黑，脚踩不到的地方青苔在蔓延。她们不在院子里，她们在亮着灯的屋里。从这两天的观察看，她们住宿安排应该是这样：正对院门的堂屋还是客厅，过去是陈医生坐诊的地方；左边厢房住的是郑青蓝；右边的那间归老郑。在不知道她的名字之前，陈小多在心里总以"老郑"代之。陈小多换了个位置，看见姑妈和侄女正在堂屋里吃晚饭。饭桌是陈医生送她们的，不大，过去是用来代替砧板剁排骨和饺子馅的，上好的槐树木头，两个人用正好合适。饭桌上应该是两盘菜。

老郑叫郑辛如，第二天晚上他就知道了。老郑小郑一起来到他们家，这一次老郑掐住的是右胳膊，小郑抱着一个纸箱子。老郑说，她的右胳膊痒，陈医生能不能再扎一针。她把袖子捋起来，胳膊上一串青紫，有新伤也有旧痕，陈医生老婆看了也免不了心疼一番。她用指甲往肉里抠，抱怨着自己得的这种怪病，痒得找不到地方，不仅如此，它还到处游走，全身上下居无定所地跑，今天痒这里，明天可能就痒那里，都是你抓不着挠不到的痒。有时候那痒简直是进到了骨头里，像一群火红透明的蚂蚁在骨髓里钻来钻去，她都想一锤子砸下去，再用剔骨刀把蚂蚁一只只挑出来，然后一微米一微米地把它们剁成肉酱和泥。可是这群蚂蚁神出鬼没她找不着，所以一痒起来她想死的心都有了。

"医生，快扎吧，我受不了了。"老郑右手的五根指头硬邦邦地张开来又攥紧了，再张开再攥紧，手背上的血管蓝幽幽地发出亮光，"快！扎！"

陈医生没听过这病，只能让他扎他就扎。他做医生最大的毛病就是心软，看不了病人受苦。人家都说医生的心肠狠，纯属扯淡，你狠不起来，病症和痛苦摆在你眼皮底下，你要不揪心你就不是他妈的正常人。这个毛病天长日久也把他老婆传染上了。她帮助陈医生打开银针盒子，帮他用酒精棉球给银针消毒，她催着丈夫，扎，扎，扎。在场的四个人头上都冒着热气。郑青蓝在一边看着使不上劲儿，就把怀里的纸箱子越抱越紧。

可能治痒的穴位都扎了针，粗的细的，长的短的，老郑的右胳膊上银光闪闪，成了一个怪异的刺猬。扎完了，她用左手抹了一把汗，说："谢谢，谢谢。陈医生，谢谢你们租房子给我们娘儿俩，我把房租带来了。"

"这，"陈医生看看老婆，等候指示，"我们就是让你临时住一下。"

老婆说:"是啊,就是帮你们过渡一下。"

"谢谢你们的好意。我以后还想多麻烦陈医生多给我扎几次,看过很多医生都没治好。再说,我们也想安定下来,我侄女,青蓝你过来。青蓝和你们家千帆现在还是同学呢。"

陈医生和老婆大眼瞪小眼,这小子嘴还挺严实,半个口风都没露出来过,咱们儿子是越来越不愿跟娘老子说体己话了。

"是啊是啊,"当妈的先说,"千帆他是说过,你们都同学了你看。这房子太老了你看。"

"没事,我和青蓝住得挺好的,非常好。青蓝还说,以后姑妈看病就方便了。你看我们把一年的房租都带来了,随你们收。"

陈医生看看老婆,"这病,你看着收,意思一下就行,还同学。陈千帆,下来!"

陈小多下来时她们已经在签合同了。陈医生老婆实在没法再把球踢出去了,就按丈夫的意思,很不情愿地收了她们的"意思"。老郑在自拟的简易租房合同上签下自己的名字,陈小多一家从此知道了她叫郑辛如。郑辛如坚持要签合同,仁义归仁义,感情归感情,亲兄弟明算账,这样好。她们用笔写了两份一模一样的租房合同,列出了条款,把陈医生留在老屋里和借给她们用的家具一一写了进去,声明用坏了就照价赔偿。陈医生两口子觉得新鲜,人家把两个小板凳都写进去了,不依有点说不过去。在花街,一茬茬的人一茬茬地租房子,从来没有谁还签合同的,二一添作五,都是你说我听就行了。签完了郑辛如努力不让自己的那口气松大了，她的右胳膊依然有点痒，不过好多了，她可以平和地对郑青蓝说：

"你同学来了。"

"你又不见了，一放学我就去找过你。"郑青蓝说，把那个纸箱子递给陈小多，"这是你的吧？"

陈小多早就看见了那个箱子，他以为陈医生叫他下来是为这事，已经做好了低头受训的准备。但他的回答是："铃声一响我就走了。"然后接过纸箱子。他走得早是因为最后一节自习课没上，和谈正午、周光明去御码头看斧头帮和青龙打群架了。他们在远处两棵香樟树后守了一个半小时，两拨人还是没打起来，只在嘴皮子上磨叽了半天，最后相互握握手仰天大笑各自离去。相当没意思。

"我把它修好了，"郑青蓝说，"你看能不能用。昨天就想告诉你。"

郑辛如说："青蓝她就喜欢摆弄这些小东西，她理科好。"

最让陈小多头大的就是理科。物理、化学、数学，一看到数字他就想，如果他跟那些大侠在一个时代的话，他一定会找个坏人杀杀。他听见他爸说："我儿子就理科差，你多帮帮啊。"

陈医生不知道箱子里装着他的飞马牌挂钟，纸箱子是陈小多从储藏间的装过葡萄糖的废箱子里捡的。当郑青蓝打开来给陈小多看时，陈医生看见他的挂钟已经行动正常，奇怪它怎么会到郑青蓝的手里，而且走得刚劲有力，他一直等着老董来呢。"这个,这个……"他的指头从挂钟转到陈小多的鼻尖上,希望儿子给解释一下。

陈小多说:"我请她帮忙修的。"

陈医生说:"那还不感谢。"

陈小多说:"谢谢。"转身将挂钟挂到墙上它该待的地方,然后就要上楼。陈医生叫住他,怎么也得陪郑阿姨和青蓝说几句话吧,真是越大越不懂事了。他老婆赶紧说,小多,我们家千帆哪,从小就不爱说话。郑辛如说没关系,快大小伙子了,都这样。她的痒止住了一些,不再那么用力地掐了。陈小多走到楼梯中间,上也不是下也不是,一咬牙坐在了楼梯上。他高高地坐在众人之上,自己都觉得古怪和可笑,但他决定就这么坐下去。

"他害羞,"郑青蓝半点都不认生,几乎要跳着跟陈医生说,"叔叔你们家千帆害羞呢!"

"谁害羞了!"陈小多冷着脸说。

"那你下来啊。"郑青蓝将他。

"我为什么要下去?"陈小多说,"我累了,我就想坐一会儿。"

底下的四个人都笑了。陈小多的妈觉得这娘儿俩倒也不错,可能自己多疑了。

3

至少十年来，租住在花街的外地女人没一个好东西。至少十年来，陈医生的老婆没改变这个想法。她会跟你唠叨为什么她们扭着屁股来到这里就成了个坏东西，因为花街就不是个好地方，当然倒过头来想一想，又是个很好很好的地方，在这里她们可以两腿一伸就挣钱，可以"卖"。她和花街上其他有丈夫有孩子的女人一样，对"卖"这个字咬得极重，每说一次都要跺脚吐唾沫。街顶头就是运河上著名的石码头，多少年来水上的男人上岸，都要在这里找点乐趣。这也不难理解，男人总要找女人，因为他们是结构不同的两种人。问题是男人们哗啦啦都约好了似的在石码头上岸，就得有很多女人等在这里。本地的女人都被父母、丈夫和孩子看得死死的，只好由外地女人千里迢迢地赶来支援。所以说，在花街，即使缺了男人也不会缺外地女人。她们源源不断地来这里租房子。租房子的人都不打算久居，挣完了钱拍拍屁股就走。花街不是家，是张床，够两个人折腾就行。如果男人有特殊的兴趣，花街也可以是长沙发、红地毯、竹筏子或别的任何可能的东西。

这两年水上的男人的确是少了。水饭开始难吃，高速路在与运河平行的地方修好了,卡车跑得比船快;铁轨也在政府的计划里越铺越远,迟早有一天会经过这里,毫无疑问。运河慢慢成了摆设,陈小多的爷爷,老陈,在从水上退休时已经痛心疾首地预言过了。老爷子一心数,这是大势所趋,远古时代鱼上了岸才变成猴子和人,要进步就得上岸,反过来说,能从水里爬上来本身已经证明咱们进步了。但道理归道理,老爷子想起来还是黯然神伤,一大早总要到运河边转两圈,不闻闻那水汽的味道一天肠胃都不利索。他在水里活了大半辈子,就是个地狱也有了感情,要割舍掉等于从胳膊腿上往下拉肉,还不止,是剜心呢。有时候站水边没来由地有点小悲从中来,挤下两滴老泪,远远有人走过来,他就做贼心虚地提前说,这老眼,见风落泪了都。

离船上岸的男人减少有其必然性,不过这已经不能影响外来女人的生意了。男人有两条腿,不仅可以从水上来,还可以从地上来;水路只有一条,旱路有无数条,条条大路通花街。这条街如同世界的中心,四面八方的男人像女人一样也来了。他们可以跟单位领导请了假来,也可以带着领导一起来,相当于体察民情了;可以把车停在高速路口,只带着人和钱包过来,还可以直接把车开过来。花街的街道不是足够宽,但新扩展的南大街任何车辆都停得下,开列火车来都没问题。

男人挣世界的钱,而花街的这些女人挣的是男人的钱,这是陈小多他妈看不上的。她和街坊邻居一个共同心照不宣的担忧是,没准哪一天她们的男人和儿子的钱也被这帮娘们儿挣了。即使他们的腰包紧,难保他们不心猿意马,一不专心生活准乱。所以她很不乐意让老郑小郑租住他们的老屋,怎么说也是外地女人,多个女人就多分危险。不过现在看来,一切都还好,小郑进了学堂,这孩子招人疼,理科还好,挂钟都给修好了你看。那应该是正规过日子的架势,还是好好过日子好啊。她多少放了点心,对街坊邻居也有个交代嘛。

他们成了邻居。陈医生老婆嘱咐儿子:"以后要叫人家郑阿姨。"

陈医生嘱咐儿子:"以后多向青蓝学习数理化。"

陈小多一概点头。这是他这两年总结出来的经验,你若不打算找麻烦,最好他们说什么你都点头,不管对错。但陈小多头脑里想的是,自己的家里住进了陌生人,睡了很多年的床上躺的是一个女孩子,除了她的圆脸、马尾巴、笑、挺起来的胸部和修挂钟的能力,他对她一无所知。这个感觉很有点奇怪。当他经过阳台和走道时,忍不住就要低头去看他们家的老屋,有时候晚上睡觉前他也会冷不丁趴到窗户上往下看。他不想看什么,只是习惯性地想,住了两个陌生人呢,我们家,她们在干吗?

他的窥探成果寥寥,这就是两个女人生活的小院子,和花街上正常的其他人家一样。他早上起来,她们也起来;他们烧饭,她们的烟囱也冒烟,她们从沉禾家买了干柴,有时候也烧煤球炉,引火的时候发出新鲜的煤烟味,第一股浓烟总要越过楼顶飘到运河上空;他们吃饭她们也吃,口味大差不离;他们洗漱上床睡觉，她们也是，如果白天太阳很好，她们会把用过的水泼到院子里，以免第二天风吹起来尘土。区别在于，郑青蓝房间的灯熄得通常比他迟，所以她的数理化好，她做作业的影子偶尔会显示在窗户上。陈小多看见的次数不是很多，因为郑青蓝拉上了窗帘，这样也好，女孩子应该知道保护自己的隐私。

这些陈小多都没跟父母讲，到了这个年龄，他本能地觉得和父母的话应该越来越少，他应该有自己的生活。回到家里他习惯了把自己关在房间里，看书，听音乐，躺在床上胡思乱想，利用各种家具压腿、劈叉、做俯卧撑、练哑铃、模拟拳击和散打的架势。房间足够大。遗憾的是吊不了沙袋，因没有房梁。有一天他隐隐约约闻到一种苦香味，就打开门去看谁在煎药。凭他对草药的浅陋见识，闻出其中必有一味药是当归。药味是从郑辛如的厨房里跑出来的。他站在走道的柱子后面往郑家看，一扭头看见父亲站在身后，他有形迹败露的惶恐，沙着嗓子慌不择词地说：

"她煎药。"

陈医生点一下头，转身下了楼。这次他手里没端紫砂壶。

他不知道他爸一声不吭地点头是什么意思，决定以后再不窥视她们的生活。没意思，相当没意思。回到房间里头脑里又冒出个怪念头，是不是父亲跟自己一样也在窥视她们呢，如果爷俩干了相同的事，父亲想看见的是什么？父亲当然知道郑辛如在煎药，他没端茶壶就上了楼，他从药味里一定能嗅出更多种草药的名字。

第二天陈小多在父亲的写字台上发现了三本刚买的医书，每一本都厚如辞典。这样的书他们家的楠木书架上已经摆了四大排。父亲是个不错的医生，运河上下游的病人经常坐车摇船过来找他。他当过教师，做过木匠，修过自行车，唱过样板戏，还帮人盖过房子，后来做了医生，在中药房里待过几年，后来从事西医治疗，因为西医诊断和治疗方便利落，价钱也便宜。又过两天，陈小多在那些医书上看见了陈医生用红墨水笔画了很多道线，内容涉及神经、穴位、皮肤、肌肉、心理、骨骼等等，陈医生在多处红线的结束处写了问号。陈小多想，我爸就是个小医生，他不是《倚天屠龙记》里的胡青牛、《雪山飞狐》里的毒手药王、《笑傲江湖》里的平一指，也不是《天龙八部》里的薛暮华。好大夫多半是不看医书，只写医书。

这期间郑辛如的病又发作一次，痒痒游动到了右臂的腋窝处。发病的地方有点暧昧，陈医生的老婆有点不放心，再往里一点你想那就到哪儿了。她实实在在地想到了乳房，郑辛如的乳房说实话很好，大小，形状，就算她一个女人看了也觉得喜欢，所以她坚持跟在旁边给丈夫打下手。郑辛如皮肤白，那地方常年隐蔽更加白嫩，她把衣袖一直往上捋，丰腴白嫩中一簇油亮漆黑的腋毛现出来。漆黑和雪白并列一处，可谓惊心动魄。郑辛如为这样一个地方感到难为情，向陈医生两口子道了三次歉。作为医生，陈医生的眼里只能有病患处，病患处就是一个具体而又抽象的部位，一个器官，如此而已。他提醒自己一定要目不斜视,心无旁骛,你就是个修鞋和补自行车车胎的。作为医生老婆,她应该具备仅次于医生的专业和精神境界,所以她在口头上尽最大努力宽容和安慰了郑辛如。有病嘛就治,神仙也经常拉肚子,扎针吧。她让自己只把那地方看成一块出了毛病的肉,然后在心里犹豫是不是要用最难听的话骂这块肉。但是郑辛如几乎打算断臂的痛苦让她又一次宽容了,病人的痛苦不是装出来的。所以她只能坚持让内心里的脏话别出声。

陈医生捻花柄毫针的手一直在抖,脑门子上开始冒汗。他满脑子里都是金光灿灿的"痒"字和医书上他画过红杠杠的地方,黑色的印刷字体像蚂蚁在他头脑里爬。它们从郑辛如的肉里钻出来,变了颜色钻进了他的脑子里。一边捻针他一边问郑辛如,好点了吗?扎下偏历穴时,他问了四次,好点了吗?他清楚偏历穴在哪儿,前臂背面桡侧,当阳溪与曲池穴连线上,腕横纹上三寸。但他奇怪今天自己怎么这么多话,好像一个对穴位拿不准的新手。他当然不是新手,十年前在被窝里,他在老婆的光身子上就可以把所有穴位一个一个点出来。不过从来没点到底过,点着点着老婆就受不了了,不是叫唤痒就是叫唤难受,他总是无法继续到底。他当然也知道自己不是多话的人,他就是控制不了地问。郑辛如一次次地回答,好多了,好多了。好多了。她依然难受得龇牙咧嘴,像吃多了朝天椒一样。

扎完针,陈医生开了新配的药让郑辛如服下去。是否有效果他心里也没底，世上怎么会有这种怪病呢。做了近二十年的医生，他对这个病不能理解。

十五分钟过后，他问："好些了没有？"

"好多了，"郑辛如说，掐腋窝的手下意识地放下来，"好多了。"

"你在吃中药。"陈医生对着壶嘴喝了一大口碧螺春。

"偶尔吃两服，"郑辛如不安地说，"有时候痒得，嗯，不是地方，就不好麻烦你了。"

陈医生对着壶嘴又喝了一大口碧螺春。

陈医生老婆说："那有什么，不都是病嘛。"

郑辛如低头摸着侄女的手，笑笑。郑青蓝一直陪在姑妈身边，扎针时攥紧了姑妈的手。现在依然攥着，鼻尖和手心里都出了汗。有的时候她会往空楼梯上看一下，她的同学陈小多不在，他和谈正午、周光明小跑着去了解放路找卖熟食的吴大拿了。

4

刚得到的消息，解放路卖熟食的吴大拿是高人。

据说此人武功非同寻常，大隐隐于市，是深藏民间的大师，听听别人给起的外号就明白了。大拿，大拿。给他们传话的人说，现在市面上混的四大金刚有三个是他徒弟。陈小多很看不上四大金刚，除了能打架，就会干坏事，他们把那两下子都用在了歪道上。但徒弟是一码，师傅又是一码，要不怎么是师傅呢。他们约定，即使学成满身的武艺，也绝不跟四大金刚称兄道弟。他们三个一头汗跑到了解放路，发型乱了，衣服也斜了。此刻夕阳半落，淮海路和解放路交叉路口金光遍地，不是凡人待的地方。但此时凡人充斥了解放路路头，甚至阻碍了交通，下班的人流和买烧饼、小菜的人流交错在一起，人撞在人身上，自行车撞在自行车身上，三轮车面对面各不相让。交警脱下了制服，下了班他们懒得管，多一事不如少一事，这是局里领导一再强调的规矩。他们三人在吆喝声和烟火气里找熟食铺子，吴大拿下巴上长着一部黑胡子。

没找到熟食铺子，只看见四辆散落路两边的熟食车子。小三轮，每辆车上罩着个玻璃罩子，罩子里摆着各类煮熟的肉和动物下水。他们认定最西边守着三轮车的人是吴大拿，只有他有胡子，而且胡子很大，很长，很黑，很亮。油光闪亮成那样，陈小多不得不猜他没事就用沾满肉油的双手往胡子上擦，就像喜欢臭美的语文老师樊一生那样，每天都要往头发上抹发蜡，苍蝇站上去脚底下都打滑。吴大拿眼睛不大，脸有点扁，五官紧凑地团结在一起，戴着小白帽，这是回民的装束，运河北岸有一条回民街，叫"教门街"，一条街都住着穆斯林，陈小多懂。吴大拿的熟食车子上挂了一个纸牌子，只写两个字：清真。因为"清真"两个字，他的生意很好，大家都觉得"清真"素净。吴大拿还端着个大烟斗，意态很有些高古，要多威风有多威风。

等顾客少点了，谈正午先上去搭讪，他嘴甜："你是吴师傅吧？"

吴大拿把拖到肚脐眼的大黑胡子一撸，做一个关公背刀的造型，帅呆了。"来者何人？"他问，"买肉么？"

谈正午招呼陈小多和周光明过去："我们三个，想跟吴师傅学武。他叫陈小多，他叫周光明，我们是好兄弟。吴师傅的大名我们如雷贯耳，做梦都听人在说，你拳打武当脚踢少林。"

吴大拿摆摆手："哪有的事，我还得卖肉。"

周光明说："我们等，你卖完了我们再给你磕头拜师。"

吴大拿就不理他们了，吆喝着："正宗的清真肉，假的不要钱。"

三个人蹲在马路牙子上等，太阳落下去很久了，天开始上黑影。烧饼凉菜的摊子慢慢都撤了，吴大拿的熟食还有好几块。他们三个人肚子也开始叫唤。周光明问要不要买两个烧饼垫一垫，这倒提醒了谈正午，我们应该把吴师傅剩下的熟食都买下来，这样他就可以提前收我们做徒弟了。陈小多觉得不妥，咱们是来拜师，不是来买菜的。周光明说，说你笨，你还真笨。快，掏钱。

三个人把裤衩都翻了，凑了不到十五块钱。还是由谈正午上，他把钱捧到吴大拿的胡子前："我们买肉。"

"小孩子买什么肉！"

"吴师傅的肉做得好，我们都想吃。"

"想吃切一块给你们不就是了，买什么买还。"

"我们要吃买的肉。我们都喜欢吃肉。"

"好吧，"吴大拿手起刀落，上了秤，"十六块三毛钱。算了，块儿八毛的不计较了，都给你们。"他把剩下的那块鸡蛋大的肉块也给了他们，"包还是切？"

"先切再包。"周光明说。

吴大拿把肉切成一小块一小块，然后包进一张草纸里，谈正午接过来连声道谢。吴大拿在长胡子上擦一把手，骑上三轮车就走，嘴里哼着小调："小娘子你绣榻上巧妙梳妆，大官人我浑身上下只犯痒痒。哩咯哩咯咚。再叫一声我的小娘子啊——"

陈小多三个人跟着就追，在三轮车后喊："吴师傅，吴师傅。"追几步才想起来，拜师当然要到吴大拿家里，就宽了心跟着三轮车小跑,一边跑一边分吃那包肉。到了若飞桥,吴大拿下了车推着上台阶,三个人已经吃完了肉,抹抹嘴一起帮着推。到桥上吴大拿好像刚刚发现他们似的,问他们:"你们怎么还跟着我?"

"拜师学武啊。"

"哪有什么武可学。"

"师傅你就答应我们吧。"

吴大拿摸着胡子,半天才说:"下次再说,都回去吧。"

三个人先是失望,一路踢着石子走路都没劲儿。接着高兴起来:高人才这样,好事要多磨,上来就收徒弟那一准是骗子。吴大拿,我们跟定你了。三个人相互激励一通,散伙之前一一抱拳,然后转身往各自的家里跑。

第二天,他们每天放了学就往解放路跑,仿佛三个保镖蹲在吴大拿的熟食车旁边。吴大拿卖他的肉,根本不搭理他们,他们把这理解为高人固有的矜持和傲慢,越发对他仰视和崇拜。陈小多想起韦小宝的名言,那什么景仰如滔滔江水连绵不绝。过去他也以为这是阿谀的马屁,现在看来未必,如果你真心景仰,这话也是真的。我们真诚地把它献给尊敬的吴大拿师傅。吴大拿卖肉、擦胡子、抽烟、哼小曲,眯着小眼没事就看看天,隔上二十分钟就有架飞机从头顶飞过,直到飞机上的灯亮起来。这一天他们也等到了天黑,等到了吴大拿剩下最后一块熟肉,他们凑了十八块一毛五分钱买下了它,切碎后够他们分吃到若飞桥。他们帮着吴大拿把车子推上台阶,吴大拿说:

"下次再说，都回去吧。"

这一周吃了五天肉，三个人都扛不住了。扛不住的不是肉，是钱，每天每人至少六块钱，现在已经涨到七块多了，无论如何不能算小数目。看这势头还得涨，吴大拿剩下的最后一块肉越来越大。他们平常花销就不小，打台球，溜旱冰，看录像，没事还买包烟装模作样地叼在嘴上，压岁钱和小金库都空了。谈正午和周光明已经开始向家里伸手了，他们对父母说，老师让交班费。可这班费不能三天两头交，他们俩有点着急。

"只能看你的了，"谈正午跟陈小多说，"你爸当医生，随时都有进账，弄点活钱容易。"

"要一次两次还行，多了也张不开嘴啊。"

"就当兄弟借你的。"谈正午和周光明说，"我们爸妈的情况你知道，咱们可是要干大事的。"

"只是这，那吴师傅，不是蒙我们吧？"陈小多胆怯地说出了疑问。

"不会！"谈正午义正词严地说，接着声音就软下来，"应该不会。这才几个钱，骗去了又有个鸟意思。"

嗯，周光明表示赞同。最可能的原因是，吴师傅在考验我们。这点心都不诚，谁还敢收我们做徒弟？谈正午严重地点头。人家拜师都要送礼，要请客吃饭，还要伺候师傅吃喝拉撒，听说还要到花街上找个女人陪师傅睡觉，咱们出点钱还是买肉给自己吃，等于白捡了个师傅，还有什么好说的？没什么好说的。这就对了。

从父母那里拿到了五十块钱，为了和谈正午、周光明的口径一致，陈小多的借口也是班费。班费一人五十有点离谱，陈小多解释，班主任有新举措，要在这两学期搞几件轰轰烈烈的大事。陈医生两口子对学校的旨意向来言听计从，他们和别的家长一样心底里装着莫名其妙的侥幸想法：只要学校的要求都答应，孩子的成绩就会自然而然地好了，成才指日可待。

但现在五十块钱只够买两次肉了。难以为继成了陈小多一个人焦虑的问题，因为就数他家最有钱。谈正午和周光明两手一摊，光脚的只能靠穿鞋的。那天他们一放学就往外跑，出了校门陈小多才想起口袋里早瘪了，三个人垂头丧气地坐在校门口，咬着草根逼对方想办法。成百上千的同学走过校门像陌生人，没人和他们打招呼。周光明准备脱鞋抠脚的时候眼睛一亮，用胳膊肘捣了谈正午一下，财神来了。

谈正午两眼也开始发光，捣一下陈小多："财神来了，看你的了。"

陈小多茫然地抬起头，郑青蓝正背着书包走出校门。从他这个角度可以看见她的脸、胸部、屁股和腿，他觉得他的眼里多了周光明、谈正午甚至周光明他老爹的目光，因为他发现郑青蓝的这些部位都很好看。形状，弧度，尺寸，她符合所有人的标准。陈小多觉得自己正在经历父亲常用的医学术语：心动过速。

"快，上啊！"谈正午恨不得将陈小多一把扔到郑青蓝面前。

陈小多迷迷瞪瞪站起来，两条腿像木棍一样不打弯地往前走。"郑，青蓝。"他说。郑青蓝停顿一下，以为自己听错了，陈小多提高声音重复了一遍。她站住了，看见了他。陈小多觉得血液像涨潮一样疯狂地往脸上升，满眼里都是红的。

借了十九块钱，只有这么多。郑青蓝问需要多少，陈小多说越多越好。你先用着，家里还有一百，要不晚上给你？谢谢，明天吧。好，要不明天上学时我等你一起走。不用了，到学校再给我吧。嗯，那我先走了？好，你先走。

他回到他们那里。谈正午和周光明高兴坏了，脸上的青春痘发出晶亮的红光。

"这样的娘们儿到哪儿找，要不是你的，"谈正午拍着陈小多的肩膀，流着口水说，"我都想把她干了。那眼神，那条子，还有奶子和屁股，操，一定爽死过去了。我操！"谈正午还配着动作，下半身前后挺动，有一坨东西凸在两腿之间的正前方。

周光明在一边嘿嘿地笑，揪着下巴上的一根小胡须说："嗯，的确不错。"

陈小多突然把十九块钱砸到谈正午的脸上，转身就走。

谈正午的动作僵住了，像根歪歪扭扭的树桩子："喂，什么意思啊你？"

"没什么意思，"陈小多说，"我他妈不学了我！"

5

没有悬念，吴大拿把最后一块肉卖给了谈正午和周光明，只是在跟着车跑时，周光明吐了。十九块钱的肉两个人分吃有点多，周光明的胃很不习惯。

第二天郑青蓝把一百块钱带到学校，但当天下午没派上用场，陈小多他们没去孝敬吴大拿，而是去看了四大金刚和斧头帮打架了。地点在学校后面一座废墟里，很多年前这里应该有人家，现在墙倒屋塌，角落里积着野狗野猫和鸟雀的粪，院子里长满荒草，野兔子时刻可能从草丛里跑出来。四大金刚和斧头帮隔着一张圆形石桌站成两派。打架的事常有，校内和校外打架的事也常有。像足球比赛，不是你跟我踢就是我跟他踢。生命在于运动，帮派在于打架，打败对方是我们存在的意义。四大金刚派不只四个人，就像"四人帮"也不仅四个人一样，下面还得有一帮小弟兄冲锋陷阵，但是今天来的小兄弟显然不如对方多。如果换了别人打架，他们三个就不去看了，师傅要紧，但三个大金刚差不多要算他们师兄，这就得去了。谈正午强烈建议去现场观摩，陈小多坚持了一个上午没理他。后来谈正午只说了一句话，陈小多就理了。

谈正午说:"为一个女人,还是个男人么你!"

去废墟要翻越学校的后围墙,谈正午骑在墙头上又说:"刘备都知道,兄弟如手足,女人如衣服。"陈小多至今还不是很习惯这种思路,但他觉得谈正午的这感觉对头,滚滚长江东逝水,浪花淘尽英雄。对男人来说,开阔和粗野都是美德,像学校后面的这块野地,光长草不行,得有废墟,断壁残垣才像样。然后要有人打群架,他们来观摩。

但是陈小多豁然开朗的好心情没能持续多久,就被两根手指头吓没了。

四大金刚说:"我们单打独斗。"

斧头帮的老大,高三年级的柳斌说:"不行。"

四大金刚说:"操他妈,不打了。"

柳斌说:"操你妈,走得了你就走。"

他们就围上来了。这完全出乎四大金刚的预料,他们以为所有人都知道他们的规矩,先单打独斗,然后再玩别的。斧头帮不鸟你的那一套,斧头帮有斧头帮的规矩。他们是在学校里立下的,大锅饭,大呼隆,小斧头别腰里赤手空拳就上来了。斧头帮也不轻易动斧头,如果不是狗急得跳墙,小斧头基本上是摆设,因为动起来那可能出人命。不过即使当摆设,也相当威风。四大金刚拳脚上好像真有两下子,造型摆出一串又一串,但身陷重围动作就变形了,没法施展到位,跟旱鸭子落了水一样,最后只能把口诀要领扔到一边,什么动作方便就来什么。他们四个主要人物背靠背围成一圈,斧头帮像沙尘暴一样扑面而来，他们的胳膊被抓住，腿和腰被抱住，脑袋和前胸就露出来，嘭、嘭、嘭，隔三岔五就传出来闷响。四大金刚的表现让陈小多有点失望，被人当沙袋练习拳击了。多半是跟吴大拿学武时没用功。可见名师未必能出高徒，因为徒弟不认真。老话说得好，师傅领进门，修行在个人。要引以为戒。

谈正午在墙头上蹲不住了，跟周光明和陈小多说："咱们不能闲看着啊，师兄呢。"

周光明说："师兄有难，我们不能坐视不管。"

陈小多说："可他们不是好人。"

"打成那样了，哪有好人！"

谈正午跳下断墙，拽着陈小多就要往上冲。陈小多想，冲就冲吧，不就打架吗，就当是为吴师傅打的，再坏也是他娘的师兄。然后他就感觉血液冲在他前头，脑袋有点懵，眼前泛红，他还是头一次打这么大规模的群架。在他的武术美学里，陈小多是很不喜欢一群人像面条一样缠在一起乱打的，他喜欢清爽，一个人面对一个敌对的世界，攻防有度，进退有据，一招一式清晰简明，但见身手翩然，敌人像羽毛一样纷纷落地。我要是金世遗该多好。

可是现实世界总要乱成一团。刚近一个斧头帮家伙的身，有人发出一声尖利的叫声，陈小多停下了。接着又一声，所有人都停下了。大家几乎本能地在一秒钟内找到了声源。四大金刚的老大和老四，分别抓住一个斧头帮兄弟的一只手，他们从那两个人腰里拔出了小斧头，他们把那只曾经握过小斧头的手摁在石桌上，斧头跟着剁下去。陈小多看见了那只右手的一截小指像个多余的蚕豆被剔除出去，他看见血液像小小的焰火一样紧急喷射了一下，甚至看见了斧头刃与石桌撞击时溅出的微妙的火花。斧头现在握在老四手里，斧刃清白，比刚锻造出来的时候还要锋利，找不到一点血迹。在老四之前，老大已经成功地剁掉了一个中指。剁中指因为中指最长，谁让它抢在前头。出头的椽子先烂，出头的手指必须先被剁掉，逻辑很清楚。老大、老四和老二，据说都是吴大拿的弟子。也就是说，陈小多的师兄先动了家伙，而且卸了别人的某个部位。

　　断指的两个叫声一点都不像人发出的。老大和老四也在叫，他们喊："别过来！"其他人也在喊，声音也红了眼，脖子上的血管暴跳如雷，杀伐之声把五十米外槐树上的鸟都吓飞了，受了惊吓的鸟一边飞一边拉稀屎。很多种小虫子往草尖上跳，跌跌撞撞忘了动作规范，准备躲到远方去。

　　老二、老三和其他几个小兄弟迅速合拢过来，和老大、老四并肩押着那两个断指的家伙往后退。"站住！"老大喊，他把雪亮的斧头刃抵到俘虏的脖子上，"都给我退回去！"柳斌举起右手，斧头帮停下来，看着四大金刚带着人继续后退，后退，后退。到了槐树底下，他们把断指的同学推倒在地，撒开腿就跑。

　　柳斌的右手像斧头一样坚硬地落下来，斧头帮撒开腿就追："砍死他们！砍死他们！"

　　他们都跑远了，最近的也在五十米开外，架着那两个断指的人，这两个挂彩的兄弟还小，疼痛和惊吓让他们哭不出声来。剩下陈小多三个人站在原地。陈小多觉得有点累，面条似的坐到草地上，他们俩也是一根面条。在屁股落地的一刹那，看见了草棵之间一截血肉模糊的紫黑色指头在动，如同一条古怪的虫子。陈小多惊叫着弹起来。

那截断指影响了陈小多的心情，有点晕。他觉得奇怪，他没有晕血的毛病，从小就看父亲给病人包扎伤口，时不时还得帮忙打下手，再大的血迹都见过。没道理。都散了，就像大风一来乌云就没了影，现场干干净净，除了一些荒草被踩倒。这不必担心，所有倒下的草都会重新站起来。陈小多歪着头往家里走，浑身像被抽了筋，实在是没道理。后来一拍头脑回过神来了，他是被那紫黑色的小东西恶心的，谁能想象出来手指头一旦脱离了组织就会变成那样呢。不像骨头和肉，像虫子，从没见过如此诡异的虫子。他确信原因就在于此，他只是被恶心了一下。这让他宽了心，谈正午和周光明都看了那截手指，他们没不良反应只能说明他们没犯恶心，而不能说明他们就比他陈小多胆子大、能担事。就这么回事，一定是这么回事。

当然，陈小多也不打算只是犯恶心就原谅自己，必须克服。阿喀琉斯不能生一个脆弱的脚后跟，是英雄豪杰就不允许你有软肋，是为天将降大任于斯人也，必先苦其心志，我得对自己先下手。不是恶心么，我他妈让你恶心到底。他临时决定去录像厅。淮海路上连着一串子录像厅，他一家家看彩绘的小海报，哪个最红最黑看上去最暴力最恶心就看哪一部。

天黑的时候他走出录像厅,成功了,他觉得浑身依然有使不完的劲儿。他把虎口都快掐烂了。陈小多至此有两大收获:一是认识到,有些事得跟自己对着干,它拧你更拧,事就成了;第二个是,他对自己的侠客英雄梦又多了一分信心。所以第二天,他想都没想就跟着谈正午和周光明去了解放路。

今天和前天没有区别,明天和今天区别也不大。三个人蹲在马路牙子上看吴大拿用胡子擦手,他的胡子仿佛见风就长,越发地黑亮,这也是高人的神奇之一。吴大拿个头不高,但两只小眼放光,汪着两注练家子的精气神。他们想,如果吴师傅把眼睛瞪起来,那目光也是能杀人的,幸亏是单眼皮。吴师傅的肉也总是能多出来一块,为什么总能多出来一块呢?陈小多想过这个问题,后来发现,并不是吴大拿存心要多,而是每当只剩下最后一块时,他们三个人就蹲不住了,好像不买下来是不对的,好像他们守在这里就是为了买下最后这块肉。所以这块肉剩下时,他们就及时地冲上去,而吴大拿不好意思不卖给他们。都守了那么久了,总得给点面子。

在郑青蓝借的一百块钱即将用完时,吴大拿出事了。

他们三个人坐在路边正打争上游,要不时间实在没法打发,脸上各贴了数张白纸条。一群人如天外飞仙,约好了似的突然包围了吴大拿。这些人里有戴白帽子的有不戴白帽子的,有长胡子的有不长胡子的,袖子都卷到胳膊肘上边,拳头上来就冲着吴大拿的有效部位去。陈小多只听到他们喊打,森林般的手臂就举起来了。陈小多当时有灵魂出窍的感觉,怎么会这样呢，简直是演电影，凭空就从地上长出来这么多人似的。他认识其中的一部分是回民。等他们扯掉纸条站起来，吴大拿已经推着三轮车突出了重围，往解放路的一条胡同里钻了。很不幸的是那是条死胡同，即便如此吴大拿也没能钻到底，对面已经有人包抄过来，活活地把他堵在了胡同中间。

接下来是打。他们把吴大拿的白帽子扯下来，把车上挂的"清真"纸牌子也扔掉，一个戴白帽子的小伙子从裤兜里掏出一把裁缝剪刀，他对他们喊："逮住了！"陈小多三个人跟上来，要冲进人群里救师傅，谈正午被拿剪刀的人一把揪回来。"你干什么？"他问。

周光明说："我们师傅。"

又过来两个年轻人拦住他们。在这条小胡同里，两个壮汉并肩一站两手稍稍张开一点，胡同就满了，他们三个人头朝下也冲不过去。"师傅？"那两个人笑起来，转身对拿剪刀的说，"剪！"

让陈小多他们不解的是，为什么会功夫的人在关键时候总是使不出来。四大金刚如此，吴大拿也如此，基本上没看见他有什么像样的招式，只见着他死死地护着那部油亮的大胡子。真的是非常漂亮，每一根胡子质量都上乘，再留半年就能到达肚脐眼那里了。再过几年就能垂到两腿之间，然后继续长，过膝盖，到脚踝，一直到地上。到那时，该是多么的壮观啊。那些人等不了吴大拿的胡子慢腾腾地长，吴大拿被几个人先抬起来，再放下去。他的两条胖短腿在半空中乱蹬时让陈小多很难受,他想起为了给龙虾做钓饵他宰杀的青蛙,青蛙也是这样蹬腿,只是它们的腿更加修长。几个年纪大的穆斯林都戴着白帽子,他们把吴大拿的熟食车打开,将所有的肉食都扔到地上,一块块肉带着扑鼻的香味在青砖和石板相间的胡同里滚动。陈小多他们三人的嘴、喉咙、食道和胃里从下到上涌起强烈的吃肉的欲望,一块块实实在在的肉啊,散发着原始的香味。

"你们为什么打我们师傅?"陈小多咽下口水问。

"假回民!"拦在他们面前的一个说。

"他卖给我那个,猪肉!"另一个说。

两个一起说:"剪!"

陈小多不知道他们要剪什么,记起令狐冲的师傅岳不群挥剑自宫的事,又想起在录像里看过的黑社会老喜欢剪掉别人的那玩意儿,立马觉得后背上的汗毛像野草一样站出来。他看看谈正午和周光明,他们显然想到一块去了,相互用眼神询问对方,怎么办?

无计可施。

吴大拿失声尖叫:"别,别剪这个!别的随便你剪。"

拿剪刀的说:"就剪这个!"

咔嚓。然后陈小多看见他把左手扬起来,一把黑胡子被风吹散。陈小多松了一口气。一把把的胡子被风吹散。只是胡子,不是那玩意儿。吴大拿的叫声连绵不断,剪掉的好像不是胡子,而是他的肉,是他的那玩意儿。

大约三分钟的工夫,吴大拿的叫声变成了哭声,剪完了。

那应该是个好裁缝，要不就是个优秀的剃头匠，剪得仔细又彻底，手艺真是不错。等他们散尽，等吴大拿从地上坐起来，陈小多他们发现吴大拿完全变成了另外一个人，年轻了，嘴唇上下刮过一样干净，人也白了，咧开嘴的时候都有点像弥勒佛了。谈正午和周光明突然忍不住笑了，得承认，是有点好笑。

可陈小多笑不出来，他比刚才想到青蛙时还难受。青蛙被剥了皮，露出白生生的透明的肉。吴大拿已经不是吴大拿了。

6

他们不再提起吴大拿,也不再追究四大金刚中的三个人是不是吴大拿的徒弟,沉默地等着这件事被尽快忘掉。

谈正午和周光明闲下来,忙的是陈小多,他得想着如何还钱。郑青蓝说,不着急,没钱就算了。陈小多说,不行,这钱一定得还,当然得还。谈正午和周光明没钱,他们把裤兜翻出来给陈小多看,几个钢镚你要吗?陈小多翻了个白眼。这个刚认识他们的时候他就应该知道了。没钱也是兄弟,他决定去河边的沙滩上找水晶石。

之前的几年里,在河边找水晶石是小孩赚零花钱的重要来源。运河水经年冲刷两岸,埋藏在沙土里的好东西一点点被扒拉出来。运气好的人捡到过文物,古代的钱币、竹简、佩饰或者兵器。一九六几年有人在河边挖沙,竟然挖出了一套完整的战国编钟,清洗完之后,铜重新发出两千年前的光。运气一般的人捡到亮晶晶的石头,仔细看里面是棱锥形状,对着太阳可以看见无数绚丽的光彩,做玉器的师傅说,水晶,好东西。更多的人什么都没找到,那是因为他们运气差,来得也迟了。机会总是给那些跑在前面的人,格言上就是这么说的,早起的鸟儿有虫吃，另一种差不多意思的说法是：笨鸟先飞。

陈小多显然是来晚了。已经没有人傻得要到河滩上来找水晶，来了也白来，很难找到。找水晶早就成了被忘掉的生财之道。如果陈小多也喜欢用运气来检验自己的生活，那他会发现这十六年里乏善可陈，好运气从不光顾住在二楼靠东房间里的人。

这是星期天下午，谈正午和周光明不好意思白吃，约好了跟陈小多一起去捡水晶石。最佳的地方在石码头下游两公里，那地方是沙岸，不脏鞋子和手，石头在阳光底下藏不住。陈小多溜溜达达走过去，谈正午他们还没到。他在沙子里趔趔趄趄半天也没找到两个，找到的也称不上水晶石，只能叫火石，小得可怜的水晶躲在普通火石的外包装里，白送给做玉器的人家也不看。陈小多有点丧气，坐在干沙上摸出了一根变硬了的过期香烟。刚抽一半，听见有人叫他，扭头看见郑青蓝推着自行车站在路堤上。

"真是你啊，"郑青蓝说，"我去大药堂买药了，经过这里。"

陈小多这才注意到车头上挂着几包草药，鼻子好像闻到了郑辛如煎出来的药香。他赶紧把烟埋进沙里，站起来双手插进口袋。

"你在这干吗？"郑青蓝又问，把自行车停好，顺着坡堤走下来。

"过几天才能还你钱。"陈小多觉得除了钱他没什么要说的。

"看你，又说。不是说过了么。这里的沙子真好，在我老家，盖房子的沙都得从大老远买。"

"你老家？在哪？"

"说了你也不知道。"她在旁边的沙子上坐下，抽了两下鼻子，"你抽烟？"

"没有，没有，"陈小多说。

一阵风过去，河水涌起了浪。郑青蓝又抽了两下鼻子，只有风、水、阳光和沙子的味道。

"你们，为什么要搬到花街来？"陈小多犹豫不知道该不该问，因为来花街的女人，要么是媳妇，要么就是干那个的。

"过日子嘛，"郑青蓝看着运河，一公里外的岸边有个水上加油站，供过往的船只加油。油站的小码头上建了个凉亭，值班的工人好像在竹椅上打着瞌睡，腿跷在另一张竹椅上，"在哪都一样。"

有车从路堤上经过，郑青蓝担心挂着的药包，站起来看见路堤上蹲着两个人，卡车带起的尘土淹没了他们。尘土过去，他们在笑，露出两口白牙。

"早知道有人帮你，我们就不来啦。"谈正午说。

"她去大药堂，碰巧看见我的。"陈小多向他们解释。

"大药堂？"周光明往东一指，大药堂在那边。他问谈正午，"我没转向吧？"

"转了，你都转到裤裆里啦！"谈正午拍着周光明一起笑起来。

郑青蓝一手掐腰，说："我就爱来这里怎么了？"

"不怎么不怎么。"谈正午说，"你可以随便到什么地方，火星上都行。"

"千帆，都有人了，我们可走啦？"周光明把谈正午拽起来。

"对，她不走，我们走。"

"偏不走！"郑青蓝又坐下了。

轮到陈小多抓耳挠腮。他跟自己说，拧着来拧着来，可就是拧不过来，转了几圈他还是让郑青蓝先走了。他小声说："帮个忙吧。"郑青蓝嘟着嘴，"好吧，我其实经常来这里的。"上岸的时候她看都没看谈正午和周光明，头发一甩，气呼呼骑上了车，背对着他们说：

"下次我还来！"

谈正午跟陈小多说："这娘们儿，够劲儿。上了她！"

陈小多笑笑。他对自己听见这话还能充耳不闻地笑，有小小的得意。怎么突然就拧过来那么一点儿呢。要在过去，他毫无疑问会及时地表示出他的不满，他很不喜欢谈正午个别时候的说话方式。我们可以不是一个好学生，但不可以是一个猥琐的无赖。谈正午和周光明意外地看着陈小多，他们诧异的时候都没想清楚为什么，只是觉得陈小多好像有点不一样了。

"别他妈乱瞅，"陈小多说，"捡水晶去！"

两个半小时他们捡了二十三颗，能用的超不过十颗，而且都小得不像样。他们屁颠屁颠跑到承德路的"天成玉器铺"，戴圆形老花眼镜的跛脚老板一打眼就拨溜掉十五颗。陈小多都急了,才八颗呀?老板说,就这都未必成,我还没拿放大镜看呢,成葫芦还是瘪瓢还得开出来才知道,我得切割、打磨、抛光、钻孔,这一套忙下来也赚不了人家几个钱。这样吧,五块。老板从兜里摸出五个硬币,指甲缝里沾着绿色的抛光粉。陈小多的手直往后缩。

"嫌少?"老板说,把硬币放回兜里,"那你们带回家玩去吧。"

"那也太少了点。"

"想赚大的?"老板把小眼镜扶了扶,招呼陈小多把耳朵凑过来,"拿锹挖,一准有大的。知道大的能赚多少钱吗?"他伸出胖嘟嘟的带五个小肉坑的右手,张开指头晃了晃。

"五百?"陈小多不由自主也低了声。

"五万!"

陈小多觉得老板都抽了一口凉气。他对五万块钱没概念,显然很不少。

"好,我们挖。"

老板笑眯眯地把他们送出铺子:"小伙子们,挖出来就往我这儿送。"

动锹是个大工程,放学后得先回家,提着家伙再跑过去,匆匆忙忙,刚掘几锹天又黑了。好在都干过两下农活,知道怎么使锹,怎么挖地,即便如此,两次以后两只手上还是磨出了泡。谈正午看着掘起来的乱糟糟的一堆堆沙土,铁锹一扔,说,妈的,连个屁都没挖到,老子不干了。周光明也一屁股坐下来,说是啊,挖不出水晶挖出个古董也能安慰一下。除了石头还是石头,有时候连石头都挖不到。周光明又抱怨,还不如到沙滩上捡了,起码还能捡出个三五块钱,人还舒服。谈正午热烈响应,两个人于是扔下铁锹,脱了鞋袜走在沙滩上,河水冲刷双脚,舒服得都想脱光了下去游一圈。可惜水有点冷,偶尔有船只过往。押船的水手坐在夹板上,跷着二郎腿,戴鸭舌帽和蛤蟆墨镜,头顶的绳子上晾着两条随风翻飞的大红裤衩。

他们很想挖到水晶,但挖水晶的确也不是个简单事。且不说河边上有没有水晶是个问题,就是有,挖下去一米半米深也难找到。若干年前,那会儿陈小多还小,经常听说谁谁在院子里种菜时挖出了水晶石,跟弯腰捡钱一样来得轻省。土地直接长出钱来,太他妈好了。一个人尝到甜头,大家就都跟着来,把自家的田地掘了个底朝天,庄稼和蔬菜啥的全不管了,翻一个身直接埋到泥下去。野地里一派"大干快上"的火热劳动场面,跟当年晋中平原挖地道打小鬼子似的。浅处的水晶挖完了,就往深处挖,恨不能掏到对面的美国去。后来有人说,水晶是有矿脉的,一走一条线,有可能歪歪扭扭通到美国,你找到了,那每一锹都是银子。接着又来传闻,水晶跟人参一样会跑,假如你看见了,要赶紧在石头上扎上红布条,要不你转身去拿铁锹,一眨眼它跑没了。所以那时候挖水晶的人出门腰上都拴着几根红布条,以防找到水晶又让它跑了,哭爹喊娘的事河边人不会干。

陈小多他们也带了好几根红布条,系在裤鼻子上原封不动带回家了,他们两手空空。然后谈正午和周光明基本上算罢工,想起水晶他们就绝望,觉得生活没有盼头。到周末只有陈小多一个人来。谈正午去了外婆家,周光明的弟弟病了。提着铁锹的陈小多走出家门,心里想,这一百一十九块钱就成了他姥姥的我一个人的债了。除此之外他没有别的挣钱路子。这是上午,阳光被挡在云彩后面,风吹起的运河水是暗黄的。郑青蓝在石码头西边的树底下坐着看书,也可能是发呆,如果没有风,马尾巴肯定是一动不动。陈小多经常看见她在树底下坐着,这种天气不需要树荫凉。好像她说,喜欢看水,看船。好像陈小多当时还跟她咕哝一句,有什么好看的,不就是水,不就是船。他想绕开她走,郑青蓝却站起来,走到了他前面。陈小多不知道该怎么办了。

拧着来。拧着来。陈小多咳嗽一声,等她转身时他说:"看书啊?"

"哪有,我想去沙滩看看。你拎这个,干活呀?"

陈小多想,完了,一条道上的了。拧着来。拧着来。"真巧,我也去沙滩,一块儿走。"陈小多说完了都想抽自己两个嘴巴子,这话说得多他妈好啊。

"你还没说去干吗呢。"

"让运河改道。"

"你说话真好玩,"郑青蓝说,"怪不得很多同学都说你作文好。"

"那也叫好?就是不好好说话。"

"你挺能说的嘛,为什么跟我说话就跟个闷瓜似的?"

"我结巴。"

"那你倒是结呀。"

"我,我,我结啊结巴。"

郑青蓝咯咯地笑起来:"我,姑妈一直说你害羞。"

"你也结巴。"

郑青蓝大笑,都咳嗽了才停住,眼泪也呛出来了。要是全世界人都是结巴那多好玩,时间是不是就会因为结啊巴慢慢啊下来呢。这是个值得研究的大问题。

陈小多出了一身汗,有点惊险,他很少和女同学说这么多话,但是今天他决意要多多地说。可以说天气,哈哈哈。可以说运河,哈哈哈。也可以说学校里哪个他不喜欢的老师,哈哈哈哈。他们就到了沙滩前。"你就干这个?"郑青蓝指着沙滩底下翻出来的黑泥,神色大变。乱糟糟的一摊黑泥巴混在银黄色的沙子里,像什么还真不好形容,人类的语言和形容词在这里遇到了障碍,只好说它有点惨不忍睹。陈小多也没想到竟会这么难看,挖的时候他都没在意,只想着水晶像人民币一样纷纷跳出来,还以为沙子下面还是沙子,翻出来的永远是沙子。他抓抓脑袋,说:"我还是到上面挖吧。"扛着铁锹爬到大堤的慢坡上。

"你到底在干吗?"

"松土,种菜。"

"瞎说!"

"挖水晶,别跟我爸妈说。"

"不信!"郑青蓝蹲下来,捧起沙子往黑泥上撒,黄沙落进翻卷的黑泥如同消失,"哪有什么水晶。要有也被河水冲走了。"

"冲走的是石头,留下的才是水晶。"

郑青蓝撒了一会儿沙子,多少沙子也盖不住波浪一般的黑泥,又看了一会儿陈小多挖地。慢坡上是纯泥土,挖出来多少她也不心疼。她希望一个完整的金沙滩在。一艘单放船鸣一声笛在加油站的小码头前停下来,笛声突兀短促,像肺活量很小的人冷不丁放了一个短促的屁。郑青蓝站起来说,她要看船怎么加油,拍干净手上的泥沙过去了。

陈小多继续挖。有那么一瞬间感觉路堤上好像有人影晃动,他低头继续挖。后来挖累了,擦汗的时候抬起头,两个人站在他头顶上。

"挖,"矮一点的男人说,"继续挖。"

陈小多准备接着挖,感觉那人口气不对,阴阳怪气的,就抬头又去看他们。

高一点的说:"原来是你小子在搞破坏!昨天我们守着没守到。"

"我们是运河管理处的,"矮的说,"走一趟吧。"

高的说:"别跟他废话,罚完了再说。"

陈小多知道出事了,扛起铁锹就往东跑。高个的在路堤上跑,赶在陈小多前头连滚带爬地跳下来,拦住了他的去路。陈小多只好掉头往加油站方向跑，一脚深一脚浅地踩在沙滩上，铁锹也扔了。他上不了坡，因为矮个的在路堤上跟他并肩跑。

郑青蓝刚看完加油，看见他就大喊："千帆，你怎么了？"

旁边是一个四十岁左右的陌生男人，块头挺大，眉毛很黑，他对陈小多指了指船。陈小多立马会意，跳到了船上。油已经加完，船正发动引擎准备离开，根据引擎的声音判断，这船的马力不会小。陈小多刚跳上去就有个伙计抽掉了踏板，不管是高个的还是矮个的，想从加油站的码头上直接跳上船都困难，除非他有段誉那样的凌波微步。陈小多在船上对他们做鬼脸，气得他们跺着脚要往上冲。黑眉毛的陌生男人挡住他们。

"兄弟，有话慢慢说，"他说，"别为难一个孩子。"

"你是谁啊你？"高的说，"他破坏河道，王子犯法都得与庶民同罪，没听说过啊你？"

"怎么处置？"黑眉毛问。

"罚款两百！"矮的说。

黑眉毛扭头问郑青蓝："真是你同学？"

"当然是，我们的房子就是租他家的。"

"好。"他把手放到郑青蓝的右肩上，对那两个人说，"钱我来出，放了他。"

矮个嘟囔着，高个递过去个眼色，他们就把两百块钱不客气地收了，收据也没开就哼哼着走了。黑眉毛对船上招招手，伙计重新把踏板放好，陈小多下了船。除了感谢，对陌生人他实在没什么好说的。

黑眉毛应该是船老大，上船之前停下来，掏出几张钱塞到郑青蓝口袋里，郑青蓝不要。"拿着，买点文具。"他说，"一会儿我去花街看看。"郑青蓝就收下了。

　　单放船快速驶向远处，他们在河边慢慢往前走。陈小多从水里捡起铁锹，水淋淋地拎着。郑青蓝让陈小多陪他一起去书店，陈小多说我还有铁锹呢，郑青蓝说扛着去。陈小多想，扛着去就扛着去，反正水也干了，谁怕谁。半路上陈小多突然觉得，应该知道一下帮他的人是谁。郑青蓝说：

　　"认识我和姑妈的一个叔叔。"

7

一百多块钱的债还没开始还，两百块钱的债又出来了。陈小多不得不心事重重。郑青蓝说，看你垂眉耷眼的，是不是整天忧世伤生啊？陈小多说，你们家买电视了？忧世伤生你都知道。郑青蓝说，你以为就你语文好啊。陈小多来正经的，你那叔叔的钱我得还，不过一时半会儿没钱还，你先代我欠着。谁让你还了？他有钱就让他付去。人家那是救我，咱不能过河拆桥。有的桥该拆就得拆，让你别还就别还，烦死了你！陈小多说，我也觉得自己烦，扛着铁锹满大街跑还想着还钱的事，我是挺烦的。

但是欠债还钱理所当然，别说英雄侠客，就是地痞无赖也没有话说。所以，烦死了我也得还。陈小多把铁锹放进储藏室，陈医生老婆奇怪学校的义务劳动突然这么多，儿子磨出了满把血泡还得继续干。劳动结束了，陈小多对他妈说，总算干完了。两腿一直倒在床上。靠挖水晶赚钱是没戏了，他想起来玉器铺老板一脸诡秘的肥肉，那个死胖子，肯定早就知道不准在运河边乱挖，妈妈的，早晚砸了你们家的玻璃。别的还有什么挣钱的路子呢？陈小多想着想着就睡着了，漫长的梦里也没有想出好点子。

新的一周开始，谈正午和周光明不同程度地表示了歉意，陈小多摆摆手。追着他罚款的不是他们，他们俩也没能力分担债务，那还说什么呢。陈小多过去从来不在乎钱，现在也不在乎，他总急着要还债不是因为钱有多重，而是债意味着情义、承担和责任，是天经地义和水到渠成。就像古今中外的大侠客，他们带着拳脚和刀剑，从不爱钱，但是必定有千万黄金洪水一样流过他们双手，他们拿过来是为了送出去，劫富是为了济贫，他们把钱送给穷苦人、艰难人和亟须的人，送给恩人、亲人和爱人，最后自己的腰包里空空荡荡，死的时候都买不起棺材。要的就是这空空荡荡，当然是送过之后的空空荡荡。陈小多现在要的是"送过"，要的是可"送"的东西。就这样，他看见他爸的抽屉。

陈医生的抽屉向来不锁，看完病收了钱直接放进抽屉，大大小小的钱从不分类。晚上睡觉前，陈医生老婆坐到他的椅子上，分票放一格，毛票放一格，一到五块的放一格，十块和二十块的放一格，五十的和一百的放在格子底下，打开抽屉是看不见的。如果大票子超过两百，她就拿出来存到箱子里，等着哪一天汇聚得更多，就去了信用社。再大的票子你也只能看见，听不见，能听见的是硬币，所有硬币放在一个大格子里，拉开抽屉它们就叫。小时候陈小多喜欢乱翻，有门的东西都要打开来看一看，他头一次看见盛放硬币的大格子时，眼睛都圆了，像阿里巴巴念完"芝麻开门"看见了敞开的山洞。那时候他认为只有硬币才算钱，才是值钱的钱，纸币不过是印上人和花纹的小纸头。

现在他看见他爸的抽屉半开，阿里巴巴的咒语只念了一半。爸妈在门外和邻居聊天，从声音上判断，离门槛至少三十步，足够他打开抽屉，把钱装进口袋。拿多少呢，那要看他的口袋有多大。陈小多定定神，他偷过瓜，偷过西红柿，也把别人钓的鱼拿进过自己的鱼篓里，但是没偷过钱，即使是自己家的，天地良心，这是第一次。他妈的记忆力最近虽然不是很好，而且经常犯偏头疼，但她对钱的莫名其妙的直觉能力还在，所以他不能过分，在十块和二十块之间最好，家有万贯不如日进分文，小心才能驶得万年船。他在不同的格子里一共拿了十五块钱。让抽屉回到半开。

第二次也是十五。爸妈都在午睡，窗帘拉上了，半个房间罩在暗影里，飞马牌挂钟像年轻人一样步履稳健。屋子里除了时间就是金钱，但只拿十五，欲速则不达。

第三次二十。是在清早，他爸在石码头上看水汽从运河里上升，他端着紫砂壶，坚持认为一大早和水站在一起有益身心健康。医生都有一些看似有理其实怪僻的毛病。因为他这么说，很多花街上的老头老太太一大早都到水边站着，石码头上站满了人，好像要开会。他妈去蓝麻子的豆腐店买豆腐脑和油条。她听了一个偏方，豆腐脑里放花椒能治偏头疼，所以每天去买豆腐脑时都攥着一把花椒。花椒必须赶在豆腐脑之前放进碗里，偏方里也有严格的规矩。陈医生怎么劝都不管用，最后不再劝了，因为她说，你的方法科学，为什么老治不好我的头疼？

第四次二十五，因为他妈的偏头疼加重了一点。放学回到家里，书包刚放下，陈小多就听见他妈在石码头上叫他爸。沉禾从运河里捞上来一个形状古怪的树根，她问陈医生要不要买下。陈医生去年在电视上见过一个根雕茶几，正面看像龙，侧面看像虎，古朴大气，怎么看怎么好，一年叨咕了不下四十次。如果西大街的范木匠能因势赋形，这个树根完全可以做成一个人见人爱的好茶几。这样的茶几放家里，想没品位都难。

第五次，也是最后一次，午睡的时候。陈小多算好了，加上陈医生刚给的十块钱零花钱，只要十五块钱就可以满一百了。盗亦有道，陈小多的确只拿了十五，关上抽屉的时候发现后面站着他爸。吓他一跳。

陈医生说："你干什么？"

陈小多说："你干什么？"

"撒尿。"陈医生说，"拿钱干什么？"

陈小多觉得应该大事化小，小事化了，得把事情弄得平常一点，就说："不就拿点零花钱么，在家里也搞得跟抓特务似的。"

"还想问你呢，是你像特务还是我像特务？怪不得你妈说，我建了小金库，我的小金库都建到你那里去了。"

他妈也被吵醒了，捧着半边脑袋过来："大中午的，打架啊你们爷儿俩？"

陈医生指指儿子的手："那儿，那儿。"

他老婆伸长脖子看半天，恍然大悟："我就说家贼难防家贼难防，你看看你看看！"她看看陈医生，又转向陈小多，"不是头一回吧？"

陈小多说："不就拿点钱嘛。"

"我就说有问题，你看看有了吧？"她对丈夫说，"我最近老犯迷糊，怎么一数钱就不对劲儿，我还以为头脑真坏了呢。你看看，小多，你说，拿钱干什么？"

"陈千帆！"陈小多纠正说。

"今天我就叫你小多，我都把你生下来了我还不能叫你声小多？你给我说清楚，陈小多！"

陈小多低下脑袋："还钱。"

"还谁的钱？"

"隔壁，郑青蓝。"

"我就说么你看，我就说那娘儿俩不是好货，"她突然把怒气转向了陈医生，"你还不信？你看看你还不信！家里家里来不三不四的男人；那小的，叫什么郑青蓝，才多大呀，就知道骗我们儿子钱！我就说这样人不能招，你偏要充滥好人！你看看你看着吧！"

陈医生说："你看你，怎么能当着孩子面说这些？"

"那我该说什么？说你们爷儿俩把家里的钱都拿走送人？"

陈小多说："妈你别乱说，我真是借她的钱了。"

"你怎么不借别人的钱？"

陈医生说:"小多,上楼去,跟偏头痛病人讲不出个道道。"

"怎么就讲不出个道道?我还就不信了,有理走遍天下,无理寸步难行。那好,陈小多,你倒是给你妈说说,你都借那小丫头的钱干什么了?"

陈小多实话实说:"买肉吃了。"

他爸他妈都笑了。买肉吃了!简直比借钱撕着玩了还好笑。咱们家哪天缺过肉?不是鸡鱼就是肉蛋,除了龙肉和鲨鱼肉你没吃过,那是因为没得卖。你说说你有几个肚子还要去借钱买肉吃?

"就是买肉吃了。"

这个中午到此结束,没有睡的午觉也没法继续睡了。陈医生的老婆在家长里短的问题上和花街上的其他女人一样,有着令人震惊的求知欲,她应该坐进课堂里,做那个听课最认真、记笔记最勤、举手提问最多的学生。陈小多只好把三个人打算师从吴大拿的事讲给她听。

这事一点都不好笑,即使和"买肉吃"有直接关系。陈小多他妈开始坚持认为儿子很不着调,就跟他上一次离家出走去河南一样不着调,后来想一想,一个男孩子,学点身手强身健体也不是坏事,起码身体好,身体好比什么都好。陈医生不同意,这个年龄应该珍惜光阴好好念书,知识才是力量,四肢发达头脑简单有什么用,码头上扛大包的有几个身体不好?老婆说,"你倒是头脑不简单,可你身体在哪儿呢?"陈医生白白净净,戴眼镜,一副书生相。别以为当了医生就不会有毛病。

这话听起来挺家常，但说话的口气和眼神让陈医生受不了。其中的弯弯绕绕陈小多听不出，过些年他才能明白，入木三分哪。

他们拉开窗帘，下午开始了，阳光越来越好。作为当妈的，陈医生老婆最后对儿子的教育作了总结：一、好好学习，你爸说的也不是没道理，知识也有力量；二、好好锻炼身体，别寻思那些歪门邪道，学武，还学六呢，咱们是平常人，不靠肱二头肌过日子；三、今天就把钱给那丫头还了，要多少妈这里有，就是不能跟不三不四的人打交道。听见没？还有你，这是对陈医生说的，"别整天想三想四的"！

陈小多低着头，所有的错照单全收，反正也不往心里去。他不明白的是，郑青蓝和她姑妈怎么就不三不四了，让他妈一嘴的硫黄、硝石和木炭味。

8

陈小多站在阳台上往下看，如果能看见郑青蓝他就打个招呼，马上还钱。院子里没人，她们在墙角栽了几株花，在花朵还没开出来之前，他认不出来是什么品种。晾衣绳飘着洗过的衣服，女人的内衣裹缠在两件大衣服之间，陈小多的目光在内衣上一掠而过，做贼似的想，哪一件是郑青蓝的呢。一只野猫在她们屋顶上懒洋洋地走，瓦楞里长出一簇簇青草，水边总爱招野猫，它们闻到鱼腥味就从远方赶过来了。郑青蓝的门关着，郑辛如的也关着，敞开的只有客厅，永远欢迎客人们进来。陈小多兜里有一百五十块钱，多余的给他零花，免得再向"不三不四的人"借。早知道他应该把数字报高一点，比如三百，或者四百，虽然听起来有点多，但人有多大胆，地有多大产，没准连黑眉毛的钱也还上了。如此看，老实人还是吃亏。这是一个平常的院子，比他们住在里面的时候还要清静，淡淡的中药味从看不见的地方飘上来。他转动脖子挠痒痒，看见郑青蓝走在花街上。

郑青蓝背着手走在石板路上，慢慢靠近租来的院门，手里有一本书。她喜欢坐在水边看书，好学生总是有好的学习习惯。近门的时候慢下来,她伸长细嫩的白脖子通过门缝往里看,这是陈小多根据情势推断出来的,他的视线被院门挡住了,但他看见门缝外边有花衣服闪了几下,然后郑青蓝重新走回石码头。从她的侧影看不见她的表情和想法。姑妈不在家,她没钥匙进门了。陈小多正打算下楼找她,郑青蓝又回来了,她刚站到门前,又迅速跑开。陈小多听见老屋里的一扇门响,从郑辛如的屋子里走出一个男人,衣服灰不溜秋,黑皮鞋暗淡无光,拎着一个黑皮包,整个人仿佛灰尘堆积而成的。陈小多赶紧躲到柱子后头。那男人的眉毛很淡,长了个醒目的蒜头鼻。陈小多发现,蒜头鼻的确很像一头蒜。蒜头鼻子努力把轻飘飘的步子迈到实处,以便堂堂正正地走出院子。出了院子他没有顺手关上院门,说明他的生活习惯有待改进。

过一会儿,郑辛如走出屋子,开始生炉子煎药。弓身给旧报纸点火时,露出腰上一圈丰白的肉。报纸燃起来,她抓了一把细碎的木头放进去,炉烟熏得她咳嗽,郑青蓝回来时她还在咳。郑青蓝在进院门的时候迟疑一下,然后目不斜视地走进来,脚步声被灰砖头小路吸食了。两个人没有话,郑青蓝径直走回自己房间,关上了门。陈小多进屋搬了把椅子在阳台上坐下来,顺手从书架上抽了一本书,摊开来放到腿上,阳光从玻璃上折射几次落到纸上。

陈小多想,还是明天再还吧。

他见过很多陌生男人在花街进进出出,也见过很多陌生男人从女人的房间里走出来,这在花街谁都知道,都是野女人引来的野男人。大家都这么说，但大家还是接二连三地把房子租给那些女人，宁愿自己住的地方小点挤点，也空出一两间屋租出去。在花街，只要有房子就有钱花。房东们每月拿着钱，转身就聚在一起小声咒骂他们的房客，骂那些闻着腥味就高抬腿往花街跑的公猫。我什么不懂啊，陈小多胡乱地揎着书本，像要把纸上的字全部揎掉，我在这条街上长大，我见过很多男人，见过很多女人。我有点难受，的的确确很难受，他想那门曾经关着，然后打开来就要走出一个陌生男人；他想，这个郑青蓝，她拿着书在院门和石码头之间跑来跑去。

第二天陈小多比平时早出门，在河边等郑青蓝经过。开始他只是想还钱，多一个字都不会说：给你；谢谢；先走了。但当他把钱递出去的时候突然恶毒地说："你们家来亲戚了？"

"哪有啊。"

"昨天下午，"陈小多十分瞧不上自己的恶毒，但他分明从恶毒里得到了快意，两条腿都轻了。他让他的声音大起来，"他的鼻子比蒜头还大！"

"你说那人呀，"郑青蓝微微一笑，说，"是个中医呢。别人帮忙给请的。姑妈的发病越来越频繁了。"她把头发稍一圈圈缠在手指头，"我越来越担心她的身体，很多医生都看不好。还有，你别跟你爸妈说啊。守着个医生做邻居，还到处请别人，他们会不高兴的。"

"那有什么，他治不好怪谁。"

陈小多没有因为父亲能力不济而难堪，反倒生出另一种快意，觉得自己彻底飞了起来。他为自己多的那句嘴高兴，人家只是请个中医，如此而已，没事了。一日之计在于晨，这是个好的开端、好兆头，所以是不是应该克服一下心理障碍，和郑青蓝同路到学校呢？自问只能自答：应该。要拧着来，就当冒险了。陈小多又尝到了冒险的快意。

但决定好下，过程难熬，一路上陈小多遇到很多同学，集体害了眼病，见到他就乱眨巴，眼珠子像玻璃球一样咕噜咕噜转。开始还挺得住，陈小多勇敢地迎接他们的目光，后来就不对劲儿，人人都像在看贼，弄得陈小多只好低下头走路，背后开始发毛，慢慢就生了一层的汗，盼着赶快到学校。人要能在想飞的时候长出翅膀就好了，或者这时候杨过的神雕从天而降，像土行孙那样遁地也可以，不过地底下尖角的石头最好少一点。陈小多频频走神，郑青蓝问他定下来究竟选哪一科他都没听清。

"你说选什么？"他问。

"文理科啊。"郑青蓝说，"老师说现在重选还来得及。我决定选理科了，我要学医，治好姑妈的病。你呢？"

陈小多有点懵，他没仔细想过这事。好在他别无选择。"文科。"

"为什么不选理科？"

"那我得从小学开始重新学数学。"

"你要选理科，我可以教你啊。你也当医生，子承父业嘛。"

陈小多想了想："还是学文科吧。"

"那你出来干什么?"

陈小多被问倒了。他没什么特别想干的,或者说,想干的太多了。最早他的理想是渔夫,一天只撒两网,每网五十斤鱼;然后想跟爷爷一样跑船,最好能比海盗还威风;后来打算做卡车司机,像叔叔那样天涯海角地跑,一年到头在大马路上转悠;再后来想当兵,扛着枪穿一身不打皱的军装,五角星闪闪发光;又觉得当兵不过瘾,应该成为侠客,孤胆英雄,江湖浪子,一匹马一柄剑,一身功夫一个人;此理想现在严重受挫,吴大拿是个冒牌货,巨大的失落和空虚让他和谈正午、周光明都不知道该干什么了。

"你不会想着当作家吧?"郑青蓝的目光在瞬间里斜上三十五度,似乎作家是个坐在云端的职业。

"如果什么都干不了,"校门已在眼前,马上解脱,陈小多陡地放松下来,"也可以试试嘛。"跨过校门他和郑青蓝分手,忽然想到金庸、古龙和梁羽生,"我写武侠小说!"

进了教室他就把这事忘了,他哪里知道武侠小说怎么写,那里面的人就是在天上飞,也像是真的。陈小多不知道如何让人在天上飞,倒是记得郑青蓝打算学医,是为了治郑辛如古怪的痒病。世间无奇不有,有人能在天上飞,有人得了一种诡异的痒痒病。

晚饭时他去叫他爸吃饭,陈医生正在浑厚的医书上画红杠。他顺嘴跟陈医生说,郑青蓝将来要学医,专攻这病。陈医生从镜片后看儿子,好,是得好好研究。他老婆一看他两眼精亮，气就不顺，甩着手里刚冲过的湿筷子跟儿子说，看看你爸，那可比郑青蓝操心多了，四只眼盯着那书，好吞早吞下去了，你爷爷生病也没见他着急成这样。

陈医生头都没抬，说："妇人之见。"

"你倒是弄点爷们儿之见给我看看呀。半夜里把人叫醒，问这个药跟那个药掺和到一块儿会不会有效果，我要知道还不早把你给治了？"

陈医生说："看，又不着调。这是敬业。"

"净对别人敬业了，就倒腾那堆药吧你。儿子，我们吃！"

那堆药，是指陈医生自己琢磨在配的药。陈医生最近饱读医书，突发奇想，既然中医不能根治，西医也没办法，为什么不中西结合呢。但是医学上有常识，中西医应当分而治之，医理不同，药性不同，掺和到一起要出人命的。常识其实是至理，陈医生当然懂。不过至理也不尽是千古不易，你看张仲景的《伤寒杂病论》，所用之药也都平常，根本不是想象中那样稀奇古怪，非要什么明前茶、秋后叶、原配的蟋蟀、童子尿之类的做引，也不必找千年灵芝、万年老龟、深海里的鲸鱼须子，所以，一切都有可能。陈医生的逻辑稍微有点混乱，也不必强求，他想表达的很简单，一切不可能都可能导致可能，既然世上有不可想象的病，就有不可想象的药和方子。

根据经验、阅读、推理和想象，陈医生买了相关的西药和草药，他要实验。难度会很大，他有心理准备，据说专杀害虫的毒药"六六粉"都是经过六十六次试验才成功的，他要试验出一种全新的疗法,那还有什么可说的。这些天陈医生满脑子都是痒病,痒痒痒,半夜里想出个新点子,一激动就把老婆弄醒,希望她能分享一下喜悦;有疑难,拿不定主意,也会问老婆一句,他知道问不出个所以然来,但说出来总比憋着好,说出来他就可以安心地睡觉了;对老婆就是折磨了,好容易睡着,如果醒来她希望能分享到另外一种喜悦,而陈医生偏偏无所表示;就算口头上关心一下也行啊,陈医生连口头上的关心也想不起来,他问的是最没情趣的问题,而且为的还是个外地来的女人;谁都知道外来的女人最擅长招汉子,所以,她从里到外的气都不顺,积压着呢,都憋出了手榴弹味了。以陈小多的年纪,这个他也理解不透。

陈医生有他的道理,男人应该以事业为重,有些事既然男人都能免,女人为什么不行?他对老婆举了一个语重心长的例子:一个著名书法家,这里就不报名字了,练字痴迷,半夜里在老婆肚皮上摸索来摸索去,老婆以为丈夫终于扛不住了,暗自窃喜,决定好好矜持一回。没想到书法家一直摸索下去,末了长出一口气,说,这幅《兰亭》临得如何?陈医生老婆听完了,说:"屁!你们男人除了能找点借口,还能干什么?!"

陈医生说:"看你说的,我不在配药嘛。"那时候他的确在配药,面前放了麻黄、薄荷、甘草、苍术、桃仁、僵蚕、荆芥、防风还有归尾等药材,在犹豫到底该选取哪几种,每种各选取多少克。旁边是秤、天平和捣药杵臼,一套家伙一应俱全,货真价实,都是从正规药店里买来的。

不仅琢磨配药，陈医生还继续研究针灸。多年前他在市中医院培训过，不管是传统的毫针刺法、灸法、拔罐法、三棱针法、皮肤阵法和刮痧疗法，还是现代针灸技术中的头针法、耳针法、腹针法、水针法、电针法、新九针法、穴位埋线疗法和穴位割治疗法，多少都懂一点。一般的小毛病，三两针也能搞定。但是在市中医院的时候，没有人培训过如何治疗郑辛如长了腿乱跑的痒病。按通常活血止痒之法，扎曲池、血海等穴，扎耳针，扎痒处，都不能根除，特殊病症得找特殊穴位解决。特殊穴位在哪里呢？陈医生对着全身的经络穴位图一个个盯着看，图上光身子的男人全身被画满了黑圆点，对着每一个小圆点扎下去都可能治愈某种匪夷所思的病症。陈医生一边看一边手捻一根银针，看看图再看看自己，在自己身体的相关部位来回比画。

他对这个病有了极为复杂的感受，既有极大的挫败感和恐慌又有难以言说的兴奋。兴奋点在哪儿呢？很多，疾病的挑战只是其中之一。如果他顺着另外一个路子深入地想下去，会发现他对郑辛如也抱有同样复杂的感受。他看见她在院子里生起煎药的炉子，看见她弯腰露出来的一点点身体，看见她走在路上扭动的腰身，看见她的脸和手，看见她因为痒不得不扎针而暴露出来胳膊、腿、腋窝、脖颈和后背；还有，看见她的院子里走出来一个陌生的男人，他也有极大的挫败感和恐慌以及难以言说的兴奋。

他头一次见过这样的病，也头一次见过这样的女人。说实话，他对这个女人了解得极少，她来了又走，他们说的所有话都可以放进广播里向全世界正直的人播放，但他就是有种含混的感觉在其中，他有点说不清楚究竟是怎么一回事。他在一楼的诊室里走来走去，希望她来，又希望她不来。

9

陈小多开始在学校吃中午饭。文理最终分科前的会考快到了，时间比钱珍贵，一顿午饭可以省下来一个小时。走读生纷纷把饭盒带进学校。郑青蓝在食堂买了饭票，建议陈小多也别回去。陈小多拍一下脑袋，说好。他看重的不是时间，他一天有二十四小时呢，不值钱，主要是觉得好玩、新鲜，吃饭像打仗，大锅饭有大锅饭的乐趣。谈正午和周光明跟着买饭票，凑在一起多有意思，他们俩也厌倦了家里常年不变的饭菜，一放学他们就往食堂跑。先到不仅意味着可以早点吃上饭，还可能吃得比别人好一些，因为到了后来，肉和蛋这一类硬菜卖得差不多了，炊事员的勺子下得就浅。第一个人得了五块肉，中间的人只能得三块，到了最后一个，只有一块给你。运气若是更差，你只能被一勺子肉汤打发掉，而任何时候窗口处好像都挤着一堆人。他们三个分好工，一个人像锥子一样扎进人群里，一个在他身后往外端饭菜，第三个人在人群外接应，饭菜和汤一碗碗从人头上传过来。都想早点吃到饭，没有人排队。拥挤的男生喊着号子，杭育杭育……哪只汤碗歪了，洒谁身上活该谁倒霉，每天都有很多眉毛上挂着菜叶的男生绝望地骂娘。

三个人在一块儿吃,一块肥肉丁子都当宝贝,六只筷子打架去抢,饭菜很糙,他们顿顿吃得肚大腰圆。然后去校门口喝加了色素和糖精的汽水,一毛五分钱一杯。谈正午最多一次喝了八杯,跟人打赌的,喝到第五杯脸就白了,越往下喝越像死人,第八杯刚喝完,连吃进去的饭都吐出来了。陈小多头一次见那种吐法,像突然打开的水龙头,喷出去老远。喝完水他们去运河边遛达一圈,找个安静的石头坐下来看武侠小说;如果困了,就回教室趴在课桌上睡觉。一顿饭改变的生活,节奏变了,他们开始觉得念书还是件美好的事。

美好的东西总不长久,周二他们从河边回来,陈小多的瞌睡伸展到一半,另一半被凳子的倒地声惊回去。他揉揉眼,看见两个眼熟的学生站在黑板前面,一个应该是高年级的,一个应该是低年级的,他叫不出名字。前面的两个女生和一个男生也站着,他们中的一个站起来的时候碰倒了凳子。

一个女生说:"我饭票用光了。"

另一个女生说;"我饭票借人了。"

黑板前的高年级学生说:"有一分拿一分,你呢?"他问站着的男生。

男生说:"我没饭票。"

低年级学生说:"现金也欢迎。"

陈小多知道"税官"来了。学校里有不少高年级的混蛋干这事,一到没钱没饭票了,就到低年级教室里转悠,见者有份,都得掏腰包上贡,不缴税就打。从初一到初三,他交税不下十次。

税官通常只去初中几个年级里要钱，这几乎是不成文的规矩，陈小多入了高中这还是头一回遇到。他看看谈正午和周光明，他们也在看他，三个人坐着不动也不吭声。大税官对小税官递了递下巴，小税官下了讲台，把右手掌摊开逐一走过教室里的每一个人面前。站起来的要缴，坐着的也要缴，上贡不分姿势。饭票用光的女生掏出了五毛钱饭票，饭票借人的女生给了七毛钱饭票，都有。没饭票的男生打算缴五毛钱，掏兜的时候带出了一张两块钱，他眼疾手快一把抄住了想往兜里塞。

小税官说："都看见啦。"

那男生只好把两块钱也给了他。

小税官走到陈小多跟前，陈小多说："没带钱。"

小税官说："兜里，找找。"

"找过了，没有。"

"好，我替你找。"

小税官的手就伸过来了，陈小多很不喜欢他那张小恶霸的脸，那与年龄不相称的恶有点瘆人。念他还小，陈小多轻轻地压住小税官的手，问："初几？"小税官的反应异常火爆："关你屁事！"抽回手握成拳又送了过来。陈小多一把抓住他的拳头，小税官的五官立马皱起来。陈小多为自己手上的力气自豪，举过几天哑铃还是管用的。小税官想动另外一只手，还是慢了陈小多半拍。一种侠客的好感觉从陈小多心里浮起来，一直浮到嘴角，陈小多很有节制地对小学弟微笑了。小税官开始龇牙咧嘴向大税官求救。

大税官说:"兄弟,放开。"

陈小多就放开了,拍拍手坐下来。他注意到同学们看他的眼神很复杂,有感谢、羡慕和崇拜,也有恐惧和担忧,个别人目光的小角落里还夹着硬邦邦的幸灾乐祸。然后讲台上有了动静,他们像向日葵一般开始转动脖子,又转回到陈小多那里,大税官到了他跟前。大税官不说话,伸手就往陈小多脖子底下抓,他想把一个人拎起来。陈小多挡开他的右手,大税官的左手变成拳头,落在陈小多右胸上。陈小多捂着胸口大喊:

"你们都死啦?"

谈正午和周光明才回过神,从课桌中间跳过来,一人抓住大税官一只胳膊把他往后拽。谈正午说,大中午的,都睡着呢。周光明说,就这样吧,都在看书。他们俩其实不想打架,尤其不愿在教室里打。班主任说了,在外面你们杀人放火我管不着,在学校,只要我看不下去,你们就没有好日子过。在教室打架肯定不会过上好日子。大税官脾气看来不太好,明知道二打三讨不到便宜,还要试一试,让小税官拿凳子。小税官很听话,抓起一把凳子就往这边砸,谈正午和周光明为了躲开,本能地把大税官往前推,手上的力气也跟着大;大税官也想躲,奈何胳膊在别人手里,他被像独轮车一样僵直地往前推,脑袋躲过去了,肩膀挨了一凳子,凳子腿还在他脖子上拉了一道血口子。幸亏凳子腿是木头做的,不带刃,否则大税官的脖子上就会出现一个绚丽的红水小喷泉。

见了红,谈正午和周光明就不好意思再抓着人家的胳膊了。大税官对这个结果有点接受不了,他把脖子抱着,手上只沾了一点血,他的眼睛就红了,扭过头来看陈小多三个人时仿佛受了伤的斗牛。谈正午都开始算计抓哪一把凳子防御更方便了,大税官突然对小税官说:

"走!"

小税官放下凳子,出门的时候咬着牙说:"小心点,早晚让我们老大劈了你们!"

陈小多说:"你们老大谁啊?"

小税官走到窗户前停下,嘴里蹦出来两个字:"柳,哥!"

三个人大眼瞪小眼,各自找了凳子坐下,这回发大了,跟斧头帮干上了,看热闹的同学齐刷刷地把脑袋转回去。只要你不是今天早上刚进这个学校的转校生,你就一定知道大名鼎鼎的柳斌是谁,校长也知道。没有人吭声,刚犯了支气管炎的同学也忍住不咳嗽。

陈小多拍一下桌子说:"操,怕他个鸟!"

谈正午说:"嗯,怕他个鸟!"

周光明说:"多大的事,哪天不死人!"

三个人站起来,相视一笑,仿佛就此达成了协议。那个支气管炎的同学咳嗽了一串子,这一会儿可把他憋坏了。

他们嘴上大大咧咧,心里还是小心着,舒舒服服的总比鼻青眼肿的要好一点。尽量不在校园里乱逛,斧头帮人多,敌人也就多,对面背书包走过来的那家伙很可能就是他们一伙的。既要避开人群走,又不能往人魂儿没有的地方钻,那会被打死了都没人看见。三个人尽量走在一起，六只眼左顾右盼。第三天下课间操，他们三个人一起从厕所出来，陈小多肩膀被人拍一下，回过头，看见一只手插在裤兜里的柳斌，边上站着小税官。

"就是他们！"小税官志得意满，好像陈小多他们仨是宝，被他率先捡着了。

柳斌的另一只手拍过陈小多后就一直捏着下巴，僵硬地摆着那股酷劲儿，这三个家伙眼熟啊。他学香港警匪片里的黑社会老大跺了跺脚，说："哦，你们哪。"其实他根本没想起来这三人在哪里见过。"我小兄弟，"他搂住小税官的肩膀，努力笑得像老大，"不懂事，三位多担待。"

"那是，"谈正午说，"一点儿小误会，纯属误会。"

"那就好，"柳斌说，"抬头不见低头见。要想好，大让小嘛。"

小税官急了："柳哥，他们打我！还有春哥的脖子！"

"你们自找的。"柳斌的脸拉下来，"回去！"

小税官又说："柳哥——"

"让，你，回，去。"

小税官噘着嘴，鼻子眼睛痛苦地聚成一团，像女孩子似的跺了一下脚，甩着胳膊走了。

剩下的气氛很好，跟领导人亲切会见似的。柳斌居然没动手，斧头帮居然没动手。谈正午说，嗯，柳斌是个人才。周光明说，不拿斧头这家伙很像个好人啊。陈小多不置可否，没人会把"坏"字他妈的写在脑门上。

午饭后他们三人回到教室，无所事事，大税官和小税官来了。他们的程序和上次一样，说的话都一样，就像按了录音机的重播键。大税官摸着脖子上的细长伤疤把每个人的脸都扫了一遍。陈小多想，你以为你眼里有毒药啊。从陈小多那边开始，所有人都对小税官伸过来的右手做了表示，小税官离陈小多越来越近。教室里很安静，缴过税的同学拧着脖子往后看，眼睁到最大，嘴半张，鼻孔自动堵上忘了呼吸。陈小多一动不动地坐着，他觉得自己应该做好了准备。有把凳子倒地，那是谈正午在迅速站起来，他从空着的两排课桌之间穿过时，拍了一下周光明的后背。他赶在小税官之前走到陈小多身后，打开后门，拽紧了陈小多的胳膊把他拉出了教室，周光明也跟着出来了。这个过程依然没人吭声，他们离教室越来越远。小税官站在陈小多的空位子前回头朝讲台上看，大税官还是面无表情，小税官就转到另外一条走道，开始收缴那两边人的税。

三个人回到教室，一个同学说："他们收完税就走了。没有废话。"

三个人想，事情大概过去了。

第二天下午放学，他们过了水门桥左拐，沿运河边的林荫道没走几步，从电影院后面的巷子里走出来五个人，打头的是柳斌。他堵在路中间，双臂抱于胸前，一边站着两个人，右边依次是大税官和小税官。

谈正午说："操他妈，还是没算完。跑？"他往身后看，没人堵后路。

陈小多说:"他们要不想完,跑了初一跑不了十五。"

周光明说:"要不,先看看他们要干什么?"

他们就迎上去,在五步远的地方站住。他们希望对方能说点什么,包括如此隆重地拦住他们的理由。遗憾的是他们什么都没说,柳斌把下巴往前递了递,很像嗓子发痒要咳嗽。下巴收回来的时候,两边的四个人已经冲过来了。陈小多他们三人才想起来斧头帮的传统:打了再说。他们气势汹汹,显然有备而来,陈小多等赶快招架。可惜他们三人连两脚猫都算不上,在电视、武侠小说和臆想中的招式一个都用不上,黑虎掏心、猴子望月、亢龙有悔等等,仿佛都不曾存在过,太复杂了,来不及摆出来。他们会的和所有人的相同,和花街、东大街、西大街和解放路上的泼妇们扭打在一起的招数相同,抱住,纠缠,哪儿方便抓哪儿,眉毛头发鼻子腮帮子都不分,得空抽出手就捣一拳,撤出腿就踢一脚。他们觉得身体笨拙滞重,缺少腾挪的力量和空间,他们和斧头帮死缠烂打像面团一样揉在一起,在感到痛击别人的同时也感到了麻木和钝痛。除了小税官,另外三个都是高年级的;如果脸上有块青痣的那个是初中学生,那也是初中里少见的庞然大物,动起手脚来比任何一个都狠。即使只有三个人,陈小多他们也占不到便宜,还加上个小税官;这个小东西机动,这边方便了就踹谈正午一脚,那边瞅着空了就给陈小多一拳,逮着谁打谁,怎么方便怎么来;有时候也会盯住一个人发泄愤怒,连着扇周光明十几个耳光。

大家都打累了,胳膊腿有点发软,凄厉的喊声相互听不见。他们停下来，跟跟跄跄地甩着发麻的手指，看柳斌站在路中间讲话。路上一个人没有，运河里跑船的看见他们打架，开心地为他们呐喊助威，船并不因此停下来。柳斌说：

"让你们放血也放个明白。那天见着你们三个，我说怎么这么眼熟，回去我一琢磨，明白了，四大金刚一伙的。上回打架，你们仨都跳出来的。敌人的血就该放，不冤枉吧？"

陈小多也明白了，当初觉得大小税官眼熟，也是那次打架溜过一眼的。这么说来的确不冤枉，早就是对头了。

谈正午说："冤枉，我们冤枉啊！我们就是跑过去看看，碰都没碰你们一下。"

"是啊，我们冤枉！"周光明抱着下巴，刚刚被小税官一脚踢着了，他说话主要是想检验一下下巴脱没脱臼，"四大金刚跟我们没任何关系，不是我们的师兄。"

此地无银。谈正午和陈小多都看他。周光明自己也感到诧异，下巴没脱臼，话怎么突然就不过脑子了呢。

"还师兄呢！"小税官说，"柳哥，要不再放点儿？"

"没有的事，"谈正午说，"你们可以去查，谁愿意跟四大金刚师兄弟呢？"

周光明说："我们只是开始以为是师兄弟，后来发现不是，我们真的不是！"

周光明还要解释，绕口令一样越抹越黑。柳斌本来打算就此打住，被他绕这么一大圈反倒来了兴致。这师兄师弟叫得如此之亲热，有点意思了。

77

"你,"柳斌指指陈小多,"说说,你能说明白么?"

这有什么说不明白的,陈小多就把来龙去脉扼其要说了一遍。

"原来如彼。这样,咱们斧头帮也不耍小心眼,骂一句'四大金刚臭狗屎',这账就两清了。从谁开始?就一声。"

谈正午主动说:"四大金刚当然是臭狗屎!"

周光明说:"正午说得对,我也觉得四大金刚是臭狗屎!"

到陈小多,没声音了。

柳斌问:"舍不得骂?"

"打不过你们,我们认了。"陈小多说,"四大金刚不是好人,但这种时候你让我骂,我出不了口。"

柳斌说:"再问一次,不骂?"

谈正午和周光明啪地啪地直递眼色,陈小多没吭声。

"最后一次,不骂?"

谈正午和周光明都急了,不就一句话么,说了又不会死人。陈小多还不吭声。

大税官说:"柳哥,这小子嘴有点紧,还得玩扎实的。"

柳斌说:"我可是仁至义尽了。你们看着办吧。"走到路边,坐下来点了根烟。

三个人围住陈小多。谈正午和周光明犹豫是不是该帮他一把,小税官及时地站过来。"我看你们最好还是待着别动。"他说。谈正午和周光明僵在了原地,六只拳头和六只脚落到陈小多身上的声音稍显杂乱,他们喊着号子,像在对着靶子练拳击。陈小多把身体弯成一只大虾,大虾想,我要是千手观音有多么好。他不是千手观音,连两只手的人都算不上,他的两只手护住脑袋,没有反击的武器,他们打他就是在打一个无法逃跑任其捶打的人肉靶子。如果谁要觉得手和脚硌得慌,那只能怪陈小多太瘦了,他的肋骨根根分明,平常被戏称"排骨"。

谈正午和周光明刚转一下身,小税官就说:"别动!"他们就不动了,只能在心里求陈小多原谅,哥们儿,我们也没办法啊。他们也在想,如果天上能降下个千手观音就好了,她会代替他们给陈小多解围的。果然就听到一个清冽的女声:

"别打了,你们别打了!千帆!千帆!"

一个女孩从水门桥那边跑过来,打人的人停下来,闲着的人扭头看,她像从下午的太阳里跑出来的。谈正午和周光明眼睛聚了焦才看清楚是郑青蓝;陈小多倒在地上痛苦地闭着眼,什么都看不见;斧头帮的五个人不认识她,但他们一致发现这个女孩长得不错,从上到下,从圆圆的白嫩的脸到两条跃动的长腿到身体前面起伏耸动的胸,从跑步的姿势和摇荡在身后的马尾巴;柳斌站起来时自言自语,一把好乳。

"千帆!陈千帆!"

郑青蓝蹲下来,不知所措地摇动陈小多。她还没见过谁的脸能青紫成这样,简直像只摔烂了的茄子。"千帆,千帆。"她哆哆嗦嗦地叫他名字。陈小多慢慢睁开眼,光线刺得他浑身都痛。"你怎么来了?"他都有点迷糊了。

"疼吗?"郑青蓝说,"我扶你起来。"

陈小多点点头,他也奇怪自己被打成这样居然没死。站起来的时候他感到全身更痛了。

"你们为什么打人?"郑青蓝气呼呼地问大税官他们。

大税官说:"你问他。"

她就问陈小多。陈小多说:"没事,我没事。你先回去吧。"

"不行!他们把你打成这样就是不对!"然后她看见了谈正午和周光明,"你们是白痴还是傻子?他被人打了你们就站着看!"

谈正午和周光明说:"我们也——你看。"他们把袖子和裤腿捋起来,都有伤痕。

郑青蓝就不再管他们,当务之急是给陈小多治伤。"走,我们先回家。"她扶着陈小多就要走。

大税官他们也觉得下手有点狠了,不想再为难他们,四个人闪到一边让他们俩走。柳斌说话了,柳斌说:"你谁啊,随随便便就把人带走?"

"凭什么要告诉你?千帆,我们走!"

"站住!"柳斌对手下四个人又递了递下巴,四个人挡住道,"我们斧头帮的规矩是,要带人可以,必须是他老婆才行。"

"什么斧头帮菜刀帮,哪有这种烂规矩,他才十六岁哪来老婆!"

"你要不是他老婆,走人吧。规矩不能破。"柳斌说,忍不住先笑出声。

手下的四个人才明白老大在玩幽默呢,怪不得大家都对这规矩犯迷糊。他们跟着大笑起来，争相附和："对，必须是老婆，一个被窝里的人才行。"

"你们无聊！无赖！"郑青蓝偏不信邪，脸涨得通红，对站成一排的四个人说，"死一边去！"

四个人说："你看往哪边死合适呢？"

谈正午和周光明给郑青蓝求情，柳斌让他们打住，如果不想让你们老婆把你们架回去，就赶快住嘴。挡道的四人又开心地大笑，他们俩就不知道该怎么办了。

陈小多说："别管了，我自己回。"他推开郑青蓝，刚离开就要倒地，他从来没想到自己有一天会被人打得站着都得依靠别人。他以为他会成为大侠客，总在危难时拔刀助人，而大侠客本人，是捶不扁砸不烂嚼不碎的铜豌豆，是个怎么折腾都能站起来的不倒翁。

郑青蓝赶紧扶住他："就你这样，省省吧。"

陈小多还嘴硬，他难堪，一个女孩子就这么扶着他，说出去脸面得埋到地下五十米的深处去。"让你走你就走，啰唆！"他生气了，因为愤怒他感到疼痛突然消失。郑青蓝有点懵，好人有罪了，真把自己当碟菜了。郑青蓝扔下他，背着书包绕过人墙走了。陈小多的疼痛重新回到身上，左腿打了个软，一屁股坐在地上，痛得眼泪都快出来了。郑青蓝听见的是麻袋倒地的声音，她停下来，本能地转过身，五秒钟以后才开始往回。在这短暂的时间里有两个郑青蓝在打架，然后其中一个胜了，说，算了，就当救死扶伤了。她跑回到陈小多跟前，说：“你不是能么？怎么不站直了？”

漂亮的女孩子去而复返让柳斌有点不舒服，再逼迫她，毫无疑问会让自己更不舒服。他对人墙摆摆手，四个人没能立刻领会老大的意思，你看我我看你，问对方老大的手势在说什么。这时候，郑青蓝扶起陈小多，仰起脸雄赳赳气昂昂地对柳斌说："就是陈千帆的老婆！我可以把他带走了吧？"

柳斌还是愣了一下："你说谁是？"

"我！"

大税官他们笑得更开心，声音怪异猥亵。一个说："一个被窝里睡的？"

"是，一个被窝里睡的！"

陈小多受伤的小眼都大了，这话她也敢说呀！陈小多自己都说不出口。郑青蓝根本不看他，把他的胳膊往自己肩膀上一搭，架着他半步一顿地走过人墙。他们俩如果回头，就会看见剩下的七个人呆若木鸡，表情僵硬。当然他们不会回头。

他们越走越远。柳斌喝道："还看！都给我滚回去！"

在他们看不见的地方拐弯处，郑青蓝哭得稀里哗啦："都是你！传出去我脸往哪儿放！我成什么人了！"

"对不起啊，"陈小多说，"传出去我脸也没处放。"

"你还说！"郑青蓝在他胳膊上狠狠地拧了一把，痛得陈小多单脚跳起来。陈小多咧着嘴说："你怎么比斧头帮还狠。"

10

陈小多只是皮肉伤，大脑、骨头和脏器安然无恙。陈医生不放心，在老婆的督促下拿出平生所学，一寸一寸地把儿子又检查了三遍。科学表明，一两周以后，瘀血退了，伤口长上了，还会是一个好儿子。这段时间陈小多一天有一半时间躺在床上，睡不着就强迫自己看课本，看到想退学的时候就看小说。他对大侠客依然神往，他要是金世遗、令狐冲、段誉、石破天、胡斐他们中的任何一个，何至于鼻青眼肿地被一个女孩子架着回来。他辗转反侧得出一个结论：还是有两下子好。于是，吴大拿事件之后逐渐凉下来的习武热情又开始迅速升温。这跟谈正午和周光明又是不谋而合。

被打那天，在路上郑青蓝说，我要是交上你那帮朋友，宁愿吊死。陈小多也很生气，整天嚷嚷同生共死患难与共，临头上了，吧唧吧唧嘴站一边当看客。当然也不能全怪他们，谁不想保全一身好皮肉。所以他气一阵子也就过去了，谈正午和周光明第二次来探望，他就答应见了。第一次很坚决，他对他妈说："跟他们说，死了，见不着了。"弄得他们俩仿佛两只田鼠灰头土脸地回去了。

哥们儿之所以是哥们儿,就在于被骂过之后还会硬着头皮再来一趟。这一趟陈小多让他们进门了,因为是哥们儿。他们俩百感交集地看着陈小多日渐消散的瘀血,不知道从何说起。这遍布全身的伤,他们不知道该说还是不该说。还是陈小多主动定了调:

"今天不说伤,说别的。这些天我琢磨,毛主席说得对,枪杆子里出政权;要想不受欺,手上必须有两把刷子。"

"在理!"谈正午说,"咱们想到一块儿了。昨天在校门口见到柳斌,跟个爷儿似的,说过两天还找我们。我就想,操你妈,我要真是有能力灭了你,看你妈的还不躲得远远的!"

"就是就是!"周光明接上茬,"我也在想,得想办法让两只手硬起来。"

三个人伸出手,一拍即合。去少林,上武当,走遍天下都不怕。然后开始草拟计划。

陈小多还是去少林。谈正午决定去武当,他喜欢电影《武当》胜过《少林寺》,此行也是要了断从小就有的情结。周光明也去武当,原因是做道士可以留头发,他不想当秃子。

最大的问题是钱,经过三人商议,反倒成了最先克服的困难:无钱一身轻,正好可以流浪江湖,一路磨难到少林和武当。艰难困苦,玉汝于成。若是掏一大笔钱乘飞机去,岂不成了自费旅游了。陈小多伤痛利索了就动身,就这么定了。

伤养起来也快,一周后陈小多除了眼睛像熊猫眼,基本上是个好人样,偶尔上蹿下跳都没问题。每天从楼上到楼下再到楼上来回跑好几个来回，作为恢复锻炼。郑青蓝来看过他两次。她把陈小多从斧头帮拳脚底下抢回来，算半个救命恩人，陈医生老婆对她的态度立时来了个急转弯，见面就嘘寒问暖，恨不能把郑青蓝抱在怀里，对她的圆脸蛋亲一亲，水果和瓜子也一盘盘端上来。在丈夫面前也由衷地赞叹，青蓝这丫头长得好，心眼儿也好呢你看。陈医生说，想定娃娃亲呀你？老婆惋惜地摇头，随便换一家人，我还真就应了；可是她，那不行！说到"她"，她使出浑身的力气给了陈医生一个白眼。

郑青蓝来，谨慎地坐在陈小多五米开外，反正房子大，有足够的空间让她往后挪，完全没有救人那天的泼辣劲儿。这个小儿女态也让陈医生老婆喜欢，私下里还送了两条只有这段运河里才产的、俗称白大雁的鱼给隔壁。郑辛如接下，道了好几回谢，陈医生老婆客气一番，也道谢，道给郑青蓝的，可惜那丫头不在家。她想，要不是有个好侄女，就凭你，吃我的白大雁，也配？郑青蓝把课本也带来，如果陈小多功课上有困难，她可以现场办公。陈小多对课本没任何兴趣，想问的是一点地理知识，比如从花街走到河南嵩山少林寺，要经过哪些地方，哪条路最近等等，这些郑青蓝又不知道。所以他的话里一个问号都不带。缺少互动，两个人的谈话就很短，伤病问候花不了几分钟，她又不能从头到脚一个部位一个部位问，所以五分钟之后她就站起来要走。突然就没话说了。这很奇怪，郑青蓝把它归咎于探视的环境和氛围过于正规，跟谈判似的。君坐长江头，我坐长江尾，中间还横插着楚河汉界，简直是公事公办。

不过这一头一尾的格局似乎是自己定下的，上来就坐到五米外，怨不了别人。郑青蓝觉得，之所以一头一尾，原因还在于陈小多家的房子太大了，一不小心就空出了楚河汉界。如果陈小多及时地邀请她看看书架上的几排书，情况会好些，不过就那个傻子，还是别指望了。

也许的确是四四方方的房间过于严肃了，出了屋子，即便是只站在阳台上，两个人也可以随意一点打个招呼了。碰巧陈小多在阳台上往下看，碰巧郑青蓝在院子里仰望天空；或者是他们俩都在不经意间倾斜了一下目光，看见对方，相互笑一下，伸出手摆了摆；这样的日常随意的动作让两个人忽然感到了仿如秘密一样的会心和温暖；当然他们都没有就此深入地想下去，应该是年龄还小，因为接着都去干自己该干的活儿了。这样的事发生不止一次。在一次次俯看和仰望中，两个人不仅看见了对方，陈小多还看见了郑辛如和整个院子，看见了晾衣绳上五彩的湿衣服、墙角的花树，看见了煤球炉子上熬着的中药，热气带着中药味不偏不倚地飘到阳台上；郑青蓝也看见了阳台上晾着的陈家的衣裳和花盆里的白玉兰，看见了陈医生端着紫砂壶在走道里来回踱步，他的嘴和壶嘴似乎长在了一起，偶尔还看见陈医生背后一闪而过的两只女人的眼，那是他的老婆。为什么女人的眼总要一闪而过呢？

还要说的是，除此之外，陈小多也在休养期间看见过两个男人进出过郑家。穿夹克的是他第二次见到；另外一个完全陌生，不是黑眉毛也不是蒜头鼻。差点忘了，他还欠黑眉毛两百块钱，不知道什么时候能还上。债欠久了，负担就不那么重，还不还、什么时候还，似乎完全取决于自己的心情，他占了主动，不过有了钱他一定会尽快还的。看见陌生男人进出，这是上午或者下午时分，此时郑青蓝正坐在教室里认真听讲。

照郑青蓝的说法，这些进出的陌生男人应该是四面八方来的中医，也可能是西医。每周都有一两个医生前来，频率有点高。这还是碰巧被陈小多看见的，看不见的时间里还会有多少呢？这是个问题。不过有病乱求医，把病治好才是最重要的，也许医生来多少不算什么大事。陈小多不愿意继续琢磨，因为一个女人和很多个男人，尤其在花街这种地方，追究起来好像从来没出现过第二种结论。他妈在饭桌上说：

"你那宝贝病人哪，我看你是治不好了，那么多男人赶大集似的进进出出都没治好。"

陈医生说："说什么呢，小多在吃饭。"

陈小多说："千帆，陈千帆。"

"嗯，千帆在吃饭。"

"他吃他的饭，"老婆说，"你操个什么心！我早看出来了，她那病，药没用，得男人来治。一个接一个来。你看这段日子不来了吧？"

这顿饭吃得不错，有鱼有肉，还有陈小多爱吃的麻辣鸡胗。花椒是陈医生老婆托一个亲戚从四川捎过来的，花椒还是四川的好。陈小多也希望他妈别再说了，气氛不好影响花椒的味道，但是他妈憋不住，非得说："麻辣鸡胗都是我做的，就不许我多说几句啊。"

正嘀咕，郑辛如来了。肩膀头子乱耸动，两臂张开像在做扩胸运动，胸部跟着上下左右颠跳。陈小多听见他妈对他爸说，当心俩暖水袋子甩出去了。陈医生瞪她一眼，站起来。

郑辛如先道歉，一是打扰了陈医生家的中饭，二是地方有点不对，在后背上。扎针可能得撩起衣服。陈医生和老婆带她去了诊室，女人露出身体陈小多不能看。如果他能看，会和他爸他妈一样看到一片光滑丰白的后背，腰附近已经出现了一小圈赘肉，这对郑辛如不是坏事，她显得更丰满和圆润。她的衣服必须卷到肩胛骨以上，痒在肩胛骨中间及偏下的位置，这只是感觉和推测。来之前已经解掉了胸罩，后背上还保留着新鲜泛红的胸罩带的印迹，很是引人遐思。陈医生老婆咬着下嘴唇想，怪不得两只奶子肆无忌惮地乱蹦，真是没规矩不成方圆，你就蹦吧你，你就甩吧你，你个骚货。陈医生让她趴在病床上，这样衣服就可以在前面包住乳房；女病人有些东西不能随便露出来，何况医生的老婆还在旁边。

关键的几个穴位上扎上针，其他地方因痒而异。风市穴要扎的，可以治遍身瘙痒，但是风市穴在大腿外侧正中，腘横纹上七寸处，就是你垂手直立时，中指尖下的那地方。陈医生犹豫了半天才让郑辛如捋起裤子，因为老婆站在旁边，而郑辛如的大腿如此之白。陈医生不用看也知道老婆在一个劲儿地翻白眼。

陈医生通过酒精棉球接触郑辛如的身体，觉得眼前的白肉有点晃眼。一针钻进去，两针钻进去，后背的那一块仿如停了一只银白色的小刺猬，立正，站好。她的痒在全身杂乱无章地游走，银针也只能跟着杂乱无章地走，陈医生突然想，如果她的全身各个地方同时痒，那岂不是活脱脱一个完整的大刺猬么。可能会是有史以来最大的刺猬，可以申请吉尼斯世界纪录。如果每一个地方都痒，那就意味着他可能在每一个地方都走一遍针，那到处都会是白花花的肉，陈医生开始激动，手都哆嗦了；还有地方是黑的，陈医生觉得嗓子眼里发干，口水转移到脑门上冒出来；世界上一切都会游走，痒痒会，水也会。老婆有痰，咳嗽一声震天响，郑辛如抖了一下，陈医生抖了好几下。

镇定！专心！陈医生告诫自己，医德！医德！身心逐渐平静下来。该扎的针扎完了，陈医生彻底平静下来，微笑着对病人说："可能会酸麻，正常的。"然后伸手去找紫砂壶。

本次医治的主体工程到此结束，剩下的步骤很简单，捻针，拔针，开药。一如既往。陈医生和老婆可以回去继续吃午饭，郑辛如则要耐心地趴上大半个小时。当然，如果她能忍受这种不舒服，一次扎两个小时，没二十分钟捻一次针，效果会更好。郑辛如能忍受，陈医生老婆不能忍受，她很不舒服。有些话白说她也要说，不说出来她会觉得自己白活了。

"妹子，"她说，"你这病啊，把我们家老陈弄出魔障了你看。他半夜三更爬起来看书磨药寻方子。一大堆中草药呢你看看，那儿，对，就那儿。这病，我是不懂，咱们女人我还是懂点的。老陈是医生，当他面咱姐俩三两句私房话说得出口。

要我说呀妹子,什么中药西药都不如人药好使,咱找个好男人,日子太平了,啥病也没了。哎呀妹子,别害臊,姐这话粗理不粗,男人多了也没用,好男人一个就行。又不是上街买萝卜是不?"

郑辛如的脸暗下来,医生老婆还没来得及在内心里庆祝,郑辛如的脸又亮起来。人家根本不接你的茬:"那真要好好感谢陈医生了。青蓝看的书上说,这世上最好的医生,妇产科医生,还有厨师、裁缝,都是男的。陈医生你琢磨出新方子了没?赶快给我试试。"

陈医生想,这他妈女人哪,都够阴险的。他的脸皮都抖了,他说:"还在试验。试验。"他必须多说几句才能把场子给打圆了,"你这病跟痛风类似,又不是一回事,跑得比痛风快,我还得从长计议。你们要知道,照中医理论,所有病都是阴阳不调、气血不通造成的,怎么让它调,扎那些穴位让它畅通,有大讲究的。我再想想,尽快,尽快。"

他把"尽快"说得响亮,因为说的时候已经向饭桌走了。两个女人在场,就成了是非之地。陈小多听见了这个"尽快",他想,是得尽快了。他感到所有的力气都重新回到了身体上。

11

叔叔的卡车大半个月没回来,没车可蹭只好蹭船。嵩山在花街西北,陈小多只要坐上往西北行驶的船就可以逐渐接近少林寺。他和谈正午、周光明约好了新的一周开始时出发,他们去武当的路朝向西南,不必要在石码头会合。

泊在石码头的货船有四艘,他挑了艘运米的拖船。这趟船共带了七只子船,他钻进了第四只。他看见船老大和三个伙计兴致勃勃去了花街,如果没猜错,是找女人了。留守护船的小伙子歪在船头的躺椅上生气地睡着了。虽然没他们年龄老,但也是男人,你们都去快活了,小伙子不高兴,睡着的时候还鼓着嘴。陈小多掀起第四只船的雨布,一股新米的香味飘扬过来,陈小多钻进去,把自己当成一个米袋子盖在雨布底下。水手们嫖完了就会回来,也就是说,顶多两个小时之后他就能离开花街。船将穿行在夜间幽暗的运河里,向着西北走,等父母在衣橱的第三个格子里找到他留的纸条,陈小多,他们的即将成为侠客的儿子,已经离开花街很远了。他在纸条上写:

"爸妈,别找了,我没事。也别担心,又不是第一次。回来时我告诉你们。千帆。"

留言洒脱，陈小多对他的措辞很满意，希望爸妈也能满意。是不是还应该留个请假条托郑青蓝带到学校呢？算了吧，进了山门谁知道要学几年，等回来都一把年纪了哪还好意思接着高二念。他想到郑青蓝，这妞儿挺好的，那天能拉下脸来把自己救回来，是要好好感谢的。他想着她的圆脸，觉得米香沉重，他抱着一袋米，脑袋搭在袋子上，破例在天黑之前就睡着了。

半夜里他被饿醒，从包里摸出馒头和水。馒头干了，撒下来沙子一样的渣子，白水就干白馒头，要是有袋榨菜就好了。船在走，马达在前面轰隆隆响，他把脑袋伸到雨布外面，异乡的夜比花街的黑。船破水的声音他熟悉，像有人在远处小声说话。吃饱喝足了肚子开始叫，想拉屎，睡着时冻了肚子。陈小多从雨布底下钻出来，屁股朝外蹲在船帮上。为防止不小心掉进水里，他把捆扎雨布的绳头拴在腰上。窜稀的声音如同马达在响，凉飕飕的水汽和风拂过屁股，很舒服，他都想这么蹲着再睡一觉了。突然一道灯光照过来，跟着一声大喝："谁？船上有人！"吓得他脚底一滑，差点掉进运河里。

"谁？"三个人的声音。

三道手电筒的灯光照过来。陈小多护住眼睛，半边屁股热起来，他们一定在照着他的光屁股，哎呀，多少年没退掉的一块银杏叶形状的胎记被他们看见了。一点办法都没有，他腾不出手去护屁股，更不习惯屁股没擦就提上裤子。

"我。"

"'我'是谁？"

陈小多逐渐适应了灯光，撅着屁股努力把它移到身后的黑夜里。他把两手举起来像在投降，说："陈千帆。"

三个人三盏手电从一只船跳到另一只船，上了第四只船时陈小多已经擦完屁股提上了裤子。"我就是搭个船，请各位叔叔大哥行个方便。"他说，在跟前他才发现他们另一只手里提着猎枪和铁棍。随便一家伙过来，他不倒毙在船上也会淹死在河里。

他们抓着他的衣领拎到驾驶舱，审问半天才让他坐下。最先发现他的那个水手说：幸亏酒醒了，要不就开枪了。以他的枪法，就算天再黑，说打你左卵子不会打到你右卵子上。听得陈小多寒毛都站起来了。

他们收留了陈小多，给他吃的和睡觉的地方，原因是船老大心情好。下午他在花街上找到了一个别有滋味的女人，大腿细腻，摸起来像凉粉，贵是贵了点，但是值。他在床上很满意，从里到外都妥帖了。做人要懂知恩图报，陈小多就代表花街领受了这个顺水人情。

在离花街三百里远的城市边上，船停下来，他们要在这里卸下其中的三船货。并非如陈小多所想七只船上都是大米，事实上装大米的只有那一只，如果陈小多开始钻进第三只或者第五只，他只能和一船的煤炭或水泥睡在一起。陈小多抱拳与他们告别，独自上了岸。船老大觉得他抱拳告辞的姿势很可笑，小狗日的，跟老子来老派。

背包里的钱只用来吃饭和睡觉，漫长的路他得想办法走完。计划就是这么定的，他们不打算花钱坐车赶路。现在下午四点，一个听说过的城市，陈小多刚走上码头边的林荫道就发现，老话说得没错，十里不同风，百里不同俗，路边栽的都不是法国梧桐，而是白杨和国槐。法国梧桐也有，成为点缀，冷不丁冒出来一棵。他想在这个城市里走一走，稳一稳身体和精神；跟走路相比，在船上就是坐牢。道路宽阔，水泥路面干白，行人车辆匆匆忙忙，一部分像去赴盛宴，一部分如同抢银行。两边高楼林立，霓虹灯招牌和广告花里胡哨。这些他在别的城市也见过，所以我们没有必要非得说出这座城市的名字。

不能不说的是城市里的一座大钟，如此巨大，占了五层百货大楼上的半个墙壁。时针粗壮，仿佛一个人躺在时间的表面上；秒针走一下咔嚓，再走一下又咔嚓。陈小多走到那里听见它打五点，每一声皆如霹雳，之后是无数的齿轮松了一口气的咔咔啦啦声。他仰着头像个傻瓜看那座钟，觉得自己正置身在很多冒险电影里的老上海，这让他对这个城市充满好感。浪迹天涯的人从来不会放过美景，陈小多决定在这里住上一晚再走。也就是在这座钟下，看见了一所大学的名字。这所挂在班主任嘴上用来激励他们的大学原来在这里，如果广告上箭头指示的方向没错，就在西南方向一千米。一千米等于一公里，这点路对陈小多的长途来说可以忽略不计。

在陈小多现在的想象里，这辈子可能没念大学的命了，所以大学也就格外的正大庄严，不像电视里的皇宫也得像大教堂；所以他从一个路口拐进去，沿着嘈杂凌乱的弧形巷子往前走，猛一抬头看见该大学的校门时，惊骇得停住了脚。他问路边卖臭豆腐的大妈，这是那大学吗？大妈自豪地说："俺们的最高学府，正门。"陈小多眼泪都快下来了。正门简单随意，像一家三流国营企业的大门，正对着一条烟火鼎盛的羊肠小巷。这条巷子里不仅有卖臭豆腐的，还有卖凉皮、烧饼、包子、油炸里脊肉、羊肉串、麻辣烫、酒酿、棉花糖、猪头肉、老咸菜、瓜子蚕豆的；路两边排着过去是小饭店、服装店、裁缝店、饰品店、小书店、小饭店、小饭店、小酒馆；竟然还有一家台球室，真是太好了。从窄门里进去，连通一个大院子，摆了很多张台球桌，陈小多感到手指头麻酥酥地痒，热血开始在两只手上沸腾。陈小多自认为是个比较冷静的人，但一见到台球，血液的沸点就急剧往下掉，两只手就热得能摊荷包蛋。

对大学的失望难过很快被打台球的冲动淹没，他背着包进了台球室。一群年轻人在玩，应该都是大学生。他在一张空球桌前站住，摸着杆子和球如见亲人，没对手，全他妈陌生人。他把一桌球挨个摸了一遍。最后是老板闲着无聊，走上来说，陪你玩玩？条件是，赢了两清，输了陈小多只付一半的钱。陈小多说好。老板技术很好，要不也没胆量坐店。

不需要卖关子，五局球陈小多赢了三局，两局一杆清。老板脸上挂不住，要再来，陈小多的手指头安静了，温度降下来。到此为止，他的方向在西北，不是台球桌上。

老板问："给个条件。"

陈小多想了想，说："晚上给我个住处。"

就这么定了。陈小多有点饿，不好意思再赢一顿晚饭。想赢也未必能赢得了，玩这东西靠技术，也靠状态，状态对了让球进哪个洞就进哪个洞，不对了进去了也可能弹出来。这种事有很多先例，有一次他和大嘴钱六福在南大街打台球，所有球都像治水的大禹，三过家门而不入。陈小多背着包出去吃饭，闻到什么味都香，包括臭豆腐。他在一家水煎包子店门外的简易桌前坐下，在马路边，坐在那里可以面朝大学校门。就这么看看吧，看一眼少一眼。

吃到第三个水煎包子时，身后五米处突然有人惊叫："打起来了，打起来了！"陈小多扭过头，已经围了一圈人，他站起来也看不见。就问老板，老板面无表情地说，打架。打架不新鲜，老板见多了，陈小多也见多了，坐下来继续吃第四个水煎包子。此时天已黄昏，异乡的天气不错，空中还有几块灰暗的彩色云朵。吃完了，辣烫喝了一半，又有人尖叫，绝对是尖叫："死人了！打死人了！"

陈小多抬腿就想往那边跑，老板喊："钱！钱！"陈小多扔下五块钱，说："回来再找，我还要喝。"

他要往里挤，人群却自然地散开了。很多人都在咕哝，死人了，真死了。心虚胆怯地往后撤。陈小多看见路中间躺着一个小伙子和一辆旧飞鸽牌自行车，自行车的轮子已经不转了；小伙子身体缩成一团，无比接近他那天被斧头帮收拾的造型，他的脑袋一半往怀里扎，一半往土里扎，这段沥青铺过的弯曲道路上面落了厚厚的泥土。陈小多听见别人说，他刚刚还动的，现在好像不动了，偶尔只能看到神经质地颤动一下。在他旁边站着四个人，三男一女，都二十多岁模样。一个男人长头发，一个平头，一个光头，长头发旁边站的女孩满脸惊恐，拽着长头发胳膊结结巴巴地说："走！快走！"长头发看样子喝多了，说："老子不走，就要打死这小狗日的！"女孩说："他死了！"平头和光头忽然醒了酒，说："不好，快跑！"长头发被他们俩拖着离开了现场。周围的人都在嘀咕，交头接耳，自言自语，有人喊了句："报警啊！报警！"陈小多也回过神来，跟着喊："报警啊！"但他似乎并没有听见自己的声音，也许是用力过猛，他只喊出了声如三个汉字的气流。

在警察到来的十五分钟里，那个小伙子和自行车一直躺在地上，没有人上去扶他坐起来。陈小多在以后的很多年里将会对自己痛恨不已，只要他想起那场事故。他也没有伸手，事实上他完全可以上去搀扶一下，哪怕对着他耳边说几句话。他曾经也这样躺在地上，当然他最后除了一身青紫和熊猫眼外，什么问题都没有。而这个和自行车躺在一块儿的兄长，看不见血迹，只是十五分钟后警察和救护车来时，他们说，他已经停止呼吸，哪怕他再撑几分钟，希望就在。他应该以躺在地上的人的身份对另一个躺在地上的人说："哥哥，再坚持一下，我们就有救了。"但他没有，以后很多年里他都在设想一个救治的过程，不过最后结果还是没能变过来：他没有。他觉得自己是个外乡人，流浪者，一个只有十六岁的少年，不应该在这个城市和大学的众多土著之前冲出来。他们没动，他也没动，他不是郑青蓝，他连个女孩子都不如。警察和医生十五分钟以后到来，宣布：他死了。

漫长的十五分钟里，陈小多盯着地上的哥哥看，他像个石头或者雕像，漫长的时间足以听到事情的来龙去脉。他们说，骑车的小伙子，可能是大学生，车把蹭了一下长头发的女朋友；其实没什么，路这么窄，人这么多，磕磕碰碰在所难免；但是女朋友尖叫了一声，女孩子就喜欢喳喳呼呼，一只蚊子飞过去她们都会惊叫，蹭过的胳膊连条白色的划痕都没有，她就是叫了，如同表演；女朋友叫了，长头发就得有所表示，他喝多了，光头和平头也喝多了，如果没猜错，他们几个人是在一张桌子上喝多了的，大学生听见叫声停下车，他想应该没大事，骑车子的人总是清楚自己的车把的，所以他一只脚撑地没下车，就在车上问她伤着了没有，然后道歉，女孩说没事，你可以走了，长头发一脚连人带车全踹在地上，收了脚才说不能走；大学生要起来，说你为什么踹我，她没事啊；长头发不喜欢别人跟他顶嘴，操你妈我踹的就是你，偏踹你，又是一脚，大学生又倒地；长头发说，哥们儿，一起来，今天咱哥们儿逮着了；平头、光头也伸出了脚。

他们说，大学生都没来得及哼一哼，六只脚让他应接不暇。他们看见他身体越弯越紧，越缩越小，如果不是实在没力气往里缩了，他一定会缩成一块石头，进而缩成砂粒和尘埃，然后消失不见。

他们说：死一个人太容易，几分钟就搞定。

他们见证了这个短暂的过程，从生到死。陈小多只看见了死。

因为死了人，警察迅速调集人马圈定了现场，在方圆百米内展开查访。一个围观的学生证实，死者是他隔壁班上的同学，姓庞，念大二，昨天晚上他们还一起在图书馆里看书。另一个同学认为，庞同学应该是做过家教刚回来；他总在下午没课的时候去做家教挣钱，每周做三份，这样除了学费和日常开销，还可以向家里汇去大几十块钱；他从农村来，有贫穷的父母和顽劣的弟弟，有两间破房子和几亩种不出钱来的田地，庞同学的家人比他自己还需要他；可是，这样一个人都会被活活打死，可见老天、上帝、菩萨、佛祖还有各路吃香火的神仙，看见可怜人已经习惯了转过身去的。这些信息得到了学校的确证。

大学门前名为"尔雅"的小饭店的老板证实，下午的确有描述中的四个人在店里吃饭。当时是五个人，第五个是个五十多岁的老头，据说退休前曾是某学校的武术老师。长头发、平头和光头三人这是拜师宴，小店门面虽然一般，但菜做得好，远近闻名，所以这宴并不寒碜。可惜他们喝了很多酒，浪费了不少好菜。警察同志，我一看他们就不会有出息，哪有练武的人只喝酒不吃菜的，吃菜才能长出好身体，喝酒只会得酒精肝。你看，刚出门就惹事了吧。

庞同学和自行车被一起拖走了。陈小多回到他的半碗辣烫前,无论如何喝不进去,喝一口他会吐出来三口。他没看见那个退休武术老师,总觉得长得应该像吴大拿。他守着半碗汤一直坐到天黑透,老板再没提找钱的事,他也没问。八点钟左右,从校门里陆陆续续走出很多学生,到大街上他们相继从口袋里掏出一张张大白纸,纸上巨大的毛笔字连在一起是:严惩凶手,祭奠冤魂;还我兄弟;我们需要平安;等等。

还我兄弟。陈小多想,还我那个躺在地上的兄弟。静候在旁边的警察立马将学生圈定在一个可控制范围内,劝说他们冷静,请大家回校哀悼,示威游行完全没有必要,市长已经下令,本市所有案子都停下来,全力侦破此案;如果同学要寄托哀思,请在校内校方指定地点进行;举校同悲,举市同悲,请你们理解。请大家一定要理解,稳定压倒一切。

大学生逐渐散开。烟火巷里慢慢恢复热闹,庞同学躺过的地方只有粉笔勾勒过的一个奇怪的形状,现场正在夜色里消失。后来者不知道曾有的凶杀,无数无辜的鞋底从粉笔线上踏过,也许他们经过时会疑惑一下,前提得是他们低头看见了,如果没看见,他们会以为脚下的土地和地球上任何一处都没有区别。等粉笔线被一点点擦掉,庞同学的遗迹也不复存在,就像根本没死过一样。

因为门卫一直站在那里,陈小多围着大学转了几圈还是没能进去。出了事就是非常时期,出入要凭有效证件,陈小多啥也没有。他倚着门口的粗壮的法国梧桐,看大学生们进进出出。不得不说,大学生活和少林寺一样对他是个大诱惑。甚至超过了少林寺，因为大学近在眼前，大学生和大学生活近在眼前。

晚上十点，他回到台球室，老板还以为他不来了。打球中间，老板不厌其烦地说到庞同学之死，在这条过日子的街上，打架常有，打死人不常有，很难有比打死了人更大的新闻。老板开始语气沉痛，说着说着就兴奋起来，他说庞同学也曾来过他的台球室，球打得相当一般。陈小多总觉得他说的庞同学跟他见到的不是同一个人，老板口中的庞同学是个吊梢眉，陈小多看到的一字眉，难道人死后眉毛的形状也会变？暂且存疑。无须存疑的是，陈小多的球打得是越来越差了，跳杆的低级错误都犯，一局接一局地输。到了凌晨一点台球室打烊，他只赢了三局。

老板说，死人跟你有啥关系？咸吃萝卜淡操心。他把被褥放到一张球桌上，陈小多脱掉鞋袜裹进去，一觉睡到天明。

12

离开烟火巷之前,陈小多买了一堆馒头和涪陵榨菜。看着太阳走,步行斜穿城市。城市充满规则,陈小多发现只有自己在遵守,红灯停,绿灯行,靠右侧,走人行横道,然后来到城边的马路上。往前走就是野地,再远是村庄,一条漆黑的沥青路穿过大地。他拦的第三辆车才让搭,司机是个小伙子,跟随收音机大声唱着摇滚。陈小多忍受了五十公里他的破锣嗓子,然后卡车往南。有些人天生不适合唱歌,即使是摇滚。接着步行,穿过一片野地才能抄近路到另外一条路上。经过一片菜地,陈小多系完鞋带顺便拔了两棵葱,双手向下生长就是为了拿东西,何况他已经蹲了下来。这两棵葱很长精神,他跑步穿过野地。

这次搭的是四轮拖拉机,男司机旁边还坐着个姑娘。他坐在姑娘旁边,张嘴想说自己从花街来,姑娘掩了鼻子,陈小多知道两根大葱惹了祸,主动要求到拖拉机拖斗里坐。拖拉机去一个他从来没听说过的地方,不过无所谓,这里没有几个地方他听说过,只要朝西北走他就放心。太阳经过头顶,陈小多吃了两个馒头一袋榨菜,送给驾驶室里的两个人两个馒头和一袋榨菜，他们只接受这么多。陈小多躺在颠簸的拖斗里居然睡着了，醒来时腰酸背痛，不停打嗝。司机说，这是因为道路不平，车子上蹿下跳，吸进气被颠得总要咽下半口，所以你有满肚子的气，过会儿还要放屁呢。他们在一个颜色单调的小镇上分了手，那些红砖砌成的房屋，房顶苫的不是白瓦就是红瓦，极少花街上常用的灰黑色的小碎瓦。陈小多横穿小镇，经过一个铁匠铺时果然开始没完没了地放屁。他就蹲在一堆废砖头上看铁匠用崭新的洋铁皮做水桶。咕噜咕噜，咕噜咕噜，陈小多听见一团团气像小兔子在肚子里乱窜，他想象自己在练功，气运丹田，随身而走，把气一寸寸往下赶，直到把废气都排出来。

　　铺子里蹲着好几个人，有看铁匠干活的，也有围成一桌打扑克牌的。铺子门面很大，本来应该宽敞的屋子里因为摆满了铁货显得凌乱拥挤，打牌和看热闹的人就在铁器的空当里大声说笑。他们看见一个陌生的少年蹲在外面，以为是谁家来的亲戚，招手他也不进来，后来向他指指门前的压水井他才过来，咕咚咕咚喝了一肚子凉水，对铁匠他们点点头笑一下又蹲到了废砖头上。碰巧一辆机动三轮车经过，卷起满天尘土，等尘土消散，铺子里的人发现那孩子不见了。

　　此刻陈小多坐在三轮车拖斗里，比四轮拖拉机还颠，凉水在肚子里汹涌澎湃。气是顺了，尿颠出来了。三轮车是去另一个镇上运化肥，开车的是瘦猴，说话一句正经的没有，哼着黄色小调：一摸手，二摸肘，一直摸到大姑娘的白胸口。语速也快,那方言陈小多要滞后五六秒钟才能反应过来。

陈小多说:"叔叔,能停一下吗?我想方便,很快。"

"大事小事?"

"小事。"

"就站车上尿。"瘦猴说,"哪那么多穷讲究?又不是尿给旁人看。"

丝毫没有停车的意思。陈小多想,那就尿吧。抓住车帮,费了很大的劲儿才尿出来。尿出来就有成就感,一条抛物线高高飘落下来,在尘土生烟的路上留下一条歪歪扭扭的线。一泡尿竟能尿那么长,他有点得意。瘦猴说得对,穷讲究少了,人就更开心,从里到外放松下来。

以后的几天里陈小多越发觉得瘦猴说出了真理,放得下才能拿得起。他努力把自己放下来,有路就走,没路找出路来走,有泥有水都不管;有什么吃什么,井水能喝河水也能喝;上厕所更不在话下,天大地大,摆得下屁股的地方就是厕所;如果拦不到车,走累了他能倒在随便哪个草垛边斜坡上,三秒钟之内准会入睡。别太把自己当回事,很多事情就好办多了。他也有走不动的时候,实际上第三天他就迈不开步了,小腿酸胀僵硬,肌肉也板结了。睡着的时候他甚至梦见两条腿从大腿根开始就不见了。让你们不见了,醒来后他狠狠地跺脚,我他妈还得把你们给走回来。挺过去就过去了,两条腿完整的感觉慢慢又回来了。去往西北的车没他想象的那么多,即使有,人家也未必愿意捎带一个陌生人,他靠两只脚。你有四轮,我有两脚。

搭了两次顺风车,他与此行路上的第二座城市擦肩而过。随后进入野地和乡村。城市、乡村都有名字,但它们对陈小多并无意义,我们也不需要记住那些毫无意义的名字,因为我们头脑里的各种名字已经多得自己都分辨不清。

如果陈小多以后有兴趣像蚂蚁搬家一样认真回忆,他一定能记起来更多的事情,包括每一次走路脚底下踩的是什么颜色的泥,见过的每一个人头发是长是短,他历次大小便分别在哪个地方,等等。不过那只能以后再说了。在路上他没有任何要记住一切的意识,人没必要什么都得记住,否则我们会被累死在半路上。什么都要记住的人肯定活不长。所以我们也没必要替他记录一切,只需要说,他往西北走,继续往西北走,心中想着少林寺,能搭上车就坐车,搭不上车只好步行;只需要说,太阳升起来又落下,风起了又息了,尘土扬起来又消散,陈小多过了一天又一天。

这一天,太阳被云彩遮住,他穿过野地爬上一条公路。路基很高,碰巧脚踩的地方又是高地,以他的2.0的远视眼放眼望去,此处沃野平畴,前行二十公里之内看不见城市和村庄;如果步行,不知道什么时候才能看见人家。他慢慢往前走,竖起耳朵听着身后,有车一定要拦,一定要拦下。云朵越来越厚,二十分钟后下起雨,他把雨伞打开,听见背后传来马达声。一辆小面包开过来,他站到路边挥手,看见司机也在向自己挥手。陈小多已经收起伞做好了上车准备,面包车没停,开过去了司机还伸出手向他挥。这是个混蛋，可惜陈小多没看清他的脸。

十分钟之后他遇到一个双倍混蛋。那是一辆单斗卡车，车牌号显示是外地车，和陈小多叔叔一样跑长途。他站在路中央挡住车，对从车窗里伸出来的刀条脸说："师傅，能搭个车吗？我叔叔也是跑长途的。"

"你叔叔？谁呀？"

"陈子归，你一定认识。全国各地他都跑。"

"他呀，认识。"刀条脸说，"谁不认识陈子归呢。驾驶室里放了东西，坐车厢吧。"

坐车厢也是坐车，陈小多高兴地往车后跑。先把伞扔上去，如果双肩包不是在背上，他也会把包也扔上去。等他准备往车上爬时，卡车突然加速，陈小多抓了个空，差点闪到路上。他调整好身体平衡，跑步去追车，再也追不上了。刀条脸抢了他的伞。

雨变大，陈小多站在路中间，对远去的卡车喊："刀条脸，我操你妈！"

陈小多在路中间淋湿了自己，才从背包里拽出一件外套披在头上，雨水顺着衣角和裤腿流到鞋子里，然后汇到路面的一道道水流里。他走得像个孤魂野鬼，恐惧、焦躁和悲壮一起从心底涌上来，前者因为旷野无人、雨幕清冷，后者因为他想到那些古已有之的侠客，他们在雨里路上走得比他多比他长；他们说，你把你想象成世界上最后一个人，腰杆就挺起来了。陈小多觉得腰杆慢慢挺起来了，操你妈的雨，就下吧你。

挺了不到五分钟，陈小多的腰杆又弯下来。不得不弯，他坐在一辆马车上，和越老越缩的赶车老头共披一块大塑料布，如果他把腰挺起来，老头就得惨遭大雨浇淋。这个好心的老头，陈小多叫他顾爷爷，因为他姓顾；他赶着马车给嫁到外地的小女儿送木料，女儿女婿要做一张更坚实的床，他送去上好的槐木；回家半路上遭了雨，顺便捎上也遭了雨的过路人陈小多。他有两块塑料布，本来是苫盖木料防止露水的，现在一块盖在两人头顶，一块搭在枣红马的身上。顾老头养了一辈子马，如果只有一块塑料布，他会用来苫马，任凭自己光着脑袋挨淋。在任何时候，对他来说马都比人重要。所以枣红马披上塑料布跑得更快，它和主人懂它一样懂主人，它的四只蹄子溅起水花，一朵比一朵大。它的蹄下无数朵花次第开放。

半道上陈小多开始感冒，脸发热，眼睛发酸，眼皮下沉，喉咙变痒。马无法永不停息地跑，它跑跑走走，路还很长。顾老头问陈小多怎么了？陈小多说困，让我的脑袋在爷爷的肩膀上靠一靠。

"不能睡，睡着了更凉，"顾老头说，"快到了，我让小马再跑起来。"

陈小多睁开眼，说："雨停了。"扯下塑料布往回看，背后分明还在下，"停下！停下！"陈小多喊。顾老头停下车，陈小多跳下来，一点都没错，他们脚下道路干白，身后十米外大雨哗哗直落。陈小多跑到雨前，如同看一挂瀑布，只有琐碎的水汽和雨星飘到他脸上。在他脚下，一边是湿的，另一边是干的。大雨就到这里不往前走了。多少年他都在想象会遇到这样截然分明的景象，但一直没这个运气；今天感了冒，遇到了。

"没啥好看的，阴阳天，"顾老头说，收起枣红马身上的塑料布，"得走了。"

"我再站两分钟。"

陈小多掐着表站了两分钟，回到车上。感冒在继续，他说他去河南走亲戚，亲戚家在嵩山脚下。走十里，干白的路没了，前面也在下雨。顾老头给他们自己和马重新苫上塑料布，说天底下就这一段晴天让他们走了，回到家得喝二两老酒庆祝一下。

到了顾老头家，雨停了，陈小多全身滚烫。

村庄巨大，陈小多在顾家的床上躺了两天，村里的医生背着十字药箱过来给他打针，嘱咐他每天吃几次药，每次吃几片。第三天傍晚陈小多觉得神清气爽，下了床摇摇晃晃走出院子，走不远步子就坚实了。村庄巨大，一排排的房子一排排的树，电线杆子上的大喇叭里一个男人很不讲究地喊："今晚有电影，不生孩子不奶孩子的都来看啊。"

顾老太太说："好几点儿了？等会儿跟老头子看电影去。"

她把"好点儿了"说成"好几点儿了"，所以陈小多就说："奶奶，我好好几点儿了。"

露天电影在村东的打谷场上放，天没黑宽银幕就拉上去。

陈小多好多年没看过露天电影，放电影的说在石码头上放收不到钱，就转到了电影院里，谁看谁买票。顾老太太不愿意看，年纪大了，听不懂那些人在白帆布上都说些什么，还有抱着脖子亲嘴的，活活丑死了。顾老头也只看了半小时，人老了对外边的世界就没兴趣了，也熬不了夜，得早早回去睡觉。嘱咐陈小多看完了自己回家。月在半天，星星稀少，看电影的村民如同淹没在蓝幽幽的水里。

《金镖黄天霸》陈小多早就看过，再看依然有兴趣。他喜欢黄天霸的功夫，镖藏口中，一张嘴就是一枚，指哪射哪，小壁虎也逃不脱。但他讨厌黄天霸为人，武艺高强最终六亲不认为非作歹。电影开始的时候黄天霸还是好人，随便亮一下功夫底下就有人喝彩。陈小多由此知道，这村子里也有很多和他一样狂热的喜武之人。

第二场是《金元大劫案》，电影院里几年前也放过，讲一群人在大城市里抢钱。这一场刚开始，有人高叫，打起来了打起来了！陈小多前面的脑袋风吹似的往声音发出的方向歪，有人跑过去，更多的人很快又把脑袋转回来，重新面对银幕。大城市里抢钱的事更吸引他们。陈小多跟随几个人跑过去，只想看看热闹。

土路上还有泥泞，粘在鞋子上要甩半天。一小撮人跑到打谷场的另一头，月亮照不到所有人的脸，十几个蓝黑的影子相隔几米相互对峙。围观着站成一个半圆，因为那半边是一道即将干涸的水沟，经年的淤泥发出阵阵臭气。

"约法三章,"一个小伙子说,"只许动手,谁也不能操家伙!"

"知道,啰唆!"对面的人说,"又不是头一回!"

"哥,别废话,我们上!"另一个年轻人说,招招手,几个人冲上去。

所有陈小多亲眼见过的群架都很难看,毫无美感可言,都是扭打,章鱼似的缠在一起。一点不像武侠小说里描写的场面,这个原因陈小多当然知道,都是平常人,顶多力气大一点,动作快一点。类似的群架输赢决定因素在人数,哪边人多哪边就赢。陈小多注意到胳膊上缠着红布的小伙子,手重,每一次拳头出去都像在索命;但他基本上不懂招数,不懂进退和攻防,卖了力却挨了打,嗷嗷直叫,过一会儿就躺到地上,爬起来没几秒又得躺下。他的对手似乎施展了几个招式,那都是在两人身体不接触的时候比画出的花架子,他占了便宜完全是因为他比缠红布的小伙子弹跳更灵活。

胜败已经分晓,缠红布的小伙子那一边不认输而已。不过他终有扛不住的时候,他从地上爬起来,满身的泥,"你等着,"他退后几步指着对手,"我叫我叔来!"

对手说:"叫吧,不就会两下子么,全家来了老子照样把你们全打趴下!"

然后他就加入了与别人的扭打。群架打得不好看,围观的人还是兴致勃勃地叫好,打,打,使劲儿,喊得放松如同在看电影,反正拳头不是落到自己身上。缠红布的小伙子果然拖了一个人过来，块头也不是很大，有三十五岁？陈小多对男人的年龄也没精确概念，何况还是在月亮地里。他听说月光有漂白作用，能让人变年轻。那个叔叔的确是被缠红布小伙子拖过来的，死拉硬拽，小伙子指着陷入混战中的对手，就是他，就是他，叔，帮我打死他！他的叔叔只是僵硬地站着，没出手的意思，小伙子急了，跪下了。看见的人都伸长脖子，陈小多也是，这比打群架精彩。不就打个架么，两个膝盖都用上了。他叔叔，脸上有胡茬的阴影，要拉他起来，小伙子不起，他被迫只好慢慢卷起袖子。小伙子跪着把他往敌人那里推。

　　一旦走过去，那个叔叔的动作就快了，陈小多看见他的脚步移动迅疾利落，三两下就把敌人准确地从人肉团子里摘出来。有点意思了，这是陈小多的第一感觉。那个叔叔应该是很"会两下子"，两个人交手只几个回合，对手就变成了陀螺，让他怎么转就怎么转。对手也急了，扯开嗓门招呼同伴来解救，那个叔叔毫无疑问成了他们最大的敌人。一个圈围住那个叔叔和他手里喊叫的人，喊叫的人惊慌失措，声音都尖细了。圈越围越小，那个叔叔把手里的人抡起来，像钟表上的指针一样转，在对方扑上来的一瞬间甩掉了指针。那人大鸟一样从他们头顶上飞过，发出的也是鸟的叫声，随即便被大家忽略了，因为很多人围攻一个人更好看，比金镖黄天霸还吸引人。缠红布的小伙子那一方人站在外围看了一会儿，觉得再看下去很不合适，就插进来再次混战。

　　那个叔叔以一当五绝对没问题，但要三下五除二把对方都了结了也不大可能。两群人变成一群相互打,陈小多分不清谁跟谁,他怀疑打到最后谁也分不清谁跟谁。一场架打得既漫长又短暂,依然胜负不能分晓的时候,有人突然喊:

"长里呢?长里呢?!"

人群稍停一下,接着再打,然后又停下来,因为那个叔叔先停下来抽身到了外围。他向观众问:"他人呢?你们谁见着长里了?"

一群人也问:"长里呢?"

陈小多看明白了,长里就是那个像大鸟一样飞出去的人。的确是没见他再出现。缠红布小伙子骂他对手:"死了才好!"

那个叔叔说:"书宝,乱说!"

然后有人叫起来:"那儿!那儿是个人么?"

所有人都往水沟边跑。蓝幽幽的水沟里弥散臭气,个别地方还汪着一团雨水,一根粗树桩似的东西插在沟里,上端分了叉,是人的两条腿。长里几乎是直直地插进了淤泥。有人开始喊长里的名字,大家愣在沟边,只是疑惑着谨慎地叫名字,没人动。那形象实在过于怪异,很难想象会是一个人。跳进沟里的是那个叔叔,一进去两条腿就陷到膝盖以上。淤泥很深,他走得艰难,边走边叫长里,拔出来的腿沾满黑乎乎的淤泥,漫天的恶臭让人想吐。他把长里拔出来后才有人跳下去接应,长里从胸口以上只是黑黑的一截,脑袋、脖颈只有大略一个形状,五官是彻底消失了。硬邦邦的长里保持着分叉的造型被抬上岸,因为两腿前后张扬,没办法将他平放在打谷场上,只好委屈他侧身躺着。大家心里充满好奇、惊异和歉疚，因为他已经死去多时了。淤泥把他脑袋上所有的洞都结结实实地堵上了。

有人吐了，有人喉咙里咕噜咕噜直出气，如同一群鸽子在叫。陈小多觉得有东西从胃里往上跑，他掐住虎口，死死地憋着。下去，下去，下去，他在头脑里指挥，肠胃不听指挥，一意孤行，陈小多只好往后退，一步，两步，一直退到二十步之外，什么都看不见了，臭味都淡了，他成功地平息了肠胃的叛乱。死人了，他坐在地上想，淹死在淤泥里了。他听见那个叔叔在人群里喊：

"长里，长里！我没想让你死啊！真的没想让你死啊！"

人群喧闹起来，开始打和骂。有人提议，先把长里洗干净了送回家再说，但无人响应。打架的人再次开打，带着更大的仇恨。死了人，当然要打，要骂，打和骂都解不了恨。陈小多听到缠红布的小伙子叫："别打了别打了！叔你还手啊！"然后声音就断了，可能已经被人踩在了脚底下。很多人喊，打死他，打死他。不知道是要打死缠红布的小伙子还是他的叔叔。如果别人不告诉陈小多，陈小多就不会知道了，他从地上爬上来没有再凑上去看，而是一路拍着屁股回了顾老头家。

13

这一夜陈小多醒来几十次,不是因为别人家的床铺他睡不习惯,而是因为噩梦连连,刚迷糊过去就被吓醒。他一会儿梦见自己是长里,一根葱似的被插在淤泥里;一会儿梦见自己是那个叔叔,像栽树一样,在河沟里挖了一个坑,把长里倒头种进去,看着长里慢慢挺直四肢,两条腿仿佛枝杈僵硬地分开,角度大过九十度。从他两腿之间看过去,月亮明晃晃地飘浮在空中。

他梦见当他是长里时,淤泥变成粗细软硬不等的黑虫子从五官往里钻,占据了口腔和鼻腔,他感到呼吸困难,肺部要爆裂开来,他恨不得把喉管撕开,让氧气灌注进来,但他来不及动手,淤泥已经把脑浆染黑,月光一点点消失,世界彻底黑下来。比黑夜更黑的淤泥再接再厉,从气管和食道继续往上爬,然后五脏六腑统统贮满了淤泥,他觉得自己开始变硬,如同暴饮暴食,身体实实在在地被充满了,他开始从里往外变黑,变得腥臭,血管里流淌的都是淤泥。血肉不在了,皮肤不在了,他,长里,意识逐渐混沌,天地逐渐接近,缝隙越来越小,最后世界成为一个巨大的实心球时,长里消融在无边无际的混沌里，如同盘古尚未开天辟地。陈小多在黑暗里睁开眼，窗外月光照进来，半天他才意识到自己是陈小多，他摸了摸自己的脸，除了几个青春痘，大部分地方还是光滑的，皮肤上缀满汗珠。陈小多简直要哭出来，竟然还活着，而活着是多么的好啊，他大口呼吸，世界上的氧气竟然有这么多。但他还是觉得鼻腔、口腔和空气里充满了淤泥的腥臭味。

陈小多在夜里睁大眼，慢慢平复呼吸，一遍遍地提醒自己不是长里。然后睡眠重新将他拉回了淤泥里。这一次他梦见自己是那个叔叔，像栽树一样种下去一个人。他是那个叔叔，他本来只是打算栽下一棵树，精挑细选的好品种，健康粗壮，根须如同人的头发一样茂盛发达，他哼着饭后才唱的欢快小调挖好坑，扶正，培土，他把所有的根须都埋进土里时，那棵树突然变成了人，树干变成身体，枝杈变为四肢，它们像风吹枝叶那样胡乱摇动。他是那个叔叔，他被吓坏了，等他发现自己栽下的不是一棵树而是一个人的时候，他才想起来要将人给拔出来，可是淤泥如泡沫漫上脚面，埋没双腿，淤泥里长出了无数柔软的小手拽住他不放，他动不了，想求救又发不出声，只能眼睁睁地看着那个人的两条腿越来越安静，最后仿佛大风停息、枝叶静止。那个叔叔看着一个人像棵树那样死掉，他知道那个人叫长里。陈小多就醒了，两条腿在被窝里活动如常，他用了好几秒钟才弄明白自己不是那个叔叔。

这一夜他一会儿是长里，一会儿是那个叔叔，似梦非梦，似醒非醒，粗略算来，该有几十次吧。早上太阳照到床头，爬上他的脸，睁开眼的时候陈小多疲惫不堪，一夜长如百年。他吸了一下鼻子，淤泥味还在。

早饭陈小多吃不下去，那股味摆脱不掉。他把刷过牙的嘴张开让顾老头闻，顾老头说，嗯，喷香。顾老头一辈子没刷过牙，他还对老伴说，这孩子牙真白。陈小多想，别人都闻不到，那淤泥味是从哪里来的呢？顾老头在饭桌上说，东庄田老三的二儿子打死人了，一大早就给公安局抓走了，死的是刘峰家的小子，跟栽树似的被栽进沟里了，喘不上气，那还有不死的。他又说起昨晚他们怎么怎么打群架，有鼻子有眼的，好像也在现场看过。

"你昨晚看电影，没听说？"他问陈小多。

"没有，"陈小多说。已经吃不下了。

"田老三家的二小子人不坏，身手好，原来不杀人的。反正我是想不明白了。"

"你要能想明白，"老伴说，"一天三顿饭就直接跳到饭桌上了，哪用我一顿顿做。"

陈小多放下筷子，说："顾爷爷、顾奶奶，今天我想走了。"

"急啥，你这孩子？还没歇过来呢。"老两口说。

"挺好的，你们看，"陈小多拍拍尚不存在的胸大肌，"我边走边歇，时候不早了。"

老两口相互看看，顾老头说："也好，晚到不如早到，世道乱呢，你看又打死了人。"他轻描淡写，死人似乎不是件那么大的事。满世界的人，死一个两个算啥呢。他要给烟袋里填烟叶，忽然站起来，"我给你拿件东西防身。"顾老头从隔壁房间回来，手里多了一把一拃长的小匕首，拉出刀鞘，银光闪闪。"大小子当兵时发的，特务连。特务连你知道吗？能征善战，大小子复员时带回来的。村里前两年让把刀啊枪的都交上去，我没舍得，好使着呢。有一年，他妈，你记得是哪一年？就是双井村的那小偷来咱家偷东西的那年。对，大大前年，是晚上，我还没睡着，双井的小偷就进来了，我把这匕首从枕头底下抽出来，寒光一闪，他吓得撒腿就跑，屁都吓出来了。呵呵，我哪瞎说，真事，你又不是不知道。"

如此宝贝陈小多哪好意思要，顾老头坚持要送，出门在外防个身。咱害人之心不有，防人之心也不能丢，拿着。陈小多只好别在了腰带里。顾家老两口一直送他到村外的大道上，嘱咐要走不动了，再回来。陈小多说，好，你们回吧，再送我眼泪就要掉下来了。

往西北走，按照他给这个世界规定的方向。运气不错，走了二十分钟就搭上了车。开车的司机称他开的车叫小四轮，陈小多认为那就是面包车。他坐在小四轮的车斗里，大风像手穿过他的头发，发型乱了他看不见。就是那一瞬间他决定回家，那一瞬间里他可能看见的是司机的后脑勺，也可能看见的是路边并列在一起的两块石头，或者是一群正在找草吃的羊，后来他记不清了；清楚的只是脑子里出现了两个死人，一个是姓庞的大学生，一个是长里。小四轮已经跑了四十多分钟，他对司机喊：

"停车！师傅，停车！师傅请停车！"

陈小多站在路边，看着司机师傅疑惑地发动小四轮，他还能闻到淤泥味，不过现在小多了。他决定往回走，向着东南去。

这个决定陈小多一路都在想，为什么突然就决定打道回府了呢？这问题相当大。很多年里他在梦中跨过少林寺的山门，出走的念头野火烧不尽春风吹又生，现在离少林寺越来越近，侠客之梦伸手几乎就能抓到，而且他已经为成为侠客习惯了风餐露宿和长途远游，但他决定掉头回家。陈小多被这个突如其来的决定惊出了一身汗，随后汗干了，他肯定自己的决断是对的。你看，会不会武功重要么？活活打死庞学生的三个混蛋，他们要学的就是武功；田老三的二儿子是个练家子，他并不要作恶，但还是把刘峰家的小子倒头插进了淤泥里。有两下子的和想有两下子的，结果都要置人于死地，他们比平常人更不安全，还比如四大金刚和斧头帮，还有无数的这个帮那个派，又有几个终是与人为善的侠客？当然有，可是他看见的一跟功夫扯上关系的怎么不是凶手就是帮凶呢？如果全练成了这样的人，他屁颠屁颠地跑到少林寺的意义何在？陈小多也许就是在小四轮上的某一瞬间，对武功失了望。

很多辆车过去，他没有招手。他要好好想想，十六年里从来没有如此认真深入地思考过一个问题。他甩开胳膊大步走，自己跟自己辩论。

陈小多甲：你在给自己找借口和理由。

陈小多乙：我没找。

陈小多甲：那你一定是胆怯了！你害怕，缺少冒险精神。

陈小多乙：我好像是有点缺少冒险精神，但我现在一点都不害怕。

陈小多甲：现在回去，别人会笑掉大牙。

陈小多乙：……

他把自己问住了。他跟谈正午和周光明约好了，全都信誓旦旦。他在留给爸妈的纸条里说，"又不是第一次"，现在看来的确不是第一次，一次不成，第二次也没成。还有同学们，如果他们知道他去而复返，是不是要哈哈大笑把教室屋顶给掀掉？陈小多脚步放慢，直到停下来，茫然地看着四周更茫然的野地，来往的车辆和行人一个也不认识。没一个人认识自己，认识了又怎么样？他脑子里又出现三个闪闪发亮的字：拧着来。是啊，认识我又能他妈的怎么样？老子今天就回去了，老子就是不想学了，你们能咋地！老子还他妈的不信了！老子回家去！

偶然一个瞬间，陈小多下意识地吸了一下鼻子，淤泥味消失了。淤泥味竟然消失了！他继续走。现在不着急了，他决定能不搭车就不搭车，就两条腿丈量着回；回家了，漫游的路得节约着走。然后走出了像模像样的心得：侠客干什么？行走江湖。不行走算什么江湖侠客。他又回头想金庸、古龙、梁羽生的小说，武侠的意义似乎并不在武功盖世打架斗殴，而在行侠仗义，在江湖上飘游，在于行动在这个世界上。这么想陈小多就多少能理解那些高人了，他们不愿混吃等死，不愿终老某处，而是要不停地奔波，对艰难困苦及时地施以援手。他们是一群冒险者和流浪汉。如此说来，他行走多日，已经是在实践侠客的身份了。行走江湖，看这个世界，而不是主动出手或者被动地灭除掉生命，这大约才是真正诱人的意义。

不过，陈小多现在还做不了高人，走累了还是要搭车，到水边还是要借渡。一个月后的某一天傍晚，当他从一条陌生的船上跳上石码头，湿漉漉的台阶一级都没变，所有的景色背着他也坚贞地保持了原样，他突然感到了难为情。然后他看见了从花街走过来的低着头的郑青蓝。她装出并非心事重重的样子，胳膊张开学小鸟那样飞，歪歪左边的翅膀，再歪歪右边的翅膀，地上看不见任何一只鸟的影子。但她无意中看见了陈小多，这个人变了些模样怎么还这么熟悉。她呆住片刻，伸出手，像小鸟的另外一对翅膀，她摇荡着马尾巴迟迟疑疑地跑过来。陈小多更难为情了。为了让自己不那么尴尬，他伸手到口袋里乱找，最后掏出一块皱巴巴的手帕，摸索着在四个角上打了结，做贼一样把世界上最简易的帽子戴到了头上。

郑青蓝站在他面前，翅膀收起来，背着手开始一点点笑。要是两人靠得足够近，陈小多会在她的眼里看见自己形如乞丐，凌乱的头发从手帕底下支棱出来，衣服脏得简直见不了人，脸还算干净，那是因为运河里水多，他在船上坐得无聊了就撩起水来洗脸。要是足够近，陈小多还会看见郑青蓝眼里慢慢汪出泪水，你总算回来了，我还以为死在了外边，以为你再也回不来了。但是郑青蓝站了半天说出来的是：

"那么脏的手帕也好意思戴。"

她从兜里掏出自己的白底蓝花的手帕，四角打结。给你这个。她把陈小多的手帕用两个手指捏住，难闻死了。"快回去吧，"她说，"你爸妈快急死了。"陈小多把包往后背上送了送，因为难为情，不得不把郑青蓝的手帕戴到头上，还解嘲似的对她做个鬼脸。"还有这个，"郑青蓝把手帕扔给他，"别臭美，自己的手帕自己洗。"

陈小多就背着包往家走，没再转身，所以看不见郑青蓝站在原地看着他晃晃荡荡的背影时，嘴角的笑意慢慢聚拢，眼泪一颗一颗也掉下来。背后的东西陈小多看不见，谁的后脑勺上都没长眼。

陈医生站在诊室里看见一个模样古怪的人冲着自己走过来，他扶一下眼镜，把身体倚在了桌角上。等待的过程如此漫长，但他咬牙切齿地等着对方进了门叫他一声爸。陈小多进了门站住了，说："爸。"陈医生等不及儿子继续往前走，他没有想象中那么沉住气，简直有些气急败坏了，他三两步冲上去，啪的从后脑勺给了陈小多一巴掌，手帕帽子被打到地上。

"浑小子你怎么不走了？你再走啊！"陈医生说，突然尖叫一声，"他妈，他妈的，儿子！儿子回来啦！"

他老婆正在阳台晾衣服，跑下楼的时候丢了一只拖鞋，像个瘸子跳到陈小多跟前。"小多，小多，真是你啊，你回来了？"她觉得自己的舌头也瘸了。

"千帆!"陈医生替老婆纠正,他觉得自己重新沉住气了。

"对,千帆。咱们千帆回来了!"陈医生老婆恨不得把儿子抱在怀里。可是儿子个头早就超过她,此刻他身穿破衣烂衫,本能地往后退,他觉得这么大了被抱着让人不能忍受。

陈小多说:"想叫什么就叫什么吧。"

"千帆。"陈医生两口子一起说。

陈医生老婆围着儿子开始转圈,从头到脚地看,边看边点头。没错,是她儿子。她从地上捡起打过结的手帕,闻到了淡淡的香味。她站到门口往外看了几眼,一个人没有。她把手帕揉成一团,直接扔进了陈医生盛放废药瓶的垃圾筒。

"哎,那个……"陈小多伸出的手又缩回来。

他妈说:"千帆,咱们家手帕要多少有多少。"

她还想跟儿子说一下一个月零十七天里他们是如何着急,如何翻天覆地地寻找他,但是陈医生一挥手,漫长的一个月零十七天就被打发掉:"儿子都回来了,别说那没用的。让他洗个澡剃个头,一家人坐下来吃顿好饭。"他把陈小多的背包拿到楼上,瞥了一眼老屋的院子,生活还在继续,院门紧闭,郑辛如的门紧闭,开着的是郑青蓝的房门,那是因为她着急出门没来得及关上。陈医生想,人他妈就是贱,儿子回来了心里也难受。

14

没有什么好说的,陈小多来到学校,发生过的事情等着一一告诉他。

第一件与谈正午和周光明有关:他们俩在离开学校的第四天就坐长途车回来了,理由是,他们在穿过一个小镇时,周光明被一条野狗咬了小腿,必须赶着回来注射狂犬疫苗,谈正午理应全程陪护。外地当然也有医院,但有没有狂犬疫苗不好说,是不是喜欢坑陌生人也不好说,回到家最可靠。第一节课下来,谈正午在教室里捋起周光明的裤腿让陈小多看,野狗就是凶,四个牙印就是四个血窟窿。流了很多血,周光明把那些血换算成鸡蛋,起码要五十个鸡蛋才能补回来。

第二件也与谈正午和周光明有关:他们俩加入了斧头帮。这是柳斌的意思,柳斌你是知道的,在这个学校里,除了校长,他是第二个说一不二的人。他让大小税官找我们,大的叫吴南,小的汪晓辉,他们俩连着一周每天中午来教室,不收税,就坐我们对面。来,我们谈谈心,不打不相识,不打不成交,柳哥喜欢你们,我们也很喜欢你们。千帆你不在,我们俩吃奶的力气都使出来也打不过柳斌的人。我们要是不答应,除了吴南和汪晓辉还会来很多人。他们会把我们俩打成相片,汪晓辉就这么说的,要不就拍死,拍成相片。你的少林功夫没学到,我们也没见到武当山,要是你在,你也得答应。

陈小多说:"我不答应。"

谈正午和周光明说:"千帆你哪来那么大的胆子?小时候你不是不敢走黑路吗?"

"没用的屁别放。接着说。"

谈正午说:"光明你说。"

"怎么又是我?"周光明说,"好吧。柳哥说,你回来了你也得入帮。"

"要不入呢?"

"相片。"周光明声音低下去,"千真万确。柳哥就喜欢说把人拍成相片。"

"那好,跟你们柳哥说,老子很多年没照过相片了,让他来拍吧。"

谈正午和周光明大眼看小眼:"千帆,你是不是真学到了什么?"

"别的没学到,就学到了胆子大。"

"胆大能当饭吃啊?帮里人多,你拿屁打?"

陈小多转了一下腰,想找一个坚硬的感觉。如果后腰上插着顾老头送的那把匕首,那感觉就会在。不过不要紧,随时可以插上。顾老头说,害人之心不可有,防人之心也不能丢。

"别人拿什么打我,我就拿什么打他。"陈小多说。

周光明问谈正午:"要是柳哥让咱俩动手,怎么办?"

"那就动。"陈小多说,"人不犯我,我不犯人;人若犯我,我也不会客气。"

"哥们儿,才一个多月啊,你就变了。"谈正午说。

"要想变,一秒钟就够了。"

"操,我们的差距拉大啦,"谈正午说,"还一件事,得跟你打个招呼,柳哥可能想上那个郑青蓝。说过好几回了。"

"关我屁事。"

"其实我也想上,"谈正午嘿嘿地笑,"那妞儿,上着肯定舒坦。"

周光明也想笑,陈小多脸撂下来:"好笑吧?"

周光明撇撇嘴,咕哝一声:"放着好茅坑不蹲,也不让别人蹲。"

这第三件事不能说跟陈小多没关系。学校规定,走读生也要上晚自习了。会考在即,一分钟贵过一块钱。下周一开始。陈小多说一定按时上课,不迟到、不早退、不旷课。他跟班主任也是这么表态的。班主任把他叫到办公室,一个多月不露面,无论如何得拎过来教训一下。其实班主任很不想多事,陈小多看得出来,一个不好的学生没理由让老师操更多的心。所以班主任说什么他都点头,批评什么他都虚心接受,说好好,一定改,包括晚自习,他不迟到不早退不旷课,不给班级抹黑,以免先进班级的流动红旗飘到别的班级去。

作业很多,要看的书很多,陈小多心安定下来,发现要干的事情实在太多,他决定放学后就回家。他很少和谈正午、周光明一路,因为他们总要被柳斌召见。陈小多说,贵帮事多,忙你们的吧。第二天他把匕首插到裤腰里,等着大小税官或别的什么人来找他。谁也没来。谈正午和周光明都觉得奇怪,前些天柳斌求贤若渴,那架势是要三顾茅庐了,现在屁大的动静都不见。某人来教室找谈正午和周光明,眼角风也不给陈小多一下。

  陈小多埋头看书,要补的功课真不少,大考当前,他突然就怀抱了巨大的希望,他想进大学好好念个文科,学什么现在还没来得及想。要考大学必须通过会考,这足以让人黯然神伤,难度比较大,要考理化;陈小多就努力跳过会考去想文科的高考,太阳就慢慢露脸了。对自己能够突然上进地萌生如此伟大的理想,他自己都吃惊,这么说自己力争要成为好学生了。怎么会这样呢?他转着脖子想,也许是此次出走帮了忙,长路迢遥把身体和脑瓜子都打开了。过去他只看脚尖,现在没准看到了五步之外。走一步海阔天空啊,要恭喜自己有了新的理想。

  匕首在腰间,晚自习的路上他一个人走,防小人也防君子。过水门桥往东是条黑路,路高成堤,河边高大的树影黑魆魆地摇晃。潮湿的凉风从河面吹过来,从裤管里往上爬,如同无数居心叵测的小手。胆小的人晚上走这条路会觉得是个阴谋。但它实在是离石码头更近,陈小多下了水门桥总要习惯性地摸一下后腰。很好,硬硬的还在。第二个晚自习他就在想,要不要和郑青蓝一块儿回家呢,女孩子胆小。那个晚上郑青蓝的确也在校门口等他,要给他一份物理复习提纲,她花了不少心思抽象总结,希望它简单易懂到陈小多一看都能明白。她旁边站着胖乎乎的女同学。

"跟我们走大路吧,"郑青蓝说,"最近有疯子拿刀,在黑天里到处砍人。"说话的时候脖子跟着往锁骨里顿,这表示事情比较惊险。在校门口昏黄的路灯光下,陈小多看见她的短头发女同学恐惧地环顾左右,十根手指夸张地张开。

刚放学,校门口一切正常。陈小多脱口说:"我走小路,近。"

"你不怕撞到疯子?"郑青蓝说。

"哪来那么多疯子。"

"人家不怕,青蓝!"胖胖的女同学撇撇嘴,腮帮子上的肉凸起,"你不走我可走了。"

灰色的失望一刹那掠过郑青蓝的眉眼,她脸就红了,转身去追同学。陈小多只能坚持走小路了。他不能说怕,也不好再腆着脸跟上去。他们分走了两条路。后来陈小多想,就那么一小小会儿,事情就有了结果,为什么不稍微慢一点呢?大家都放松点。当时他降降调,或者郑青蓝降降调,就一条路了。但他就是没那个眼力劲儿,看不出郑青蓝只是要在同学面前挣点小虚荣,他今晚跟她们俩走大道,明天晚上就是一百个疯子拿刀等在小路上,郑青蓝也会跟他一起走的。陈小多不能说怕,他以为那个持刀的疯子不过是郑青蓝的借口。可笑。第二天才知道果有其事,在他远游的时间里,学生们风传夜晚总有一个疯子拿刀在街巷里游荡。某一个版本里，这把刀之前是用来切菜的。疯子潜伏在暗处，黑暗的暗处，等候孤单的行人把脖子送过来。

据说很多人看见，也有屡有不幸者遭到祸害，但这疯子究竟长什么样大家还是没能弄清楚。传闻至今，疯子已经有男有女，有老有少，已经变成斧头帮那样的一个杀伐的组织了。世界安静如初，生活不得不继续，而很多人手拿刀枪在夜晚之前就开始待命。在黑暗中没人看见他们的脸。他们所从何来也说法不一：有人说是一到晚上就喝酒的醉鬼；有人说是个瘸了一条腿的老头；也有人说是一个儿子遭了车祸的年轻母亲，她一天到晚在车祸地点烧火纸，咒那个逃跑的肇事司机，然后就疯了，抓一把菜刀见人就给孩子报仇。菜刀之说好像不仅来自这个哀伤的母亲。还有很多持刀杀人者。无数人仿佛在创作的同一部小说，想象力越发诡异，魑魅魍魉层出不穷，主人公只能越来越多。

偶尔的传言你可以不信，但多了你就不能不害怕。十人可以成虎，那就一定能指鹿为马，看见黑暗里的一根树桩你也会觉得暗藏杀机。陈小多后悔收集了如此之多的传闻，走在河堤上他开始觉得后背上长出了两只冷飕飕的眼。忍着，把匕首藏在袖筒里，像一个月零十七天里的行走江湖一样，坚决走在小路上。他一度犹豫是不是回到大路上，立马否决了，虽千万人，吾往矣。拧着来，这是美德。

半个月后传言过去，因为最终谁也没能不幸地撞上疯子。

陈小多长舒一口气。癞蛤蟆爬脚面,不咬人但恶心人,都被谣言制造者给涮了。半个月里他和郑青蓝几乎不说话。陈小多也觉得郑青蓝不该跟自己说话,他要是郑青蓝也不会跟他说话,自己怎么就这么气人呢。一头沉默,陈小多也只能跟着沉默,他不知道如何打开看不见的僵局。好在语言交流并非必不可少,否则就没法解释为什么哑巴一辈子也能过得富足心安,也没法想象天南海北的陌生人可以心无挂碍地相互活下来。他们在路上碰不到,在家门口也碰不到。只要不打算相遇,你可以躲开对方一辈子。他们的内心里穿过同一条黑暗的小路,只是陈小多的小路姓陈,郑青蓝的小路姓郑,因为某种原因他们强迫自己把它一分为二。

有一天陈小多在阳台上看书,往下张望时看见郑青蓝在星期天的太阳底下做习题。她在自己那扇门前坐着小马扎,从头到脚被阳光覆盖,白纸摊在凳子上,用笔这里画一下那里画一下。陈小多知道,不应该没事就张望,那毕竟是两个女人的生活,可是人的眼睛不能总往上翻,眼皮之所以要往下垂,目的就在提醒我们不能老往上看。再说,在她们来花街之前,陈小多就已经养成了有空就顺便溜一眼老院子的习惯。想来陈医生和他老婆也是如此。

可是,为什么现在继续往下看时,时常会觉得自己像小偷呢。陈小多这样,陈医生也是这样。陈医生老婆不是这样,她在张望院子时目光有不同的方向,如果左眼往下看,右眼就看两边,如果右眼往下看,左眼就得在平行方向找目标,她要防止和她同一高度的陈医生成为小偷。所以她认为自己才是医生,既管疾病的预防,又要考虑治疗,分岔的目光里充满了对病菌携带者的仇恨。

道理与此相同,郑青蓝慢慢也培养出了向上看的习惯。你不能总是低头看书写作业,不能总是低头看路,路上又没有钱;天上有风,还有飞机拖着白色的长尾巴飞过头顶,花街人惯常的说法是飞机在拉线,拉什么线不知道,为什么拉线也不知道,反正附近有个军用机场,飞机飞来飞去并不稀奇;思考问题时也需要往上看,天空浩大,星星繁多,利于我们开阔思路找到灵感;向上看也包括偶尔翻翻白眼,这对眼睛有好处,眼睛保健操里有一节就要求转动眼球,当眼球向上转动时就是在翻白眼。这一次郑青蓝就是在翻白眼时看见了陈小多,也可能没看见,但陈小多认为她看见了,因为他也在看她。这很不应该。接着陈小多就看见郑青蓝低下头,收拾好书本夹到腋下,一手提凳子一手拎马扎进了屋,咣当一声关上房门。

陈小多半边脸立刻烧起来,偷窥是有罪的。他从窗口回到房间,难道不走一条路真就得罪她了?他躺下又起来,再到阳台上偷偷地看。门依然关着,窗帘都拉上了。真是没办法。老院子的大门吱嘎一声打开,一个宽阔的影子在人之前先迈过门槛,然后停住了。陈小多很想看看是谁,却听见陈医生在楼下痛苦地叫了两声,只好先去看他老爸。

他跑到楼下的诊室,陈医生还在龇牙咧嘴地咝咝吸凉气,右腿的裤脚卷到膝盖以上,苍白的小腿上渗出几颗血珠,一颗血珠对应一个陈小多叫不上名字的穴位。人的身上究竟有多少个穴位,陈小多一直记不住,为此他常觉得作为医生的儿子他有点不称职。陈医生对儿子摆摆手,只是有点疼,扎错了。旁边的凳子上光闪闪地放着一盒银针。

"有点怪,这穴位怎么会这么疼呢?"陈医生歪着头困惑,去看自己写好的一堆纸,那上面他写满了字。过了半天,陈小多刚打算上楼,陈医生又说:"我得去找你郑阿姨问问,痒起来是什么味儿。"

陈小多赶紧拦住:"郑阿姨可能不在家。"

"你看见了?"陈医生擦掉血珠子,用酒精棉球按了按,放下裤腿站起来,"没看见你怎么知道她不在家?"

"那让我妈去问。"

"你妈去对岸了。我这儿急着治病。"

陈小多不知道该说什么好,只能赶在他爸前面跑到老院子门楼前,对着紧闭的院门喊郑阿姨郑阿姨。爷儿俩站在郑辛如的门楼底下,陈医生背着两手站着,陈小多挑起嗓子叫门。小跑出来开门的是郑青蓝,她只打开半扇门,探出小半个身子问:"叔叔,您有事?我姑妈不在家。"

"哦,不在。问她个事。"陈医生说,"那回头我再来。"

"等姑妈回来,我让她找您去。"

然后就关了门。陈医生心事重重地往回走,陈小多跟在屁股后头一个劲儿地不舒服,都说不能去了你还去。关键是,郑青蓝伸出脑袋后压根儿就没看他一眼,好像门外只站着他爸。

回到家陈医生继续研究，坐下前还问儿子："酸胀解痒还是疼痛解痒？"陈小多一边上楼一边说："睡着了最解痒。"他穿过走道，在目光的斜下方，郑青蓝的房门关着，窗帘没拉开。他希望郑辛如的房门打开时，动静不要太大。

15

很多炊烟从厨房里飘到半空,陈小多去曹三的杂货店买红糖,一路上皱着鼻子闻谁家炒什么菜。大部分不塞鼻子,说明大半条花街今晚都在吃素。陈医生家吃荤,糖醋鱼。陈医生老婆做糖醋鱼、糖醋排骨以及其他所有糖醋的菜,只要红糖不要白糖。红糖好,她半辈子的经验,如果不出意外,下半辈子她依然会这么认为。产妇都要喝红糖水来调理,红糖的优势可见一斑。曹三杂货店紧挨着路明美发室,美发室里放着摇滚音乐,一个男人一边唱一边喊一边叽叽咕咕。节奏感极强,弄得门前的打台球的几个人拎着球杆不停地扭屁股。陈小多看见谈正午和周光明撅着屁股面对面趴在靠在最边的一张台球桌上,他懒得打招呼,买了红糖就要走。

谈正午叫住他:"还是哥们儿嘛你?你买半斤红糖就可以不理人么?"

"来一杆?"周光明把球杆递过来,"替我解解恨。"谈正午让他两个球他还得输,多少年的习惯成了规则,他没能力破这个规则。

"等着下锅呢。"陈小多说。

"让他走,"谈正午用球杆砸了一下球桌,对周光明说,"没看人忙着吗?周光明你那9号别乱摆。"

"你们都不是对手,"陈小多一点没谦虚,"我妈真在锅台上等着。"

"我们俩倒成你仇人了,"谈正午说,"柳斌老找我们又不是他妈的我们的错!"

"那是你们的事。我可什么都没说。"陈小多说。

周光明唔一声,说:"你让郑青蓝小心点,柳斌对她有想法了。"

"关我什么事?"

"听见没?关人家个屁事!"谈正午调整杆子,比画个合适的角度,3号球落底又反弹回来,直直地进了中洞,"就你多事。再输晚饭就是你的了,操。"

周光明只好匆忙说:"反正让她小心,黑天别一个人走小道。"

这是周六的傍晚,云霞从太阳落山的地方散尽。陈小多经过他家的老院子,院门关着,门上对联的红纸早已经变白,仿佛是白纸上写着的两排字:家居黄金地;人在幸福中。这么说,郑青蓝已经开始走小路了。他把步子放小放慢,想象着手里端的是一碗酱油怎么也走不快。可是那两扇槐木做的板门安静得如同生了锈,郑青蓝没有及时地走出来。

晚上八点多,郑辛如过来看病,她的痒转移到右边的脚脖子上。陈小多听见他妈夸张的叫声:"还有这么白的脚脖子！"他从楼梯口往下看，只有郑辛如一个人来，白白的脚跷在凳子上，陈医生挺直腰杆给她扎针，眼睛睁得很大，谨慎得像在绣花。

陈医生说："痒之前什么感觉？"

"没感觉，说来就来了。"郑辛如歉疚地说，下意识地抽动两下右脚，"有时候只是想着可能会痒，刚想出那难受的味儿，真就开始痒了。"

"哦，这病是想出来的！"陈医生老婆说。陈小多不用看都知道他妈脸上一定挂着阴阳怪气的笑。

"是啊，想什么有什么，没办法。"郑辛如说。

"想也会痒，"陈医生严肃地说，"神经性的。"

"神经性的，是个病呢。"陈医生老婆说。她把中间几个字一带而过，重音都在"神经"和"病"三个字上。

他们在用声音做一场成人钩心斗角的游戏。没什么好听的，陈小多回了房间，顺道看见郑青蓝的屋子里亮着灯，窗帘拉上，找不到一张脸的影子。郑青蓝的面部侧影其实非常适合出现在窗帘或者墙壁上，光在前方照，额头、鼻子、嘴和下巴，喜欢剪纸的人有福了，这张脸只要客观地剪出来就是件艺术品。

周日晚自习结束，陈小多站在水门桥下通往小路的第一棵树底下，看见郑青蓝摇荡着马尾辫从桥上下来。要是剪影上出现马尾辫，也将是增色之举。他说："我，陈千帆。"

郑青蓝一哆嗦，冷不丁黑暗里杵着个瘦高东西，还能出声,是有点吓人。"你?干吗?"

如果陈小多说,等你一起回,那可能就什么事都没了。不过这话他即使想到了也说不出口。很多天没和郑青蓝说话,他发现自己丧失了跟一个女孩子对话的能力,像根锈螺丝,半天不知道怎么往木头里钻。"我,"陈小多说,"谢谢你,那复习提纲。"

"不客气,只是顺便送你一份。"郑青蓝说,马尾辫动起来,径直往前走。

陈小多抓着后脑勺,这话完全说跑题了。他在后面说:"要不,我把匕首送给你?你看,很漂亮的。"

"我要你匕首干吗?"郑青蓝在黑暗里站住,回过头,"杀人?"

"路黑。"

"我有眼。"

"可以防防身。"

"自己要是都防不住,靠把刀有什么用。"

"那,好吧。"

"我还有事,先走了。"

"那,好吧。"

陈小多看着郑青蓝消融在黑夜里,满怀别扭的挫败感。多简单的一件事怎么就被他弄成了这样。莫名其妙。他把手伸进书包里摸索,摸出了一个瘪烟盒,竟然还有一根压扁的红杉树牌香烟。他就站在原地把歪歪扭扭的烟卷点上,盯着看鼻尖前一红一亮燃着的烟头。假如郑青蓝此刻从远处回头看,会不会认为是鬼火。他们学校旁边的小树林外有几百个散乱的坟堆,有人说半夜里看见好几个圆圆的小火球在乱坟中间跳舞。陈小多慢慢往前走,抽了一半才发现烟已经变质,满嘴焦灼的辣味。他坚持把它抽完。

他们又回复到之前的状态,这一回的沉默更加坚固,他们对自己和对方充满了无可奈何的愤怒。生活总是南辕北辙,以后我们都会明白这个简单的道理,在他们十六到十七岁时,也许有那么一瞬间,各自在两个梦交接的时候瞥见真理的一道闪光,闪过了就过了,醒过来时什么都不会留下来,沉默继续似乎牢不可破。陈小多为此憋着劲儿,把化不开的那口气转变成勤奋,在家里和在学校一样埋头看书。

清早五点半起床,在阳台上走来走去地背书,背古文、定理和英文单词。他把窗户打开,让声音传到楼下的老院子里。郑青蓝这个时候也在看书,她不出声,默诵时像睡着了一样安静。更多的时候她会到运河边上看书,那里空气好,水汽从河面上仿佛雾在升腾,所有的露珠都聚在翠绿的叶尖上,这是新的一天,摇摇欲坠。远处有桨声振荡,憋了一夜的鱼开始往水面上跳,花街的青石板路潮湿得如同刚下过毛毛雨,人们相继打着哈欠从睡梦里醒来。至于在河边郑青蓝是否朗读出声,陈小多不得而知,他听不见;因为郑青蓝去了河边,那里环境再好,无论多么有助于记忆,他也不会去了。一个人不能两次踏入同一河流中,两个人也不能同时走在同一条河流边。他,陈小多,和郑青蓝;不管是聊天还是晨读。

有好多个早上,陈小多想到郑青蓝在河边读书,那种离散的感觉让他心里陡生温暖。这很奇怪。他们因为沉默更显得亲密,因为分离反而紧紧地拴在了一起,像血缘相通的亲兄妹。只是这样的好日子没能过上几天,郑青蓝出事了。

那天晚上陈小多下了晚自习就跑回家,到对岸接出诊的陈医生。河面黑暗,对岸的人家散落在野地、菜园子和一片坟地之间。陈医生老婆胆小不敢去接,月光不好的晚上轻易不出门。陈小多把船划到对岸,上岸后穿过野地去贺子方家。贺老头的老婆中了风,歪嘴斜眼地躺在床上挂吊瓶,陈医生要守到药水滴完,然后告诉她,滴完了,老太太马上嘴和眼就归位了。贺子方老婆这辈子最怕的是生病,感个冒都担心自己会死。

爷儿俩回到石码头,泊好船上岸,看见陈医生老婆从大门口小跑过来,传播谣言一样对两个男人说:"那个郑青蓝,差点撞上我。就在这路口,她那个跑啊,疯了吧。"

陈医生问:"说了什么事没?"

"谁知道,我哪赶得上问。"他老婆说,"喊,看把你给急的!"

"孩子在这儿呢,不是千帆同学嘛。还邻居。"

陈医生老婆说:"要不,千帆你去问问?那孩子,我寻思是遭了点事。哪有那样跑的,脚不点地了。"

陈小多说:"能有什么事。我不去。"

两口子数落两句这孩子,事情就算过去了。陈小多上楼就看郑青蓝的窗户，窗帘上有张低垂的脸，不是看书就是打瞌睡。女人就爱大惊小怪，陈小多想不起哪本书里有这么一句话。那本书里接着这句好像还说了一句：她们喜欢自己吓唬自己。一点都没错。这本书看得值。

第二天他去学校，在水门桥下被周光明拦住。"郑青蓝出事你担不担心？"周光明问。

陈小多看看他："什么意思？"

"柳斌不会放过她的，她把柳斌的胳膊咬了。"

陈小多立马来了精神："昨天晚上？"

周光明拽着他往巷子里走："里面说，别让柳斌他们看见。"

昨天晚上已经是第二次。头一次其实周光明跟陈小多说过，就是买红糖的那回。前一天下午柳斌让谈正午和周光明跟他走，就是"聊聊天"。他们在陈小多回家必经的小路上来来回回走，谈正午和周光明两人都犯嘀咕，这有一搭没一搭的哪是聊天，分明是等人。他们俩以为柳斌准备收拾陈小多，心里直敲鼓。秋后算账没什么不可能，而且又是让他俩来操办，没有比这更合适的了。他们俩一左一右低着脑袋脚板擦地走，柳斌突然拍了一下手说：

"来了。"

从水门桥走过来郑青蓝。

要算的是她的账。狗日的柳斌真是会找人哪。

"就是想跟她说说话，"柳斌对左右说，"你们两个跟她熟。"

谈正午和周光明说："我们也不熟。"

"总比我熟吧？"柳斌说，"拦住她。实在没话说，就跟她直说，我柳斌喜欢她。"

周光明捣捣谈正午的胳膊："正午，你上。"

"你来。"谈正午想，我他妈已经算不要脸了，但我也就背地里不要一下脸，过过嘴瘾而已，这"喜欢"啥的当面去说，干不来。这得多不要脸才行啊。他对周光明重复一遍："还是你上。"

"你们俩有点出息好不好？"柳斌说，"你妈的，谈正午，你上。"

谈正午觉得后背上的汗毛都站直了，他硬着头皮迎上去，郑青蓝已经走到跟前，他觉得脸上的笑都僵住了。周光明的笑也僵着，因为这时候笑不笑都不对。他听见谈正午像在说梦话："你站住。"郑青蓝仰首挺胸地站住了。谈正午说，"柳哥想跟你谈谈。"然后转向柳斌，"柳哥，还是你来吧。"

柳斌笑得比较自然，这证明他的确有做老大的资质。"其实也没什么事，"柳斌说，"自从上次看到你把那个陈……噢，陈千帆弄走，我就很佩服你。一直想跟你，交个朋友，聊聊天。对，就是聊聊天。要不我们去喝点什么？城里人见面都喜欢喝点什么。"

"你找别人喝吧，我得回家。"郑青蓝说完就继续走。

"交个朋友嘛，这个面子总给吧？"

"不给。"郑青蓝说，脸都懒得转。

柳斌脸上的笑吧唧掉到地上，短平快，他给扎着了。谈正午和周光明看见他的抬头纹和嘴角的回形纹一点点拉出了纵深，一副相当古怪的表情。郑青蓝做得很不好，哪有这么直接的，多少给点面子，人家堂堂斧头帮帮主。柳斌的大脑经历了漫长的短路，回过神来时大叫一声：

"操你妈，有什么好笑的！"

谈正午和周光明迅速把张开的嘴合上了。郑青蓝走远了，模模糊糊的背影也好看。

柳斌开始咕咕哝哝骂他们，听不清具体内容，他已经把骂人修炼成了自言自语。三个人散伙的时候柳斌说话又开始清晰，他说："操你妈，跑了初一看你跑得了十五。操你妈！"

所以他们才在台球桌前提醒陈小多。陈小多说："操，我怎么知道！"

"昨晚柳斌直接上了，一把抱住。要不是我和正午，一准是柳斌的人了。"

"你他妈说清楚点行不行！"陈小多说。

"看看，还说不关你的事。就知道你这号人。松手，为了你，我跟正午都不敢去学校了。急个屁啊。现在知道急了，你让我慢慢说行不？话是一个字一个字说出来的，不是屎，扑通一声能一下子全拉出来。松手啊你，我和正午算是给哥们儿你害了。"

昨晚柳斌喝多了，起码装得喝多了。下自习他来找谈正午和周光明，说自己喝多了。又问陈小多人呢，谈正午说回家了，刚走。柳斌就继续说自己喝多了，让他们俩陪着走走，"聊聊天"。陪领导聊天不是个好差事，他们跟着柳斌磨磨叽叽转到水门桥上，两个人在微弱的月光底下对了个眼，有话倒是说呀，柳大哥仿佛观光来了。

"微醺。酒逢知己千杯少。"柳斌懒洋洋地捋起袖子，终于开口了，"天暖和了，人就想乱。兄弟们，想乱么？"

周光明说："柳哥，你说怎么乱？"

谈正午说："操，还能怎么乱？乱呗，嘿嘿。操！"

"俗！"柳斌说，"乱跟操是两码事。乱可以操，乱更重要的是，是谈恋爱。恋爱。"

谈正午说："嗯，这乱得好。"

风起河面，水、泥土和机动船的柴油味飘到桥上，春正酣。人心思乱。周光明说他闻到毛茸茸的气味，突然之间真就感觉到身体的某些部分扑通扑通乱蹦，管不住，心里头也毛茸茸的，他明白什么叫"想乱"了。"乱"字好，说不清道不明，从里到外乱糟糟地想乱动、乱扭，想到操场上跑十八圈出身大汗，或者像码头上的汉子扛大包，累到躺倒在地，什么都不能想。反正就是想把一身的力气都放掉，没放掉之前你就"想乱"。谈正午肯定也在某一瞬间感到了乱，或者更乱，他有点坐立不安，身体没事就往桥栏杆上蹭。他妈的春风沉醉的晚上啊。

校门口第二波热闹来了，晚上考试的班级要迟二十分钟才下自习，此刻他们正蜂拥出了校门。柳斌继续走，下桥左拐上了河堤的小路。风吹路边新生不久的树叶子，路面幽暗，有车辙、狗屎也许还有牛蹄印，不适合在夜晚散步，但对三个无所事事的男人要另当别论，逛到哪里都是走路。他们毫无疑问都认为自己已经是男人。周光明停下来站在路边撒野尿，看见桥上走下来一个黑影子，一甩而过的头发让他认定那是郑青蓝。今晚正轮到一班测验。他提着裤子追上柳斌和谈正午，建议找个地方打两局台球。这两天长进不小，他说："向柳哥挑战。"

"就你？"柳斌笑笑，"不着急，等我挑战完她再说。"

"谁？"

柳斌指指身后，一个人摇荡着头发走过来。周光明在谈正午耳边说，郑青蓝。谈正午说，嘿嘿，有好戏看了。被周光明踹了一脚。郑青蓝已经走过来。

柳斌站在路边说："我还想跟你谈谈。"

月光被枝叶遮住一大部分，剩下的也足以照亮四个人的脸。郑青蓝说："又是你，烦不烦？"

"不烦。"柳斌挡到她前面。

"我烦！"郑青蓝说，"让开。"

"不让。"

周光明也觉得有点意思了。整个学校里除了老师，没人敢这样跟柳斌说话，也没人能让柳斌这样说话，这哪像个帮主。郑青蓝推了柳斌一把："死一边去！"柳斌没动，只是没头没脑地说："陈千帆回家了。"这句话的确没来由，有失帮主水准，很可能就是这句话刺激了郑青蓝。事情突然就变了。郑青

蓝又推了一把,两只手都用上了。"去死吧你!"她说,"好狗不挡道!"柳斌退了一步半,胳膊像两半铁环箍住了她,压低声音说:

"我兄弟都在。别给脸不要脸。"

郑青蓝喊着:"你才不要脸!不要脸!"胳膊手被箍住了,只好用脚往后踢,刚踢一下就被柳斌抱起来,两脚悬空哪儿也踢不着了。

柳斌说:"你们俩,还愣着!"

谈正午犹犹豫豫要过来,郑青蓝说:"陈千帆瞎了眼找了你们!"她一口咬住柳斌的左胳膊,如同天意,捋起来似乎就等着这一口。柳斌松开手,郑青蓝也撒了嘴,只是男人的动作更敏捷,柳斌用右手抓住了郑青蓝的马尾辫,猛地一提,她就踮着脚尖站起来了。

"柳哥,我们……"谈正午举着十根慌乱的指头,"你看,你看……"

柳斌说:"我喊一,二,三。"

周光明冲上来一把抓住柳斌的右手,然后对谈正午说:"抱住他!"谈正午在大脑下达命令之前已经抱住了柳斌,抱住了就不撒手,说:"柳哥,柳哥。"周光明已经掰开了柳斌的手,郑青蓝自由了,被周光明拖着就跑。柳斌想追,奈何被谈正午死死地拖住,动弹不了,只好大叫,要操周光明的妈,也要操谈正午的妈。周光明带着郑青蓝跑了一百米然后停下,让她自己往家跑,谈正午还在那儿抱着呢。他跑回来时谈正午依然抱着，两条胳膊因为紧张越抱越紧，但他抱得没那么专业，只管住了柳斌的腰，胳膊手和腿脚都管不住，现在只能埋着头听任柳斌拧着身子拳打脚踢。

"现在正午眼肿了脸青了，脑袋上有两个大包，小腿被柳斌脚后跟踹紫了，右脚的大脚趾和二脚趾的指甲也被一脚跺出了瘀血。"周光明说，"够哥们儿了，以后啥话也别说了。"

"你们当时是怎么跑掉的？"陈小多问。

"我抓住柳斌两只手，跟正午说，一二三，一块儿撒了手就跑。"

陈小多拍拍周光明肩膀，说："放学了我去看正午。"

"看着办吧。帮咱俩请个假，要给柳斌见着非活吃了我们不行。还有，那郑青蓝，操，我就不啰唆了。"

周光明直接穿过巷子回家了。陈小多摸着书包里的匕首走上桥，向运河里吐了一口唾沫。摇船经过桥洞的人，看见那口唾沫碰巧落在水中朝阳倒影的正中心。天暖和了，今天的太阳不是很好。

16

　　课间操结束后,陈小多在柳斌的教室前转了一圈,他就想看看那个人在不在。不在。午饭后,校园里的人少了,他把匕首别在后腰上又去,还是不在。他问了靠窗边的一个学姐,学姐说,今天好像就没看见他。他要是来了,动静不会现在这样小,不是因为他要整出来什么动静,而是总有来来往往的手下向他汇报情况。陈小多说噢,去了一班的教室前,透过窗户往里看,郑青蓝坐在位子上正看书。他希望她能看见,又希望她看不见,郑青蓝终于没有抬头。陈小多回到自己的教室里坐下,开始抄写英语课文。心不静又不愿浪费时间时,他就一遍遍抄写英语课文。很多人都说,好记忆不如烂笔头。

　　下午放学前他又去柳斌的教室,知情的同学说:"胳膊被菜刀划了,在家养着呢。"陈小多在心里笑,郑青蓝牙口不错。晚自习放学铃声刚响,他就拎着书包往外跑,如果他们班的教室离校门再近点,他肯定是全校第一个出校门的人。他把书包垫在屁股底下坐在石头上,等郑青蓝出来。郑青蓝汇在一股巨大的人流里走过来,陈小多走到她旁边,清完了嗓子才说:

"一块儿回?"

"我走大路。"

"我也走大路。"

"我想一个人走。"

她一边说一边走,不停下,面无表情。因为要跟住她,陈小多不得不在人流里乱钻,他的肩膀撞到很多人的肩膀上,引了很多人对他侧目而视,一直到水门桥上。郑青蓝扶着桥边栏杆站住,转过身说:"你能不能不跟着我?"

陈小多抓了抓脑袋,说:"不能。"

"那好,想跟你就跟着吧。"郑青蓝往四周看看,挤到右前方一个女生旁边,大声说,"黄倩,我们一块儿走。"

陈小多本来打算就这么跟着,没有最倔只有更倔,看谁能扛到底。只坚持了两天。第三天晚上走在大路上,百货商场门前放露天电影,郑青蓝站到银幕背面看,所有人都左手拿笔和枪。陈小多站在不远处。黄倩说:"听说他作文很好,脸皮也够厚。"陈小多窘迫得胳肢窝里直冒汗,人活脸树活皮,做个无赖并不好玩,关键是人家不拿你当碟菜。好容易挨到她们继续往前走,在通往花街的路口分了手,陈小多追上郑青蓝,把匕首递过去:

"还是带上好。"

"跟着有意思么?"郑青蓝说,"有本事你把他捅了。"

陈小多觉得郑青蓝在说这话时脸上掠过一道寒光,仿佛夜空里亮出一条闪电。女孩子说这种狠话有种惊心动魄的冷,即使她不用感叹号。陈小多感到惭愧,说:"他没来学校。"

"那就把它扔掉!"郑青蓝进了花街。

陈小多站在街头,翻来覆去地看那把匕首,比月光耀眼。她说扔掉,她就是这么说的。陈小多将匕首插进灰砖墙缝,用力往后拉,砖粉和泥土溅出来,他拉了两米远。匕首从墙里抽出来,锋刃薄白如旧。陈小多在胳膊上擦了擦刀刃,入了鞘,放进书包里。他想起了前些天出门在外的一个多月,他走路,搭车,风餐露宿,见到了杀人,从顾老头的手中接过他的特务连儿子用过的匕首,然后蓬头垢面地回到花街。恍如一梦。拉拉杂杂的生活其实也都是这么过来了。可见这世上的万般事情,固然不会比想象中的更好,也未必就比想象中的更坏。既然她如此坚定地要吃下去个秤砣,只能随她了。陈小多的新想法是,不即不离,我也不特地跟着你,我只是走大路,总能防个万一。我不把你当活儿干总可以吧。

这之后陈小多又去柳斌的教室门口逛了几圈,开始总碰不上,后来碰上了,相互似乎也没有要说话的意思;柳斌把袖子拉下来一直遮到手腕,仿佛伤口并不存在。匕首在后腰上,陈小多找不到非拔不可的理由,但他愿意等着柳斌出手,对方稍有风吹草动,他想这辈子他会第一次把一件雪亮的凶器指向另外一个人。而柳斌像一名普通的高三学生,什么话都不说。

谈正午和周光明也没有遭受预想的惩罚。他们俩躲在家里哪里也不敢去,一天,两天,三天过去了,一周也过去了,没见到斧头帮的哪一个登门拜访。他们提心吊胆地等待,给自己的四肢和五官设计出无数种残酷的结果,唯一的帮助就是锻炼了想象力;事实上是,他们被斧头帮遗忘了整整十天。如果他们继续不去学校,这遗忘的时间将会更长。他们也可以把病假和事假一直请下去,班主任十分愿意无限期地批下去。既然混账的学生不愿意进教室,为什么不成全他们呢?少这样的两个人,先进班级的流动红旗可能就流过来了,一直少下去,红旗可能就待在我们班上再也流不走了。

十天后谈正午和周光明左顾右盼地进了学校。

吃过午饭,他们坐在教室里做出勤奋学习的样子,大小税官走进来。这一次不收税,他们在谈正午和周光明附近坐下。老大说,那天你们做得好,大税官开始传达上级精:"老大说,那天他喝多了,不太体面,幸亏你们及时制止了,好。"小税官补充说:"斧头帮感谢你们。"

"没事了?"谈正午有点懵。

"没事了。"大税官回答,习惯性地眨巴两下眼。

"真没事了?"周光明还不放心。

"当然。"小税官一挥手。所有的恐惧、担心和不快就这样一笔勾销。

谈正午说:"柳哥够意思。"

周光明说:"嗯,老大就是老大。"

多少有点匪夷所思,这不是柳斌的风格,但这是事实,有大小税官神经质的眨眼和一挥手为证。谈正午和周光明沉默了一节课,慢慢地回过味来了,下了课像过节一样跑到陈小多跟前:"兄弟,他们传福音来了。"

　　陈小多哼了一声,说:"光明左右使啊。"

　　周光明说:"一个光明左使,一个光明右使。"

　　谈正午说:"这俩狗日的简直是送节礼,可以放心地过好日子了。"

　　是啊,提前给你们送"六一"儿童节礼物了。天已经热了,儿童节就不会远,会考眼看着也在临近。校园里开始绽放一朵朵裙子花,在可能的尺度内,越来越多的胳膊和腿露出来。传闻和谣言在这种天气里同样盛行,不知道从哪一天,不知道是从那一天的早上、中午还是晚自习,陈小多突然听到有人在说郑青蓝。一个学生说:"知道么,一班那个郑青蓝,她姑妈是干那个的。"另一个说:"看不出来,怎么会?不过世界太大,什么事都有可能。"陈小多感到头皮发紧,他想躲开他们往另外一个方向走,听见的是又一个陌生的声音:

　　"哈哈,怪不得她整天神气活现,原来家里有个卖×的!"

　　还有人说,一来就住花街,想都不要想,怎么会是好东西?这些逻辑在陈小多的耳朵里显得古怪和陌生,但不得不承认这也是冷飕飕的提醒,仿佛他们一起揭了他的疮疤。他怎么会不知道一个远道而来的女邻居正在靠什么生活?他看见过,至少在天马行空的想象里看见过,只是从来没有如此清晰地用简练的因果关系表达出来。他拒绝往深处想,她们是他的日常生活之一,她们生活在他身边,一墙之隔,从二楼的阳台和走道往下看,一道墙的障碍都没有。他只愿意保留她们生活的表面,从房间里出来,在院子里劈柴、生火、煮饭和淘洗衣服；还有郑青蓝坐在马扎上看书，她看书从不出声，但这丝毫不影响她的记忆；还有郑辛如，那个老郑，偶尔弯腰时会露出一圈丰白的肉，她自己都摸不准什么时候会受到莫名其妙的痒痒病的折磨，她带着她的看不见的病痛和伤口来到他家，让父亲跟她扎针、开药；那些偶尔出现的陌生男人，尤其是那个大胡子，他来得最多，陈小多只愿意把他们当成大小郑的亲戚和朋友，因为她们从陌生的地方来，因为他们也从陌生的地方来，所以，他们可以是陌生的，他迫使自己对这些陌生习以为常。只有习以为常才能见怪不怪，才会让他们浮在表面，不必朝深处想。

仿佛所有人同时接到了消息，满校园都在说郑青蓝的名字。五年前，陈小多和一帮伙伴在河北岸的野地里玩。那时候还没有那么多房屋和庄稼，一架飞机从他们头顶经过，飞得如此之低，似乎个头高一点的人伸手就能摸到。飞机巨大的肚子和身上的字迹清楚硕大，舱门打开一扇，一只手出现在半空，挥动一下，很多张粉红色的纸飘飘悠悠落下来。飞机飞得慢，纸飘得也慢。他们一帮小孩跟着飞机跑，一边嗷嗷叫着跑一边捡那些传单，根本不顾脚底下踩着什么，糟蹋了不少庄稼。飞机远去，孩子们停下来开始看传单，二十多个孩子同时知道了上面的内容。上面写了什么陈小多已经记不起来，他想起那架飞机和传单是因为信息覆盖的速度如此之快之广，如此的众口一词。

消息很快出现变种，像大树不得不长出枝杈。竟然有人说，郑青蓝课余也在靠跟男人睡觉赚钱，只有不断地跟男人睡觉才能保持旺盛的精力。郑青蓝一天到晚精神抖擞,中午从不睡午觉,她的同学可以证明。此外,男人是有办法让女人成绩好起来的。这个办法是什么,陈小多没去深究。假如他有兴趣追着问下去,他们会说,办法嘛,嘿嘿,男人的那个是个好东西。陈小多顾不上有兴趣,他都懵了,消息之多,坐在那里一动不动就有很多人有意无意地传递过来。他们知道他是郑青蓝的邻居和小房东,他们知道她经常来找他,他们看见过他和她说话、一起回家。他们把郑青蓝放在唾沫星子里劈头盖脸地向他砸过来。他们还好奇地希望陈小多对诸多疑问统统回答一个字:是。

然后,谈正午带回来了又一个消息。他说:"哥们儿,咱哥儿俩没外人,实话实说,你和郑青蓝真搞过了?"

"有病啊你!"陈小多说。

"别人让我问的。"

"去你妈的!别人让你吃屎你也吃?"

"好,我错了。"谈正午说,这个答案显然不能让他满意,"谁让你老被人家看见跟在郑青蓝屁股后头。哥儿们从现在开始闭嘴,牙咬碎了往肚子里咽,行了吧?你好自为之。"

谈正午要走,陈小多叫住他:"你不觉得这事有问题?"

"你的意思是……"

"你替我想想。"

"你是说,柳斌?"

还能有谁。一看就是仇人干的,全世界郑青蓝只可能有这么一个仇人。

谈正午把脖子转过来转过去，他没有把握。柳斌当然不是个好鸟，但这家伙要坏也总坏在明处，反正斧头帮里多的是小兄弟和薄嘴唇的小斧头，招摇过市地坏你也没办法。这种谣言是坏在暗地，小人玩的把戏。而且，谈正午昨天遇到柳斌，他还对那天晚上的出格行为亲自道了一次歉，如果有机会，他还想当面向郑青蓝道歉。如此说来，他倒是个谦谦君子了。

"他败坏郑青蓝的名声，意义何在？"谈正午有些不解，"如果他还想把郑青蓝弄到手，这个路子肯定是不合适的。或者，千帆你别急啊，是不是有人的确得到了什么消息，比如郑青蓝的姑妈的确是干这个的？"

陈小多挥手打断他："乱说什么呢，人家过的本分日子！"

"说了你别急，看看你又急，不就随便说说么。无风不起浪嘛。"

这样的谈话不能再继续下去，陈小多为了把握住分寸赶紧跟谈正午分了手。

谈正午也不是没道理。比如，真是他妈的让人难堪的比如，某个学生家长或者朋友，或者干脆就是哪个提前熟透了的男生，曾经进过郑辛如的房间。如果他碰巧是那种摸了一把女人都要让全世界知道的混蛋，事情就可能是眼下的这个样子。在真相出来之前，一厢情愿地把尿盆往柳斌头上扣，不太公平，虽然这坏鸟现在就塞进监狱里陈小多也不认为会委屈了他。

可是，谁又能证明不是柳斌呢？以他的一贯霸道，谦和是没有道理的。对陈小多来说，这是个问题。

17

除了谣言翻飞,运河穿过的这个小城和去年一样温度节节上升。眼看着夏天憋不住要来,陈小多走路时都犯困,哈欠打得足有二十米长,但他头脑清楚,因为谣言翻飞。奇了怪了,校园里一年到头道听途说者甚众,夸张虚构者也不少,但三分钟热度就过去了,就像风卷起红色塑料袋,说飞到围墙外就飞到围墙外了。看不见事情就算结了,大家整装以待下一个小道消息。有关郑青蓝的传闻不守这规矩,坚持盘踞在校园不动,刮了风下了雨也不走。早已经响过雷声,像很多人推着几只巨大的空汽油桶从运河上空滚过去。

这个晚上雨刚停,从水门桥下来的柏油大路上聚着一汪汪水。总有路年久失修,总有车辙、牛蹄印和履带拖拉机从柏油上经过。路灯被玩弹弓的小孩打碎了一大半。陈小多为了赶上郑青蓝,在最昏暗的地方一脚踩进了泥水里。凉水顺着脚脖子往上爬,陈小多觉得在清醒的时候更有理由找郑青蓝谈谈。这么长时间他坚持跟着她,在一个哈欠的距离,二十米之后,既然有人知道他总是跟在郑青蓝屁股后头,那一定是因为他和郑青蓝已经在人家眼里了。谁知道对郑青蓝好奇的是不是只有柳斌一个人呢。

陈小多坚持跟着，不说话。即使这些天流言蜚语比教室后面的法国梧桐叶子还多，他还是没说话。开不了口，难道他上来就跟郑青蓝说，说郑阿姨是干那个的完全是造谣，你别往心里去？或者说这世道乱了，无论如何你得挺得住？不合适。现在灌了一鞋子水后他突然想说，主要是因为下午他遇到了黄倩。她对他依然没好印象，至少表面上她是这么表现出来的。陈小多问她郑青蓝这几天怎么样，因为她们俩晚上已经不再结伴回家了。黄倩斜着眼看陈小多，要不是青蓝中午趴在课桌上哭了，我才不告诉你呢。

她要告诉的就是郑青蓝哭过了。原因不详，在这个特殊时期谁也不好去打听，所以我们只能推测是那个唯一的原因。除此之外想不出其他理由。这说明郑青蓝什么都知道，这段时间她话都少了，能不开口都不开口。陈小多说谢谢你啊黄倩，她要不愿意和你同行，请你理解。黄倩说："你谁啊，我是班级学习委员，轮得着你来教我怎么做？不过青蓝怕要憋出毛病的。"

现在陈小多的湿鞋子像青蛙一样咕叽咕叽叫唤，他跑到郑青蓝肩膀的左边，扭头看见她摇晃着的倔强的马尾辫，打好的腹稿突然消失不见了。他找不到要说的话。他们并排往前走，郑青蓝不看他，陈小多觉得时光流失缓慢，足以让人活不下去。他们步调一致，左右左，一二一，陈小多右脚踩到了水汪里，溅湿了郑青蓝左裤腿。郑青蓝站住了，在陈旧的灯光底下也能看见涨红了脸。她像打架一样堵在陈小多面前：

"你到底想怎么样？"

"我没想，怎么样。我就想跟你说，快会考了。"

"就说会考的事？"

"是。就说会考的事。"

"陈千帆！"郑青蓝突然喊出了陈小多的学名，声音大得让陈小多茫然四顾，以为她在叫另外一个人。"你乱说！"跟郑青蓝这三个字同时出现的是她的巴掌，陈小多清脆地挨了一个耳光。这个陈小多是无论如何没能反应过来，有点快。接着右腮帮子上也挨了一下，陈小多想，这下够实在，声音在那里。直观感觉没结束，第三个耳光又到了，抡到他左脸。这是在对他下手啊，所以即使没能弄明白原因，陈小多还是及时阻止了第四个耳光，你扇了左脸我不能再把右脸送上来，他挡住郑青蓝的手。郑青蓝说："你乱说！你乱说！"满脸都是眼泪。要不是在大街上，她会喊得、哭得更吓人。

"我乱说什么了？"陈小多一只手抱着一边脸，像个被诬陷的熊猫，"我没乱说。"

"你就是乱说了！"郑青蓝打完了，哭着向前跑。

完全疯了，陈小多想，我乱说什么了我？我不就说快会考了么？他恨不得当场淹死在脚底下的水汪里，柏油路面裂了很多道缝，比冬天里沿河边讨饭的流浪汉皲裂的脚后跟都难看，三五成群的学生从后面走过来。他们远远地看见了他被郑青蓝扇了三个耳光，就算他们不认识他和郑青蓝，也看见了一个女孩子对他下了手。他把他爷爷陈顺之的脸都丢了。要是玩弹弓的小孩把所有路灯都打碎就好了，那样谁都看不见他，他宁愿双脚同时踩进同一个水汪里。陈小多埋头疾走，脸上火烧火燎，心里头火燎火烧，简直就是冒着蓝色小火苗的郑青蓝的仇人。亮堂堂的三个耳光，我他妈乱说什么了我！神经病一个！

当他拐进花街，看见一个陌生的男人低头从他身边走过。那男人把脑袋都快低到肚子上了，两只胳膊贴着裤子一动不动，完全是电视上坏人过街的走法。陈小多回过神了，郑青蓝一定以为是他把她姑妈的事捅出去的。他有第一手材料，乱说的优势得天独厚。可是，我乱说的理由在哪呢？我捂都捂不过来呢我还乱说。陈小多对着石墙来了一拳，这三个耳光冤大了。咚的一声在巷子里还有潮湿暧昧的回音，走过去的那个陌生男人回头警惕地看了看，脚底下明显放快了。

走过她们的院门，陈小多一度打算敲开门替自己申冤昭雪，但摸着正在变大的脸，伸个鸟冤，要是连乱说这莫须有的罪名都没了，岂不是更白白挨了一顿打？随他妈去吧，爱咋地咋地，老子不跟你玩了。从今天起，你郑青蓝的所有事跟陈千帆没关系，除了交房租。要交也别交给我，交给我爸妈去，该拿多少拿多少，半个子儿都不能少。妈妈的。

他被三个耳光气得早早上了床，躺下就睡着了。他妈，陈医生的老婆，隔两天也挨了三个耳光，她就一整夜也没睡着，早上起来像戴了副古怪的墨镜。她也觉得挨三个耳光很冤。

那一天艳阳高照，落下来的雨水如数蒸发到了天上。花街上的闲人在这午后都睡着了,只有两个女人醒着。一个是陈小多他妈,她到西大街替人说媒了。这几年花街上的女人说媒成风,干得像行善积德和好人好事一样热火朝天、喜气洋洋,一个结了婚的女人在花街上的地位直接和她成就了多少桩姻缘有关。起码是硬指标之一。陈小多他妈因为做了陈医生的老婆,已经受到四条大街上的人不一样的尊重,但是她不满足,要锦上添花。和其他女人一样,说媒是她的兴趣所在,是发自内心的美好需求和冲动。所以攀比着说媒在花街并不是一个恶劣的风俗。

这个午后陈小多他妈去了西大街的武君山家,她撮合的鹤顶小伙子来老武家看姑娘了。姑娘不错,小伙子也不错,脸面长得都顺水,要身段也有身段,女的苗条,男的壮实,嘴还甜,张嘴就叫她亲阿姨。她跟着两家家长一起张开嘴高兴,八字有一撇了。然后她在下午两点半回到家里,推门进屋,看见陈医生穿着大裤衩和两根筋背心,伸长脖子往郑辛如的两腿之间看。郑辛如就是另一个醒着的女人,她简直不知羞耻,斜躺在陈医生家新添置的长沙发上,裤子褪到了大腿以下。陈医生老婆确定当时是两点半,因为刚推开门就听见飞马牌挂钟清亮地敲了个半点。挂钟是小婊子郑青蓝修好的,打死她也不会忘记。

在躺到陈医生家的沙发上褪掉裤子之前,郑辛如午饭后一直躺在自家的床上,当然那归根到底也是陈医生家的床。她觉得左边的大腿根痒,痒得她心焦不耐烦。这隐秘的地方不是头一回痒，但却是头一回如此狂暴奔放地痒。太不是地方了！太不是个东西了！她在床上辗转反侧地抓挠，不用看都知道已经抓破了。她想忍，吃了两片安眠药想让自己睡过去，让它到梦里痒吧，梦里的事情谁也不能肯定是不是真的。也许梦里会有很多人，那就换个人替自己痒也行。安眠药只能镇定腰以上，那个地方依然很兴奋，好像它已经能够自作主张，好像上下身不是同属于她一个人。幸好不是中间的地方出问题，郑辛如在抓挠时有过一闪念的侥幸，如果是，那在医学上可能就得叫性病，有叫淋病的，有叫梅毒的，还有叫艾滋病的，随便哪一样，要丢人可就得丢得一点也不剩了。因为排除了最不堪的可能，郑辛如才有了勇气来找陈医生，实在是太痒了，抓破的地方都感觉不到疼。

  陈医生在午睡，从床上起来没穿长裤，这样的天气在家的花街男人都穿大裤衩。若干年后很多人给这种大裤衩取了个优雅的名字叫"沙滩短裤"。运河边也有沙滩，我们都看不出它和这种肥大的短裤有什么瓜葛。陈医生被敲门声惊醒，他说来了。他梦见一个长相酷似华佗的古代老头对自己说：最疑难的病症，只有病人自己能治。华佗白发苍苍，说一口花街口音的现代白话。这句话让他费解，如果病人自己能治，还要医生干什么，我岂不就得失业了。

  开了门，郑辛如进来，她随手关上门，这让陈医生一惊。这个，这个，他看着关严实的大门，她怎么知道我老婆不在家的呢，让我一点心理准备都没有啊。

郑辛如说："痒。"她指指大腿根。

陈医生松了口气，原来关门是因为她要针治的地方不能随便让别人看见。汗都出来了。

褪下裤子之前郑辛如又郑重地说："你是医生。"

陈医生直点头："对，我是医生。"

郑辛如得到了安全许诺，迅速解开了腰带，她多一秒钟也受不了了。陈医生看见了她大腿最细腻的部分，有一小片地方渗出血丝，反倒增添了肉的美艳。不通则痛，不畅则痒，穴位要准，除了脚上的行间、申脉和大拇指旁的河谷三穴，病患处也要来一针。对大腿根下针，陈医生一瞬间犹豫不决，这惊心动魄的身体，像今年听见的最响的雷。这一根针扎下去要耗掉他不少的精气神。

银针还没下完，陈医生老婆推门而入，挂钟打了个半点。她看见丈夫的脑袋正往郑辛如的两腿之间钻。

躺在沙发上的郑辛如摆出的只能是一个女人的姿势，裤子缀在膝盖处，一只裤腿卷起来，鞋子垫在脚后跟下，一万种风情都在那一敞开一遮掩之间；因为痒和酸痛，她还发出了在另一个女人听来只会是在特殊时候才能发的哼哼叽叽声。而她丈夫的脑袋正往极其危险的地方钻。这场面不论从哪个角度看都太色情。陈医生慌张地站起来，扎下一半的针留在病人的大腿上。

他老婆走到郑辛如跟前，现在大门敞开，窗明几净，她能看清楚郑辛如包裹在内裤里的凸起的部位，如同阴影，那是一条纯棉的淡蓝色的好内裤,不会伤害皮肤,这个死婊子还蛮知道心疼自己;她还看见躺着的女人让人嫉妒的大腿,丰满但没有赘肉,而且应该不会出现橘皮现象;还有指甲抓过的皮下出血和一道道红绺子;最后,从内裤里不经意地钻出来的两根细长的不明弯曲物,引爆了她的愤怒。两根世界上最细的导火索。

陈医生老婆叫道:"不要脸!"

先是陈医生接了茬,他摊开无辜的双手说:"我……"

你,然后拖了个漫长的尾巴是什么意思呢?我说的不要脸的人是她。当然你承认了,你的确也不要脸。

因为扎了针,郑辛如起不来,只能把裤子尽可能往上提,但再提也不可能遮住内裤,索性不提了。"他是医生,"她超乎寻常地镇定,慢悠悠地说,"我是病人。"

"什么医生、病人!一个流氓,一个骚货!"陈医生老婆这一次不打算端着医生老婆的威严,那太累人,吃了亏还不敢说。这骚货是着着实实把自己当成鱼亲自送到猫家里来了。"不要脸透了!"简直不要脸透了!

陈医生把她往一边推:"怎么说话的你?人家是病人,我在看病。你没看见?这是针,金针、银针;这是酒精棉球!"

"陈医生,"郑辛如说,"要不你帮我拔了吧,不治了。"

"不行,"陈医生说,"治病要紧。"

郑辛如不吭声了,坐起的上半身又躺下。她的表情在午后显得慵懒、恬静和雍容,充满魅惑,要是照镜子她自己都会被吓一跳,骨子里她不是这样的女人。她只是有点使不上来劲儿,身上软绵绵的。她忘了这是个睡觉的好时候,因为太阳开始偏西,因为安眠药正在发挥效力。她懒得动,针刺的酸麻正一微米一微米地覆盖恶心的痒。

"哼,治病治病,鬼话!"陈医生老婆说,"我看是治心病!"她看丈夫目光在眼镜后面一点点凉下去,底气开始小了,毕竟针扎在生病的肉里,她只好对着郑辛如发火,"怎么不走了?不是不治么?没事就来勾引别人家男人,骚货!"

"说话干净点儿!我勾引谁家男人了?"郑辛如即使激动,说出的话也没多少火药味,安眠药掌管了她的大脑和口舌,安静,安静,一切事情都要慢慢来,如同睡眠。

"谁家?还要我说?你勾引的少了?我都懒得说你。三天两头往我们家跑你安的什么心!"

"我是来找陈医生看病,不是来找你男人。"

陈医生老婆被堵住了,简直是诡辩,但言之成理。谁把你家男人当男人了?陈医生老婆在最快的时间里想清楚了这个问题,要在这个逻辑上推下去,吃亏的还是自己,陈医生毕竟是自己男人。

两个女人一个站着一个躺着,吵架的格局很有意思。陈医生随她们吵去,他知道她们免不了要掐一架,早晚而已。两个女人就是一台戏,哪还需要三个。他坐到藤椅上,在一张白纸上反复写华佗托梦的那句话。最疑难的病症,只有病人自己能治。最疑难的病症,只有病人自己能治。越写越觉得似曾相识,猛地恍然大悟,我现在正是这么做的呀,我想象自己的胳膊痒、脚心痒、肩胛骨痒,然后下针、找药,自己对付自己。可不就是自己治自己?华佗所以伟大,因为他能说出我们说不出来的话。很多书上说,这是个传说中的人物,和扁鹊一样未必存在过,但这不重要,即使他只是史书里虚构出来的,我也相信他在,他都跟我说了,我要自己治自己。

女人们还在吵架。已经过去了很多个回合。现在轮到陈医生老婆发言,她说到骚货、勾引和狐狸精,她必须把自己的担忧和焦虑转化为指向明确的一类词形象地表达出来,但又不能过于气急败坏,否则一上阵就等于战败了。她得找到具有表现力的词,证明对方是个居心不良的坏女人,她脱口而出:

"你就是个狐狸精,承认不承认都是。那个郑青蓝也是,别看年纪不大,骚着呢,你勾引大男人她勾引小男人。个小婊子,逮着空就找我们家小多!"

这句话战胜了安眠药和郑辛如的涵养,她不顾大腿上、脚上和手上的那些银针,噌地站了起来,针尖在肉里乱走的疼痛她都没感觉到,像个泼妇一样伸出没扎针的那只手就去抓陈医生老婆。

"我撕了你的嘴!"她咬牙切齿地说,"败坏我们家青蓝,我撕了你的嘴!"

陈医生老婆伸手去挡,只挡住了一只手,郑辛如用扎针的那只手给了她一个耳光,针扎在肉里也不管了。陈医生老婆赶紧去捂被打的脸,郑辛如另一只手空下来,又一个耳光跟上去。

"让你说青蓝！让你败坏青蓝！"

她在一瞬间变成了疯子，裤子从膝盖上滑下来也不管，任它堆在脚面上，压住了行间和申脉两处穴位上的银针。那场面把陈医生和他老婆都吓呆了，平常和气素雅的郑辛如竟然这副形象：三角内裤，然后是两条光溜溜的白腿，裤子堆在脚面上，大腿根那儿有根明晃晃的银针在跳动。在陈医生老婆愣神的工夫里，第三个耳光也到了。被扇了三下陈医生老婆才想起来往后退几步躲开。郑辛如还要上去接着扇，不料左脚踩了右脚上的裤子，一个踉跄跌倒在沙发上。幸亏及时用双手撑住，否则大腿上那根针一准直插到底。她痛得尖叫了一声，然后艰难地转动身子坐到沙发上，两眼里汪着泪说：

"你连青蓝都不放过。你连青蓝都不放过。我们娘儿俩还能有什么。"

她的绝望空空荡荡，面目平静，她直直地往前看，眼神漫漶在泪水中，仿佛苍凉地看到了天尽头。她低下头开始往外拔针，不是像陈医生那样捻出来，而是缓慢地往外拽，开始拽不动，因为气大嘬针了。郑辛如不用酒精棉球，每一根针拽出来都带出来一个越聚越大的血珠子。陈医生的手胆怯地伸过去想帮忙，又犹疑地退回来，完全呆了，嘴里说，棉球，棉球，酒精棉球。

郑辛如拔完针，血珠子也不擦，提上裤子就往外走。走到门口又转过身，狠狠地说："你别想赶我们走，房租合同签的是两年！"她忍住大腿上和内心里的痒、痛和酸麻，努力像个正常人从陈家诊所里走出来。进花街，一步踩在一块青石板上，开门进了房间，一头扑倒在床上，两个肩膀剧烈地耸动起来。她把脑袋埋进被子里，号啕大哭。半个小时候后哭完了，腿根的痒正在消退，她站起来理好头发，发现裤子上的血点子已经干了。

她当然不会认为自己胜了，但陈医生的老婆认为自己败了。败也不是痛痛快快的败，现在让她继续骂郑辛如，回敬她三倍的耳光，她也不会认为自己一定就能赢。胜负的事说不清楚。她别扭的是，竟然骂出了"婊子"，而且还带上了青蓝，那还是个孩子。不应该，一点口德都不积。花街上的人忌讳说"婊子"，多少年都如此。这是对一种人该有的尊重，也许还有点敬畏：她们不偷不抢，也算堂堂正正赚钱，再说若不是因为生活，谁又愿意随便脱下裤子呢；即使背地里免不了也对她们看不上。她有点后悔。但更多的是悲愤，三个很不好看的耳光，小时候父母也不过打打屁股意思一下，咽不下这口气；此外，丈夫一点维护她的意思都没有，胳膊肘往外拐，因为另外一个女人，人说一日夫妻百日恩，他们家小多都快十七岁了，十七年要换算出多少恩情，却是一点都看不见了。她躺在床上背对陈医生，一遍遍想，悲从中来不可断绝，想死的心都有了。她睁一会儿眼，闭一会儿眼，听了陈医生一夜的呼噜声。

18

来到教室找陈小多的是外号叫"兔子"的女生,郑青蓝的同班同学。她说郑青蓝已经两天没来上课了,你知道旷课的原因吗?陈小多一愣,说,我怎么知道?兔子说,哦,我以为你知道,你们是邻居。课间将尽,上课铃声催着兔子回去,她来不及多说。陈小多头一次和兔子说话。

就算她不和郑青蓝同班,陈小多也知道兔子。她大名在外,长得小巧,皮肤细白,小脸尖尖瘦瘦,说话时喜欢歪着头显出腼腆和娇羞。走路的时候能看出腰肢款款的扭动,腰是腰屁股是屁股,是女生中的稀有品种。这个年龄的女生都在硬邦邦地走路,腰上仿佛绑了根扁担。当然,这不足以让她著名,整个年级知道她是因为她名声不好。相当不好。据说她和二班的胡铁军从初一就开始谈恋爱,匪夷所思地早熟,该做的和不该做的事几年前都做过了。有识之士认为,那个柔软的小蛮腰和撅起来的圆屁股完全是睡出来的。胡铁军的哥们私下里透露,这娘们床上功夫不错,不止和胡铁军一个人睡过。这都是传闻,能看得见的是她经常吊在胡铁军身上,一点都不避讳,那么白而羞怯的女孩,见到男人突然就斗志昂扬。毫无疑问这是个骚货，全年级洁身自好的女同学都看不上她。男同学也不齿，但是很喜欢看，越骚看得越带劲儿。他们常用兔子作比，看你，比兔子还骚；某某女生，跟胡铁军家的兔子一样骚。她要是没来由地跟你扯上关系，你可就跳进运河也洗不清了。

接下来的一节课，谈正午、周光明，还有其他男生甚至个别女生，都意味深长地频频回头看陈小多，好像他刚刚是被市长接见了。陈小多把脑袋埋进书本里，郑青蓝两天没上课了。陈小多想，关我屁事。转过来又一想，两天没上课我竟然不知道。这怪不了我，不让我跟着，又给了三个耳光，我才不会像狗找不着屎似的一天到晚盯着她。

第二天兔子又来找他，郑青蓝旷课三天了。陈小多简单了当地回了她，的确啥都不知道。一个人被兔子找两次，不值得自豪，周光明提醒他，胡铁军知道了没他好果子吃。胡铁军也是个刺头，从小喜欢打打杀杀，有传闻说，兔子完全坑在胡铁军手里，读小学时还是个乖孩子，活活被他整骚了。这个胡铁军，脸上长满青春痘，胳肢窝下经常夹着手抄本黄色小说。陈小多老觉得他跟楚留香的兄弟胡铁花是兄弟。谈正午却说，千帆女人缘不错啊，不过兔子来打听郑青蓝，对你邻居好像不是好事。

谈正午的脑子开始学会拐弯了，陈小多觉得他提醒得对。一个公认的骚货公开关心另外一个被风传与皮肉生意有关的女同学，这几乎是在印证花街上的一句俗语：黑碗打酱油，对色了。或者说，同命相连。这里面也许有温暖，但更多的是灾难。阻止兔子事态发展的最好方法是,让郑青蓝赶快回来。她不上课去干吗了?早饭后陈小多上楼拿书包,清楚地看见郑青蓝背着书包出了院门。她把书包背到别处了。

放了学陈小多去了挖过水晶的那片沙滩,黄金白银一样的沙子,有人在那里坐着、站着、跑着,但没有一个人是郑青蓝。他就不知道该去哪儿找了,他发现他对郑青蓝了解得并不比别的同学多。回到家,他躲在阳台的窗户下往下瞟,郑青蓝在家,正端着一碗东西要往阴沟里倒。郑辛如从堂屋追出来,说:

"你倒了干什么?"

"难吃。咸了。"

"昨天你说淡了,今天又说咸。就没个正好的时候?"

"就是咸了!不信你自己尝尝,你又不是没有嘴!"

"你这孩子,"郑辛如说,"怎么说话的你?"

"我就这么说,爱听不听。"

郑辛如伸着一只手站在堂屋前的第二个台阶上,表情之痛苦远在一个劳动成果被无情地否定的人之上。她努力校正自己,她说:"你没吃饱吧?我给你重做。"

"饱了。看第一眼我就饱了。"郑青蓝把碗泼向阴沟,也许没端紧,那只白瓷的画有小龙的碗脱了手,和汤一起落进阴沟里。那条阴沟是多年前陈医生改造院子时开掘出来的,用红砖铺底和镶嵌两边,十几年来水流不断,红砖沤成黑色,长满陈旧的青苔,在干热的夏天偶尔散发出臭味。白碗落到砖上,碰撞声仿佛裹了一层纱布,肉肉的,这个声音也足以让郑家的娘儿俩发了一下呆。汤的问题再大，碗也是无辜的。但是现在它被脱手，斜躺在阴沟里。

"你这孩子，"郑辛如直直地看着她，"扔什么碗你！"

"我饱了。"郑青蓝扭头往自己房间里疾走，很快又出来，手里多了几本书。走出门的时候没看她姑妈，只是重复了一句，"饱了。"

她出院门向右拐，走的应该是去学校的河边小路。陈小多继续看郑辛如，她在原地站了很久，然后蹲下来，嘴里咕咕哝哝地说话，除了"青蓝"两个字，其余的都听不清楚。风反着方向吹，把她的声音全带走了。后来她站起来，极短的时间里因为大脑缺血跟跄了一步，抚住额头后才慢慢站直。她走到阴沟边捡起那只龙碗，转着圈看，用手稍微掰一下，裂成了两半。她一手拿着半边碗，一屁股坐到石台上，对着太阳落下的方向一直坐到了夜幕降临。那时候陈小多早已经从阳台上走开，吃了晚饭，坐到了教室里正在看书。

郑青蓝只是貌似去了学校，因为第二天下午刚放学，兔子又来找陈小多："她到底干什么去了？你和她邻居，又是房东，为什么不问一声？"陈小多说："要问你问，我不问。"

"我问就我问，"兔子说，"我找不到她家，你带我去。"

"我不带。你自己去。"

"是爷们儿么你？我兔子就是没人要也不会赖上你的。"

周围的男同学跟着起哄："是爷们儿吗陈千帆？人家根本看不上你。别自作多情了。够爷们儿就带她走。"

陈小多说："操，走就走，怕你不是共产党员！"

兔子的回头率大大高于郑青蓝，名人就是不一样。兔子说，陈千帆，瞧你那屄样，脑袋都要低到裤裆里了。你能文明点吗？陈小多说："就你那样也配得上我文明？"陈小多挺胸抬头，雄赳赳气昂昂，跨过鸭绿江。"这回配得上了吧。""凑合吧。我就纳闷了，你跟郑青蓝是邻居，听人说还有那么一腿呢，咋一点都不关心相好的呢？"

"别乱说啊，"陈小多立马严肃起来，"瞎说我跟你翻脸。"

"好，不说。脸不能随便乱翻。"

兔子说起话来比郑青蓝生猛多了，完全荤腥不忌，跟她的人完全不搭界。这倒是好事，陈小多反而能放得开了。人家女孩子都无所谓，你搞得战战兢兢有什么意思。

"为什么你们班只有你来问郑青蓝的事？"陈小多问。

"那帮人装处男处女还来不及呢，谁敢问这事。不是说郑青蓝她姑妈是干那个的嘛。"

"你不怕？"

"我怕个鸟！你们不都说我是个骚货么？你说过没有？别藏着掖着，我不爱听瞎话。"

"真要听实话？"

"瞎话你也配？"

"说过。"

"可见。我怕又有什么意义，我他妈就是个货真价实的原装货，你们该怎么说还怎么说。"

"那你……"陈小多说，停顿半天又说，"没事。"

"我知道，你不就是想问我是不是处女么？我说是，你敢验证一下么？"

"你都敢我有什么不敢？"

"好啊，去你家还是我家？要不找个招待所也行。"

陈小多的脸唰的就红了。

兔子大笑起来。一帮伪君子，还整天道貌岸然地指指这个点点那个，临到真事全软了。我知道很多人看不上我，就跟现在很多人看不上郑青蓝一样。未必郑青蓝就怎么怎样，未必她姑妈还是什么人就怎么怎样，但是操他爹的哪个狗日的混蛋造出了这些谣言，这帮伪君子一个个就跟避瘟神似的，恶心死了。我跟你说，我跟郑青蓝也就平时说个话，一般同学而已，我就是看不惯你们这点装模作样的死样子，还真以为自己有精神洁癖呢，其实脏得要死。你以为你们干净、名声好是吧。兔子一边走一边咯叽咯叽不住嘴地说，正好路边有坨干结的狗屎，她一脚踢上去："你们不过是堆臭狗屎。除了拿那点考试成绩和早恋、裤带以下说事，你们还有什么能耐？谁敢说他有能力真正分出个好和赖？我呸，还真看不上你们！包括你，陈千帆！"

陈小多的脸红完青，青完了白，然后接着红。班主任都没这么劈头盖脸地训过他，但他认了，兔子骂得再狠你都觉得她是对的，这骚货还真是跟一般人不一样。她会骂。兔子成绩不好，因为学校的报栏里张贴出的光荣榜里从来看不到她的名字,但陈小多猜她的语文成绩应该不错,起码作文写得好。从她的这段讨伐檄文看,一定比自己写得好。

"你怎么得了这个外号?"陈小多脸皮受不了,岔开话题问,"不是三瓣嘴啊。"

"好看吧?再看,"兔子发现陈小多偷偷盯着自己的嘴看,就把嘴嘟成个圈送上去,"让你看个够!"

"你别这样,我胆小。"

"就知道你有贼心没贼胆。"兔子咯咯笑起来,"操他爹我也不知道怎么就成了'兔子'。一帮人瞎叫呗,叫就叫,反正我不讨厌兔子。要是谁叫我'猫',我打到他祖爷爷家去。我这辈子最不喜欢的东西之一就是猫,另一个不喜欢的是大嘴巴,长舌头,没事就咕叽点张家长李家短。烦也烦死了。"

这丫头其实挺可爱,完全不像传说中的小骚货。不过谁说得好呢,在和她同路之前,陈小多即使听到了这番豪言壮语,没准也会和其他人一样得出相同的结论:这只兔子够骚。我们总是被错误的常识和惯性带着跑。

从水门桥上下来,他们沿着河边走。清风徐来,水波不兴,几条船从河道中间穿过。有条机动船的马达声很响,震得周围的波浪都大起来,船头上站着一个人,陈小多瞥一眼,又瞥一眼,因为觉得那人有点眼熟。那条船和他们一样都往东走,超过他们后陈小多只能看见他的侧面和背影。陈小多脑袋里出现一张脸,那个替他摆平挖沙事件的大胡子,但是那张脸,分明又在哪个地方有些陌生。谁能在短时间内长变样呢。

船驶过去，陈小多三心二意地跟兔子说话，脑子里在不断地修正那张脸。他们走到石码头，那条船正在停泊，船头的那人对着陈小多远远地笑了一下，牙齿在夕阳光线里闪亮一下。陈小多确信他就是大胡子，变了样是因为他把胡子剃掉了。光滑铁青的下巴让他年轻了十岁。

陈小多说："还是我来问吧。不劳你大驾了。"

"你不是不愿意问吗？"兔子说，"眼看到了。"

"此一时彼一时。经过你的批评教育，我决定洗心革面，重新做人。"

"肉不肉麻啊你！那好，我就不插一杠子了。你可别耽误了，马上会考，人家郑青蓝可是念大学的料。"

"兔老师放心。"

"这你家？不验证一下？"

"免了吧，我信。"

兔子又一阵咯咯笑。陈小多看着她折回头往西，确定她不会再回来，小跑进了家门。他既不想让兔子看见陌生的男人进郑家，也不愿意迎面碰上大胡子，欠着人家的钱呢。进了门就往楼上跑，他妈从厨房探出头问："儿子，跑什么跑什么，做贼哪你？"

相当于做贼。陈小多从走道经过，装作无意地往下看，大胡子已经进了郑家的门。先是郑辛如迎出来，大胡子笑声响亮，抖了抖手里的两条鱼，说经过石码头顺便过来看看，青蓝呢？郑青蓝的房门打开，站在门框里说，刚放学，我在看书。

"我们青蓝要考医科大学。"郑辛如接过鱼。

"念什么大学,"大胡子说,"咱们没念过大学不照样活得好好的?当然,能念还是念。有个铁饭碗那是金也不换的。"

陈小多能听见的也就这些,他不能老守在窗口,郑青蓝随时都可能抬头看见他,而且此刻,三个人已经移步到堂屋里说话了。直接站在楼上喊郑青蓝肯定不合适,如此明目张胆,即使之前他也做不来;下楼从院门进入她们家,陈小多也觉得为难,三个耳光如果能算小事,那好多天的沉默坚如磐石,这本身也硬得他张不开嘴。解决长久沉默的唯一办法,只能是更加沉默。陈小多决定扔纸条,想来想去只有这最庸俗的方式管用。他从作业本上扯下来一张纸,经过艰难的构思,措辞共十七个字:已旷四天,会考迫近,咱这课可不能再旷了。既要说明意图,又要表达出情绪,幽默活泼点是给自己找个台阶,相当于讪笑和自嘲一下。然后攥成一团,以看书之名坐到窗户边,只等郑青蓝一走进院子就扔下去。根据打台球和弹弹弓的水平,他有把握把纸团准确地扔到她脚尖前。

地理书那页上的气候分布图陈小多看了十几遍也没记住,因为郑青蓝一直没进院子,即使从自己的房间里露了一下头,也只露了一回。大胡子叫她,她伸出脑袋应一声,大胡子就叼着烟去了她房间。陈小多不得不一次次探出头去看,探完了回来再把气候分布图重看一遍,依然像第一次看到它。像乌龟一样探头探脑很麻烦,相当不体面,陈小多想,要是有个潜望镜就好了,一头伸出窗外,坐在窗底下想看什么看什么,想看多久看多久，装备了高科技做贼也许还有点乐趣。

然后傍晚降临，花街上的烟囱同时飘出各种香味的炊烟。陈医生老婆做好了饭，在楼下喊儿子吃晚饭。陈小多支吾着，等最后的机会。郑青蓝终于出了门，从台阶上直接跳进院子，后面跟着大胡子，两个人一起笑。大胡子笑得矜持，颧骨上的肌肉稍稍凸起，收放自如，应该是那种擅长给别人逗乐的男人。陈小多不失时机地扔下早就被攥湿的纸团，准头很好，落在郑青蓝的右脚尖前。因为潮湿，纸团只滚了两圈就不动了。

那会儿碰巧郑青蓝头转向厨房，只有大胡子看见了纸团。他抬头对着陈小多家的阳台说："喂，你们家东西掉下来了。"陈小多一听，头皮都麻了，真他妈无巧不成书。他缩着脑袋不敢答应。大胡子又喊了一声。陈医生老婆出现在阳台上，她上来看儿子到底怎么回事，千呼万唤不吃饭。她伸头看见大胡子对她招手，没好气地说："你们家东西才掉了呢！"大胡子弯腰捡起来，正要打开看，郑青蓝转回头，反应过来了，一把抢到手，摊开来看完，随手揉成一团扔进了阴沟里。"没什么，"她说，"一张废纸。"陈小多已经站起来，看见他写过字的纸团漂在阴沟的脏水里。黑色的脏水慢慢洇上纸团，如同夜色逐渐降临。陈小多下楼的时候心里很不爽，自作多情往往等于自取其辱，真他妈的，他骂道：

"操！"

他妈走在他前面，回头问他："你说什么？"

"没说什么。我饿了。"

19

雨天里万物安宁，喧闹的只有运河，十万个雨点同时落进水里，在奏一曲雄浑单调的加长版音乐。郑青蓝一大早就在河边转悠，直到上课铃快响时才决定走进校门。路面上雨水漫流，浮尘冲尽剩下结实金黄的沙子，她希望流言也沉寂，跟着一起被冲走。一上午她心事重重，坐在教室里除了上课就是看书，厕所都没去。她的沉重感染了周围同学，他们跟她一样放不开，正常地看她一眼自己也觉得心虚和不怀好意，目光只好一闪而过。课间只有兔子一个人找她说了几句话。兔子大大咧咧地坐到她的课桌上，说：

"姐们儿，咱俩要是分到一个考场，照顾一下，行不？"

郑青蓝感激地点了两次头："没问题，我会的。"

兔子就对周围的人说："同志们都听好了，青蓝答应帮我了，要是我会考成绩不幸全优，你们可别见怪啊。"兔子率先笑起来，黄倩等几个人也跟着笑起来，都没有兔子放得开。只有兔子保持了正常的笑声。

郑青蓝希望大家都沉默，同时希望这沉默被打破。但是接下来周围又寂然无声，都做了贼似的心虚。上课前兔子又拍了拍她的肩膀，郑青蓝的眼泪都快出来了，她明白兔子把很多话转化成了这三言和二拍。

　　大家沉默了一天，似乎有迹象表明事情正在往好的方向发展。知道慎言，就是有顾忌了，有顾忌就是开始尊重了，尊重基于友爱，这很好。慢慢所有人就会放松，包括郑青蓝，等真正放松的时刻来了，意味着事情已经完全过去了。放松起来也挺快，尤其是年轻人。到第二天，雨停了，大家都想出教室透透气。尽管还是沉默占主导，兔子和黄倩等人已经开始跃跃欲试，撺掇郑青蓝课间出来转呼啦圈。沉默有时候需要自己来打破，你要亮出你的立场。第一个课间郑青蓝不愿意出来，第二个课间也不愿意，事不过三，第三个课间再不出来就不好意思了。郑青蓝被兔子抓着手，拖到了教室外边的石板地面上。她们用扫帚把石板上的雨水扫干净。

　　呼啦圈在这时候是个相当时髦的东西，就一个圈，出现得很突然，一觉醒来几乎所有的杂货店都在卖，正规的体育用品店也在卖。没见过的人不知道它是干什么的，还以为是出了自行车轮胎的新品种。但是它既纤细直径又大，还毫无弹性，难道世界上又诞生了一款奇怪的自行车？他们一转身，就看见年轻人在玩，把自己套在圈里，转啊转。先是人转，然后扭腰送胯，圈子就自己转自己的了。开始转一个圈，接着是两个圈，然后是三个、四个、五个、六个，直到浑身上下套满圈，脖子上和脚脖子上都转上了。到最后身体稍微动一下，全身无数个圈都在转。很神奇。然后大家知道了，这东西转多了减肥，锻炼身体。不过对学生来说,转圈子只为好玩。你要一大早站在校门口看,会发现很多女生手里拎着个圈子来上学,各种颜色的都有,粗细也不等,有的呼啦圈里还装了东西,动起来哗啦哗啦响。

郑青蓝呼啦圈转得好,因为她的身体协调性好,腰部的韧性也好。别人先转了几圈,就让她也转,反正呼啦圈多的是。兔子说:"别谦虚了,都等着你当教练呢。"几个女生附和:"就转吧。"郑青蓝勉为其难地开始转。她一边转,兔子她们一边往她身上套呼啦圈,套上的那个圈很快就和先前的步调一致。她们一口气扔了十五个圈。也就是说,郑青蓝正在转十六个呼啦圈。十六圈盘旋在她腰间,团结紧凑仿如一个巨大雄壮的圈,力气小一点、协调性差一点根本玩不转。十六个圈简直像长在郑青蓝身上,她伸开双臂,怎么摇都好看,呼啦圈里发出哗哗的响声,很像一群人在远方大笑。怎么转怎么有,总能摇曳多姿的才是艺术。她转得的确很好看,力量肯定也很大,旁边有人想,如果地球足够小,穿个洞套到郑青蓝身上,她可以当地轴用。

其他人相继停下来,只顾着看她转了。女生围过来,男生也围过来,同时发出赞叹。赞叹者都是善良人,不善良的各有各的坏,比如一个男生和隔壁班上的一个男生,两人凑在一起露出猥琐的笑。

男生甲:"这种活儿,有种人我看干起来是冠军。"

男生乙:"哪种?"

男生甲："鸡。"

男生乙："鸡？"

男生甲："鸡。听说妓女为了多挣钱，让男人把那二钱坏水早点射出来，没事就练抖屁股。你一上身她就开始摇，又摇又抖，三两下男人就扛不住，赶紧得交。"

男生乙只有一点纸上谈兵的半吊子理论，但他一下子就懂了，嘿嘿地笑。他用下巴和下嘴唇同时指指郑青蓝，说："怪不得呢。"

男生甲："你是说，她妈大鸡，她小鸡，就是干这个的？"

男生乙："看那姿势就知道了，两腿张开，腰细屁股大，扭得多欢实。很专业。"

两人一起笑起来。

他们说话的声音不算大，也不算小，旁边很多女生听见了，纷纷给了白眼。兔子恨不得上去抽他们两耳光，她忍住了，抽完了等于替他们把那些话重复了一遍。

他们笑起来的时候郑青蓝慢下来，似乎突然力不从心，呼啦圈晃荡几圈一个个掉下来。如果是自然结束，这个尾收得有点难看，幸好上课铃及时响了，不懂行的人还以为是郑青蓝紧急刹车。但是兔子发现郑青蓝的脸色有点变，她连汗都没擦就从一堆呼啦圈里跨出来，一低头进了教室。兔子怀疑郑青蓝听见了，两个狗日的说话太不顾忌了，简直不是人。

上课的时候不能随便说话，接下来是午饭时间。兔子和黄倩一左一右，招呼郑青蓝一块儿去食堂。郑青蓝笑笑，让她们先走，她现在不饿，做完作业她再去。教室里只剩下她一个人，根本没有心思做作业。耳朵是用来听的，该听见的声音她都不会漏掉。她对着窗外发呆，太阳挣扎几下跳出来，她能听见阳光入水的声音。有雨水的地方都在反光，一个明晃晃的新世界。半小时后，她离开教室去食堂，雨水洗过的校园让她又有了信心。她让自己再忍忍，也许世界没到那么坏。还有兔子和黄倩，还有陈小多，如果他能算一个的话。

通往食堂的路是她今天见过的最脏的路，布满泥泞、浑水汪和泛着星星点点油花的饭菜残渣。这地方靠近学生宿舍，出门必须经过这里，学校养猪场的师傅也要从这条路上走，一次拎两桶学生吃剩下的饭菜。他是个瘸子，不管桶里装多少残食都要晃荡出一点。食堂窗口只有几个人在打饭，从不排队，三个人也要挤。郑青蓝等他们打完才把饭盒递进去。因为有汤，她不得不端着谨慎地找好下脚的地方走。

从实验室的拐角跑出来几个大块头男生，步子很大，脚底下泥水横飞，一路勺子打碗大声说笑。郑青蓝努力躲开，还是被跑在最前头的那个溅起的泥水落了一身。如果只是这一个缺德玩意儿郑青蓝就算了，泥浆干了搓一搓就掉，问题是跟着的几个每人都溅起来一些，郑青蓝躲又来不及，制止他们又不听。旁边男生宿舍前一群人踩着石台在吃饭，看见了就开心地笑。一个女孩子护着饭菜在泥水地里团团转，在一场枯燥乏味的午饭中，还是有点看头的。他们一个接着一个溅起泥水，似乎正在心照不宣地以此为乐。

如此明火执仗地欺负人，郑青蓝受不了，喊："你们回来！"

其实也就喊一声发泄一下而已，这符合郑青蓝一贯的性格，刚烈、是非分明，但也绝不会得理不饶人。没想到已经跑到打饭窗口的几个男生真就晃荡着回来了，他们貌似不情愿却有满心欢喜。怎么了？相互挤眉弄眼地装无辜。

"你们把我饭菜都溅了泥！"她指着铝合金饭盒的边，上面沾了很多泥点子。为了盯着不让菜汤泼出来，郑青蓝没把饭盒盖上。

"怎么可能溅这么高？"一个男生看着卧在青菜汤里的一团米饭，青的青，白的白，他不信，其他人也跟着不信。"饭菜干干净净。你要是想让我们请你吃点好的，直说就是了。"

"就是溅进来了！"郑青蓝的确看见了，而且比饭盒位置更高的衣服上也溅了好多泥星子。

领头的说："还是不信。"然后对旁边的一个瘦子说，"蒜头，你踩一脚试试，我就不信能溅这么高。"

蒜头腼腆地摸摸下巴："还是别试了。"

"操，没见过这么屄的。"

附近吃饭的男生端着饭碗围上来起哄。踩啊。试试呗。郑青蓝有点后悔，事情开始变坏了，现在骑虎难下，想低头走开都不可能。她还没想好怎么脱身，蒜头就斜着右脚踩了一下，泥水呼啦啦溅起来，不仅饭菜里落了一片，郑青蓝的脸上也溅了几点。围观者笑起来，马上又停下，因为郑青蓝的脸色很难看，她没去擦脸上的污点，只是盯着蒜头，在大家都没反应过来的时候，一盒饭菜扣到蒜头的脑袋上，汤汤水水顺着头发和五官流进脖子。围观者张着嘴，勺子举在牙齿旁边。蒜头左眼皮缀着白米粒右眼皮挂着青菜叶子，像从泔水缸里冒出来，抹了一把脸，指着领头的男生委屈地对众人说：

"是他让我踩的。"

郑青蓝的饭盒砸到领头男生身上。

场面反而控制住了，如此威猛的女生他们见得少。周围一下子安静下来，只有阳光照射泥水的沙沙声。再远点是几声早熟的蝉鸣。有人小声地嘀咕，她就是郑青蓝。哦，她就是那个郑青蓝？怪不得嘛。这就对了。然后脸上相继露出暧昧的笑意。领头男生脸上尴尬的紫红慢慢退去，捡起饭盒递过来，做沉痛状说：

"你是郑青蓝，我就不跟你计较了。"

所有人都会心地笑开了。周围聚了一圈人，更多的人源源不断地聚来。中午的校园里游荡着众多无所事事的闲人。陈小多、谈正午和周光明几乎跟柳斌他们同时赶到。就这么一打眼工夫，在校门外河边抽烟的人都知道了。大家等着看郑青蓝的下一个步骤。她接过饭盒，这回冲着对方脑袋去了，力道绝不会小，因为对方用手挡的时候痛得尖叫一声。他吹着那只手，龇牙咧嘴地说：

"郑青蓝，你别给脸不要脸！打你都脏了我的手！"

郑青蓝觉得自己当时就乱了，毫无章法地跺着脚，让泥水溅到所有人的身上，前所未有地骂出脏话："操你妈！你妈才不要脸！你们全家都不要脸！"陈小多恍惚觉得这不是他认识的那个郑青蓝。这种骂法很有点花街女人的作风，她学得可真快。此刻郑青蓝一边骂一边矮下去，当她最后矮成一个蹲着的姿势时，哭出声了。陈小多从人群里挤进去，捏着她的袖子说："我们走。"

领头的学生说："操你妈，你再骂一句我撕了你的嘴你信不信？"

柳斌跟好几个手下走到他面前，柳斌对着那家伙上来就是一嘴巴子。柳斌说："再骂一句，我撕了你的嘴。你信不信？"

领头的捂着脸，说："柳斌你别来装好人。"

"我今天就装一回给你看看。"柳斌对手下的几个人递递下巴，三个人冲到那领头的跟前，两个人架着他胳膊，一个人从后面抓住他腰带，拖上了就往南边操场走。领头的两脚划开泥水，扯着嗓子喊："柳斌，你要干什么？柳斌，我操你妈你想干什么？"接着声音就被堵上了。蒜头几个人想过去解救他们领头的，柳斌伸出手："你们还是站这地方比较合适。"蒜头几个人犹疑地把脚放回原处，一起看柳斌。

陈小多挤开人群，郑青蓝像个走失掉的孩子跟着走出空当，除此之外她也不知道怎么办。到了老会堂门前她才获得了独立的意志，悲愤地甩开陈小多的牵引，说："你们，没一个好东西！"哭着跑了。

陈小多呆站在那里，半天才自言自语地说："我好像又做错事了。"

这场雨没能给郑青蓝带来好消息，校园被水洗得很干净，但她没办法让自己待下来。她跑进教室收拾好书包，任兔子怎么喊也不停下。那时候教室里的人还不多，兔子可以肆无忌惮地放大嗓门。兔子说：

"操他爹，还有什么委屈能比会考重要？"

郑青蓝在心里说，有，有东西比命还重要，你大声地要操他爹，因为你不曾这样生活过，因为你除了自己不需要再担待别人的声誉，你不曾与一种无法想象的生活相依为命，一直到现在。所以郑青蓝没有回答兔子，而是摇晃着马尾辫子径直跑向校门。谢谢你兔子，这个外号有点莫名其妙，准确地说应该是白兔子。

食堂门前的泥水路上小打了一架，历时很短，因为实力悬殊。领头的男生据说叫王达成，现在已经缺了两颗门牙，他被柳斌手下的带到操场边的男厕所里后，挨了三拳，损失了两颗黄牙，从此说话漏风，所有的音都发成了舌面音。牙齿掉下来之前，他被告知，柳哥不喜欢别人跟他对着干，尤其不喜欢别人跟郑青蓝对着干。王达成的门牙掉下后，被踢进了蹲坑里。那个外号叫蒜头的男生有个挺别致的名字，程心算，他爸爸希望儿子能在数学上有所建树。这个希望基本上已经落空，他学理科，但理科可能比陈小多、谈正午他们还要糟糕。不过就现在所学，回家卖烧饼算账已经足够。程氏烧饼在运河南岸还是有点名气的，因为舍得在饼上撒芝麻。鉴于他认错态度较好，柳斌说，就随便踹两脚意思一下吧。当然这些郑青蓝都没有必要知道。

　　此后的几天里,又有新的传闻,关于柳斌和郑青蓝的。因为斧头帮帮主亲自带着兄弟为她解了恨,这当然不是一般的关系。还有关于陈小多的,他在流言里分到了一个不太光彩的角色。这个小家伙,流言说,想做第三者,瞅着柳斌帮她打架的工夫把人领走了,他以邻居之名行投机之便。

　　脑子不清醒的和脑子过于清醒的,开始把两条传闻扭结到一块,第三条传闻就成了三角恋:郑青蓝和她姑姑一样,擅长搞男人,脚底下踩着两条船,一个能文,一个能武;一个是浩荡的远水,一个隔墙可以就近解渴,没准兴致好时,三个人凑到一起玩,那就其乐无穷了。想象力挣脱了现实和道德逻辑之后,往往喜欢朝下坡路上跑,而大部分人,以谣言制造和传播者为最,多半下作与生俱来。他们不惮于把世事往恶俗处想。郑青蓝和她姑姑长得也像,这娘儿俩,不是一家人不进一家门。

　　这些郑青蓝也没必要知道。她彻底地待在家里,去学校的假象也不愿再做,她患了重感冒,有理由在家复习功课。偶尔出门也是为了休息和提高记忆力,因为河边大部分时间里都比花街安静。不看书不生病的时候,她会和郑辛如拌嘴。其实她不打算惹这唯一的亲人生气,但是克制不了,学校的事在身体里越积越多,东奔西突要找路径排解,一不小心火药味就出来了。而郑辛如就纳闷了,这丫头究竟吃错了什么药,想起来就要找自己的别扭。不看书不生病也不拌嘴的时候,郑青蓝会打开她的小收音机,她们家没有电视;和很多人一样,她们也想看，只是太贵买不起，所以她们都希望露天电影每个月都能来花街放上几回。晚上睡不着，郑青蓝把收音机打开，将奶白色的小耳塞塞进右耳朵。遥远的声音让她觉得自己飘在了半空，身边的任何事都不会来烦她。

收音机里什么都说，国内的，国外的，有关战争、动乱、地震和经济滑坡，还有南方、港口、开放、私营企业和赚钱，国内的形势一片大好不是小好，远方有自由和无拘无束的生活，世界广大，不必看任何人的脸色过日子。收音机里很少说到医学院和医科大学，可见它们并不是这世上最重要的事，也并非唯一的路，更多生活幸福内心无须负重的人都没有穿过白大褂。收音机里说，是我们自己给自己的生活装了一扇窄门。郑青蓝放下收音机时，会觉得迷茫无所知；而一旦拿起这个自说自话的小盒子，似乎所有事情一下子都想明白了。

现在的节目是《子夜漫话》，主持人很放松，新闻、故事、时评，逮着什么说什么，儿化音太重。一件事说完就会穿插流行歌曲，香港四大天王，你唱完我唱。郑青蓝不喜欢刘德华的鹰钩鼻子，也没觉得他有多帅，班上很多女同学疯狂地买印有他头像的贴纸往摘抄本上粘，粘满了让她看，她总是提不起兴趣。刘德华唱完了，主持人说，今夜我们谈谈教授。

继著名的"馅饼教授"崔万增之后，我省又出了个"地摊教授"。该教授姓王，其实是副教授，每天晚上在供职的大学门口的夜市上摆小摊，家里头随便像样点的东西都拿出来卖。穿了半年的夹克，不用的铝制饭盒，开学术会议时从宾馆带回来的一次性牙刷、梳子和香皂,别人送的"太阳神"口服液和人参蜂王浆。记者采访他时,王副教授说,房子买不起,孩子生不起,老婆威胁要跟别人私奔,活不下去啦,再不摆摊赚点钱买书,我的甲骨文研究怎么搞?记者了解到,王副教授的摊位租金是每晚两块五毛钱。

王副教授对记者坦言,他当然知道崔万增,人家是京城的林业大学外语系的党总支书记,书记都能在食堂门口卖馅饼,我为什么不能摆小摊?崔书记赚得比我多,馅饼一个五毛钱,一天能卖一百多个呢。王副教授进一步对记者声明,站在讲台前我是副教授,站在夜市上,我就是个摆摊的。至于对学生的影响,王副教授说,他有谋生的权利和自由;如果你没钱去管别人时,最好一声不吭。王副教授言谈间充满怨气,如果你念了本科念硕士,念完硕士念博士,最后就为了摆地摊,这书不念也罢。他的很多中小学同学,中学毕业就当了个体户,现在混得最差的都比自己过得好。

"这是为什么呢?"主持人替王副教授问了听众朋友,他没有继续替王副教授做出回答,他卷着舌头迫不及待地说,"这件事讨论起来必定复杂无比,让专家们来干吧。咱们平头百姓知道的可能是,树挪死,人挪活。谁会在一棵树上吊死呢。退一步海阔天空,因为人生充满了无数的可能性,就像那天上的星星。好,广告之后请欣赏张学友的《吻别》。"

这一段"地摊教授"听起来多少有点不靠谱,主持人的引申和总结郑青蓝也觉得突兀,不过无所谓,《子夜漫话》本来就是一个没事扯咸淡的节目。太把它当回事是你自作多情。郑青蓝撩开窗帘看花街的夜空，星星无数，一个人有那么多的可能性么。值得怀疑。这个夜晚郑青蓝突然觉得非常难受，像胃疼。她抱着肚子，手按在肚脐眼上，侧着身子慢慢把自己对折起来。

大鼻子的张学友已经开始唱了。前尘往事成云烟，消散在彼此眼前。张学友的歌声总是很悲伤。

睡得迟起得也迟。郑辛如不知道该不该叫她起床。郑青蓝生病了，至少看起来像生病了，情绪也不好，一句话伺候不好她就跳起来跟你急。这孩子到底怎么了这是。郑辛如因为操心睡得也迟，也因为操心起得更早。但是精神头还是好，一点不困，头脑清醒得仿佛丧失了睡眠的能力。她大清早爬起来，悄悄把耳朵贴到郑青蓝房门上听。极细微的声音传出来，可以断定呼吸稳定，睡眠深沉，她无端地有了点安慰，起码说明郑青蓝睡觉正常。

郑辛如犹豫半分钟，退到井边的石台边坐下。精神好是好，身体的疲乏还是感觉到的，所以她没在乎石台上的露水，坐下去就没起来。露水凉丝丝地直往屁股里钻。花街的清早总是有雾，其实是水汽，所有的石头上都是湿的。鸡叫、狗咬、猫叹息和板门打开时门轴转动的声音也都是湿的。郑辛如披着件外套，一只喂熟了的灰色流浪猫抓着她的空袖子跳上她腿上，湿漉漉地叫一声，抱着脑袋继续睡。花街上的声音多起来，连陈小多都起来了，睁开一只眼，打着漫长的哈欠走出了

房间。郑辛如赶紧向他挥手,她把流浪猫放下,走到阳台走道下压低声音喊:

"小多!千帆!千帆!"

陈小多把另一只眼也睁开,看见郑辛如对他招手。"阿姨,有事?"他把脑袋伸到窗外。

"你们,是不是不上课了?"

"上呀,"陈小多说。想到郑青蓝好几天没去学校,模棱两可地又说,"就是复习。"

"复习是不是就可以不上课了?"

陈小多就不知道怎么说了。他明白郑辛如的意思。在他张口结舌找词的时候,他妈上了楼,"儿子,你一个人在叨叨个什么?"她往下一看,看见了郑辛如披着衣服站在一丛月季花前。从她的角度,也就是从陈小多的角度,能看见郑辛如的罩衣里面只穿着宽敞的睡衣,领口低垂,两个光乳房深重地摇荡。她"哐"的一下关上了窗户,推了儿子一把:"干什么呢,一大早就磨叽!不上学了?"

娘儿俩很快从阳台上消失。郑辛如的脸还仰着,那只猫抱着她的脚脖子睡到了她的左脚面上。她忽然踢起脚,猫尖叫了一声飞起来,四脚凌乱地跌到月季丛上,接着滚下来,又尖叫一声。它从地上爬起来,跑几步,重新在青砖路面上打起滚来,喵喵地叫。叫声里完全没有了惊恐,更像是哀怜。郑辛如走过去,蹲着把猫抱起来,检查它身上有没有伤,月季的花枝上有刺。哪儿都没破。这个撒娇派。郑辛如把猫放到自己脚面

上,看着还没打开的房门,对猫说:

"祖宗,你倒是起来上课呀你。"

此刻,陈医生老婆正对陈医生嘟囔:"你说她安的什么心,晃着两个大白奶子跟咱们儿子说话!"

流言这东西很有意思,当事人一缺席它也萎靡。陈小多闲下来满校园转悠,内心里充满了无所畏惧的信心,他不知道他究竟对什么如此放达,反正是觉得自己正逐渐放得开,看得开:再坏的事情也不过就那样子。他经见的不能算少。他看每一个迎面走来的人的脸,流言正从他们的眼角和嘴边被风吹走,郑青蓝不在,也许他们自己都烦了。这很好,我们还有很多更有意义的事情要做。星期二午饭后他在法国梧桐的树荫下走,太阳很好,路面上光影斑驳,花裙子全部盛开。他把袖子卷到胳膊肘上面,蝉在头顶拉长喉咙叫。他走得很慢,擦肩而过的学生很少谈论郑青蓝,这从他们的脸上可以看出来,如果内心不猥琐,如果不愿意对那些不幸的人与事幸灾乐祸和落井下石,一个人的表情会清朗坦荡很多。即便只在此刻他们厌倦了谈论,内心的阴影也会及时地从脸上散开掉。

但是有个男声叫住他:"哥们儿,打听个事。"

陈小多转过脸看见一个光头的男人站在身后,不可能是学生,年龄比高三的学生都大,颧骨也高,青春痘早已经结了疤,浑身是风吹日晒之后的黑。校长规定,谁也不许剃光头。光头的右手中指上戴着一个银色的戒指。光头说:"哥们儿,打听个事。认识郑青蓝吗?"

陈小多说:"不认识。"

"听说过?"

"听说过。"

"听说过啥?"

"她成绩好。"

"别的呢?"

"长得挺漂亮。"

"还有?"

"没了。"

"认识陈千帆不?"

陈小多摇摇头。

"柳斌呢?"

陈小多点点头又摇摇头。

"认识?"

"听说过。"

"这人怎么样?"

"不知道,就听说是斧头帮帮主。有事?"

"没事,"光头说,"就问问。帮一个哥们儿打听一下。谢谢啦。"

陈小多看着他蟹壳青的后脑勺往前移动,这人是谁呢。光头在法桐树荫的尽头又拦住了另外一个同学。陈小多转身往教室里走。第二天中午又见到他,是因为光头在校门口和校警发生了争执。他要进,校警不让,校长严禁学生剃光头,也严禁校外闲杂人等随便到校园里乱窜,咱们中学不是集市。校警说,除非你是谁的学生家长,你又说你谁的家长也不是。陈小多夹在看热闹的人群里,没有站出来。光头离开校门的时候他想,也许应该挺身而出,他是我表哥,来找我的。但这个人我的确不认识,我不知道他要干什么。

下午第一个课间,从厕所回来的周光明说:"那个光头又进来了。"

陈小多说:"不是不让进么?"

"操,不怕做不到,就怕想不到。"谈正午说,"监狱难进吧,墙上拉着钢丝网,很多人不照样进去了。就咱们学校那围墙,知了猴努努屁股也能跳进来。"

"这人到底是干吗的?"

"谁知道,听说斧头帮那边也摸不清他来路。"

20

一个年级的人低下头复习,想起来就抬头四处看,郑青蓝没有来。事情弄得很大,她成了风云人物,大家都想看最后有个什么结果。一直到会考前一天郑青蓝都没有出现。陈小多几天前就找过她,在运河边上。远远看见陈小多,郑青蓝攥着一本书返身往回走,陈小多叫住她。他们进行了简短的对话。

陈小多:"你怎么不上课?"

郑青蓝:"不要你管!"

陈小多:"你应该去上课。"

郑青蓝:"不要你管!"

陈小多:"你真的得去上课了。"

郑青蓝:"不要你管!"

陈小多:"求你了。"

郑青蓝:"不要你管。"

陈小多还想再说,郑青蓝已经转身走了。

不过会考那天早上,她来了。她把所有文具放在一个精致的小袋子里,没背书包,甚至一本复习资料都没带,她像未卜先知一样直接走进自己的考场。考场的布局堪称别致,所有班级打乱了重新组合，这是为了响应上面的号召。这在同类级别考试中从未有过。教育局的领导说，作弊是咱们地方的一贯传统，这回得改一改。谈正午、周光明因为和陈小多同在一个考场，他们心里有了点底，陈小多理科成绩再不济也比他们俩强。只是对号入座之后，陈小多在第四排，谈正午和周光明分别在第七和第八排，远得让人着急。既然都排到一个考场了，为什么不让兄弟们同舟共济呢。

然后看见郑青蓝进来，穿一件太阳红和白色相间的小方格子衬衫。这件衣服她之前就穿过，那时候就觉得好看，因为好看的人穿什么都好看；但是今天，谈正午感觉有点别扭，为什么挺素净的衣服他觉得轻佻和张扬了呢。他的脑子里缓慢地转了一圈，说到底我也跟那帮混蛋一样，一不小心也要落井下石，真他娘的。他有点坏坏的绝望的小高兴，老子就他妈的是个坏鸟，怎么着吧。郑青蓝走过来，坐到了他前面的空位上，谈正午心花陡然开始怒放。他对周光明挤挤眼，妈的，老子得救了。

谈正午用笔尖巴结地敲一下郑青蓝的肩膀，小声说："哥们儿，胳膊肘随便抬一下，就够我用了。"

郑青蓝没理他。马上开考，不理绝对正常，免得提前被监考老师盯上。谈正午可以等，一边答题一边等着郑青蓝胳膊肘恰到好处地抬那么一下。只是几场考试下来，谈正午的脸气得铁青，就是不帮忙也可以抬抬胳膊歇一歇吧，郑青蓝愣是没抬一下。她端坐在前，像听话的小学生腰杆挺直，从开始答题到交卷,两只胳膊平放,焊在了课桌上似的。谈正午答不下去时,摇头摆尾想找个空溜一眼她的试卷,连个试卷边都没瞅见。看来我白检讨了自己一番,你郑青蓝就不是什么好鸟。考完化学,谈正午咬牙切齿地对陈小多和周光明说:

"操,哪有这种娘们儿,早知道那天不拦着柳斌,奸了她还卖个人情!"

然后又说:"千帆你不地道啊,也不帮忙疏通疏通。"

"疏通"在谈正午嘴里是个下流词,那是要男女用下半身你来我往。陈小多懒得理他,谈正午天生了一张刷不干净的脏嘴,你不让他解解恨也真有点对不住他。这是大考不是小考,没准多一分后半辈子的路就换条道走了。此时郑青蓝早已经离开学校,像掐着点儿来一样,她也掐着点儿走,交了卷直接出校门,厕所都不去。有两个科目还提前交卷。陈小多看着也气,不就抬抬胳膊肘么,多大的事。不过话又说回来,人家凭什么要抬胳膊肘呢?周光明很能理解,要是我受她那委屈,别说试卷给你看一下,就是人,我他妈的都不让你们看,后背都不让你看。

陈小多想了想,说:"兄弟,自力更生吧。"

最后一门考物理,三个人都打算自食其力、置之死地而后生了,郑青蓝却给陈小多丢了一张纸条。陈小多在一秒钟内都没反应过来,幸亏郑青蓝走到他课桌前速度慢下来,挡住了监考老师的视线。郑青蓝提前交卷,走到陈小多旁边时丢了一个小纸团在他桌上,悄无声息的纸团像只猫。一秒钟之后陈小多抓起纸团，他的心脏突然蹦到了嗓子眼，堵在那里，似乎在漫长的时间里陈小多艰于呼吸，我要憋死了。郑青蓝已经走过去，把试卷平放在讲台上，走出考场，手里拎的文具袋因为甩动哗哗地响。趁监考老师去看那个说话的文具袋时，陈小多打开纸团。除了字母就是数字，选择题和计算题的最后答案都在上面。陈小多的心脏刚落下来就蹦上去，全身的血液往脑门子上冲。多年的考试里他不是没作过弊，但这一次不同，不骂两句脏话再到操场上跑上十圈不能表达他的兴奋。

这是陈小多最差的一门课，他不敢保证自己一定能考过。不过现在不会有任何问题了。

镇定，一定要镇定。把纸条上有的都写上，没有的，能答多少答多少。他提醒自己节制点，别考得太好让自己都难为情。觉得一张卷子差不多时，扭头看看谈正午和周光明，他们俩在抓耳挠腮，就差撞墙了。陈小多决定提前交卷。他把纸团攥在手心里，交完试卷往教室后面走，装作去教室的后墙根拿书包，经过谈正午身边时把纸团丢到他手边。教室后墙根摆着一溜书包，讲台旁边的窗台上也堆着一摞书包。考试规定，课本资料一律不许靠近课桌。陈小多的书在窗台上，他走到后墙根拎起周光明的书包就走。

出了校门陈小多发现没地方可去。为了这个考试，绝大多数时间都被书本挤得满满的，现在突然空出来他有点不适应。解脱固然值得庆贺，但此刻的放松如同空空荡荡也让他难以忍受，他从周光明的书包里翻出一包烟，趴在水门桥的栏杆上抽起来。桥下是浑浊的运河,水流缓慢,盯着看久了,水不动桥在走,陈小多觉得自己会跟着桥无穷无尽地向上游驶去。偶尔有船过来,陈小多把烟头准确地扔到船尾的柴油机上。

抽第二根烟时,谈正午和周光明还没到,倒是看见柳斌从东边的河堤上捂着左腮帮子走过来。陈小多已经不惧柳斌,好像从后腰里插着匕首围着他的教室打转之后就不再怕了。那个时候他不断地给自己鼓舞,大不了一刀捅下去,不过如此。现在他确证了这一点。柳斌走上桥,两人对了一下眼。陈小多倚着桥栏弹出一根烟:

"来一根?"

柳斌接过来,等着陈小多给上火。陈小多转过身继续低头看水,等一会儿,听见打火机的声音,柳斌自己点上了。

"在这儿干吗?"柳斌问。

陈小多转过身,看见柳斌的左脸上三条渗血的划痕,答非所问:"哪个女生抓的?"

"猫。野的。"

"没事别碰野猫。"

"野的才有味儿。"

"那没办法,"陈小多说,"你的爱好比较怪异。这猫很大。"划痕有点粗,一般的猫抓不出来。

"还记我的仇?"

"当然记得。你被人打了你也会记得,你会记一辈子。"

柳斌笑一下,脸上的划伤让他及时停住笑第二下:"哪天请你喝两杯,算我赔罪。"

"我不喝酒。记着那顿打就行了。"

柳斌说好,捂着腮帮子过了桥。想记你就记着吧,大不了老子再修理你一次。他用手指肚小心地试探着伤口,这个郑青蓝下手有点狠。他当然可以找几个手下再收拾一回陈千帆,之所以没动他,完全是看在郑青蓝的面子上。对她有想法,有些事就不能做得太过。可是这死丫头非常不识相,为什么就看不出我他妈是真的喜欢她呢。郑青蓝。郑青蓝,别说老子还看上你了,就是看不上,照样可以把你弄到手。斧头帮的帮主应该有这个自信。我是他妈的相当尊重你才一遍遍出头露面实话实说,是给你脸面。但是,今天,刚刚,你抓了老子一把,三条渗血的指甲痕我只能说是猫留下的。给脸不要脸。看来我也只能认了,我就是狠不下心来,要照兄弟们出的馊点子,到现在老子起码睡你五十回了,睡得你走路两条腿都得往外撇。把你睡成个外八字,妈妈的。真他妈糟糕,老子越来越喜欢你了。郑,青,蓝。你等着。

这事说出去让人耻笑。柳斌庆幸没带手下的兄弟来。他就料到场面可能会不好看,所以一个人守在郑青蓝回家的路上。这是她的最后一场考试,结束了他们可以心无挂碍地谈谈,我不想在考试中间打扰你,为的是让你安心,对别人我他妈从来没这么体贴过。柳斌坐在路边看着郑青蓝走过来,掐灭烟,摆弄了一下衣服上不存在的皱褶,站起来表示隆重:"我就想和你先和风细雨地谈一谈,没别的,你不要怕。你别把文具袋子甩得那么响,不需要报警也别喊人救命。"

"没什么好谈的,"-郑青蓝说。

"不谈怎么知道没什么好谈的?"柳斌谦卑地说,"我请你吃个饭。"

"家里有饭。"郑青蓝说着继续往前走。

"你那姑妈还是什么妈做的?"

郑青蓝站住了,说:"姑妈。"

"是么?"柳斌本来不打算这样说的,不地道,不好,但是郑青蓝根本没有停下来的意思,他是慌不择词。"他们都说你和你姑妈长得很像,前两天我去看了一下,的确是像。我们能不能到河边走走?"

"不能。"

"走走吧,有些话我想和你说说。比如说你和你姑妈,我听见的传闻很不好,我就警告他们,别嘴大胡话地乱说,姑侄俩长得像一点正常。遗传学上说,女孩一般长得像姑妈,男孩通常长得像舅舅,这是科学。"

郑青蓝的圆脸从里往外红,越来越像个熟透的苹果。"关于我姑妈的传言果然是你造出来的。"

"冤枉,我怎么能干那种事?你没听明白。"柳斌说,慢慢靠近她,"我在尽力制止这些谣言,以后你就知道了。我最讨厌乱七八糟的流言蜚语,什么人哪都。"

这时候一个胖男人骑着辆破飞鸽牌自行车从西边过来,相对于他的庞大身躯,自行车就是几根营养不良的细骨头组装而成的,胖男人坐在上面摇摇晃晃。郑青蓝往后退几步让他和细脚伶仃的自行车过去。胖男人经过他们俩中间又回头看看,吹了一声轻薄的口哨。柳斌对他喊:"有种你他妈下来!"胖男人赶紧往前跑,两只变了形的窄轮子扭着S形。

"好了,说正经的,"柳斌说,"咱们谈谈。别的啥我也不会说,如果你觉得咱们还能继续说说话,我会管住那帮家伙的嘴。"

"恶心不恶心啊你?要挟我?"郑青蓝冷笑两声,"有多远你死多远,别以为你是个什么垃圾帮帮主就能为所欲为,有你遭报应的时候!"

说完她就要走。柳斌还真没见过如此刚烈的女孩子,软硬她都不吃,这就超出了他的想象力。柳斌本能地伸出手去拉,一只手抓住一只胳膊。郑青蓝挣脱不开,两只手就往柳斌身上抓,抓哪算哪,左手上了他的脸。她能听见指甲划开皮肤的声音,柳斌皮不细肉不嫩,声音就有点糙,像指甲穿过沙滩。跟男人打架柳斌有经验,女人的这一套他外行,五秒钟之内就吃了大亏,在过去从未遇到过,现在他得抱着自己的脸。他几乎可以肯定,郑青蓝至少抠下了他两颗青春痘。风吹进伤口,汗水也流进去,半个脸凉飕飕尖锐地疼。

这一次郑青蓝挣脱了没有撒开腿就跑,她以正常的步速往前走,什么事都没发生一样。只有仔细观察她后背你才能发现,她整个人在抖,但她攥紧两个拳头,最大限度地让身体紧张起来以便控制哆嗦。如同在冬天里洗冷水澡,上来得先绷紧身体，以免寒冷瞬间攻克自己。

柳斌没有追，脸面上下不来也没有追。他在摸过脸的左手掌心看见了血，这样的亏吃得他发懵。远处又有一辆三轮车骑过来，一个人骑，两个人坐在车里。操他妈，为什么这条破路上总是来来往往人不断呢，就不能消停着都在家睡个下午觉么。他不能让三轮车上的三个人也看他的笑话，就从堤上下到河边，沿河边走了一截才重新爬上河堤。

也可能是我缺少必要的恋爱知识和经验。柳斌抱着脸边走边想，问题是过去的那些娘们根本不需要什么知识和经验，软的拿不下来，一来硬的就全上去了。搞定她们过于容易导致了今天的失败。好女人才是一本好书，她们统统是盗版的滥书，只提供身体意义上的细节和事实，而头脑里的，操他妈的狗屁知识和经验，全没有。还恋爱，老子竟然也需要恋爱。可笑。然后就看见那个叫陈千帆的狗日的站在水门桥上，还人模狗样地抽着烟，但是他们说，郑青蓝就喜欢对他好。世道乱了，你真是一点办法都没有。

下午的阳光照进运河里，所有的鱼都趴在水底，因为天还早。考试结束后大半个小时谈正午和周光明才出校门。两个人像染了瘟疫的公鸡头低毛耷地上了桥。很多人走过去，高声谈论此次会考，几家欢喜几家愁。二班的一个男生扬言要跳河，如果现在不跳，回到家他妈也会唠叨得他想上吊，除非他能考进年级前二十名，否则他妈会把嘴挂在他身上，直到下一次考试如她所愿进入前二十；现在看来离前二十有点远。

谈正午和周光明如同一对犯了错的孪生兄弟站在陈小多面前，只低头不说话。

"操，向我致哀呀？有什么屁放什么屁。"

"没屁，"谈正午说。

"那也放。"

"好吧，"周光明说，"我们作弊被逮到了。千帆，你别激动，我们没把你供出来。"

陈小多在桥上嘭嘭地跺起脚，"你说你们还能干什么，"他说，"作个弊都要被抓到。又不是处男，头一次干这种事吗？不知道说你们什么好了！"

"都是那个对对眼，长得就像个密探，"周光明抱怨戴眼镜的男监考老师，教初三化学的，耳朵比较大，有点斗鸡眼，看谁都像要在别人脸上找到雀斑。"他一定是看我不顺眼。他为什么非要站在我旁边呢？"

"那是因为你形迹可疑！"谈正午说，"为什么不站我旁边？我都听见你那凳子没事就吱嘎吱嘎，你考试还是叫床！"

"挪挪屁股不行啊？我屁股上长了坐板疮，老用一个地方坐屁股疼。"

"那你也不用把动静弄得那样大，隔壁考场都听见了。还有，你完全可以把纸条吃下去嘛。早知道不给你了！"

"我是想吞掉的，"周光明委屈地说，"可那对对眼他不让我吞，我都塞进嘴里了他又让我吐出来了。"

"你不会咽下去啊？"

"哪咽得了,气都喘不周溜了。对对眼一手的劲儿,喉结快给他捏碎了。他可能会锁喉功。我要不吐,他能把我头给揪下来。"

"好了,别说没用的,"陈小多说,"到底怎么回事?"

"抄完了我就传给光明了,你问他。"谈正午说。

周光明皱着苦瓜脸:"为什么受伤的总是我。我也抄完了,刚想把纸团装进口袋,对对眼走过来,我只好把纸团塞到试卷底下。我想我就不信你不走,他还真就不走,在我旁边安家落户了,搞得我连试卷都不敢翻。要怪也不能全怪我,他是比较了正午的试卷才发现我们有问题的。"谈正午插嘴说:"别往我身上推啊。""不是推,是事实。最后一个大题咱俩都不会做,但全写上了同一个答案,过程一句没有。我还好,好歹写了一句'因时间仓促,来不及将草稿纸上的计算过程抄上来,只好写一个计算结果,请老师见谅。谢谢'。你倒好,光秃秃就一个结果。这道题我是一直遮住的,对对眼因为看见你那诡异的答题方式才想起来要看我的,不让看不行啊,人家是监考老师。就看出问题了。他把我卷子拎起来,我抓着纸团就往嘴里塞,他妈的对对眼四只眼就是好使,我还没来得及启动下咽程序他就捏住了我脖子。你们不知道那个痛,捏出了一嘴的口水。"周光明摸着脖子说:"还好口水把字迹弄模糊了,他们一张张卷子查,也查不出那是你的字。对了,你物理什么时候这么好了?"

"我也纳闷,"谈正午说,"吃激素了这段时间?可别是瞎写的，那咱们这弊作得就太他妈不值了。"

"郑青蓝给的。"

"那就好，郑青蓝我们信得过。对对眼把纸团打开，弄得他狗日的一手口水。他把我和正午都揪住了，拎到考务办公室，雷同试卷。然后问纸团是哪来的，正午说是他写的。对对眼就睁大斗鸡眼开始对照，横竖看着不像。千帆，正午够哥们儿，咬死就是他写的，他说不像是因为笔迹洇开了，不洇百分百像。四眼狗让他重写，正午就写，因为刻意模仿，反倒写得结结巴巴变了样。四眼狗说，不像。正午就说，你非让我写得跟这一样，一紧张，就不像了。有个哲学家叫赫拉克利特，说过一句名言，一个人不能两次踏入同一河流中，你听过吗，就是这个意思。一个人也不能两次写出一模一样的字。一棵树上都不能长出两片相同的树叶，也是这个意思。听说全世界都找不到两片相同的树叶。对对眼两眼一瞪，两粒瞳仁更加亲密了，别跟我扯闲篇，照实说，谁递的条子？"

谈正午接过来说："我递的，不是一直在说吗？"

对对眼一着急就口吃，说："让你你不说实实啊话，我要报到学啊校，给你处处分，让你们高考都考考考不了！"

"有这么严重？"陈小多有点怀疑。

两个人又像头低毛耷的瘟鸡。周光明说："要不我们也不张皇，考不及格还能补考，要是定了作弊罪，考试资格都取消了。教育局说的。"

"听天由命吧，"谈正午说，"反正老子也考不上大学，爱怎么整怎么整去。"

"一点回旋余地也没有？"陈小多问。

"对对眼说，除非供出元凶，"周光明说，"要不然，等候学校发落。谁知道呢。给我根烟，就一根。"

21

让三个耳光和所有的糟心事都过去吧,我要向她道谢,我应该学会和女孩子打交道。陈小多站在阳台上看着寂静的老院子想,她不容易。郑辛如和郑青蓝的房门都关着,这像一个没有人烟的家,两只流浪的野猫躺在水井边的石台上,脚爪蘸水,给对方洗脸。围墙东南角一棵花草在风里点头,新的一天从它开始。会考结束了,学校放两天假。陈医生两口子以为儿子要睡足一个懒觉,他们也不忙着起床,这个难得安静的早上陈医生突然有了欲望,他缓慢地伏到老婆的身上,觉得整个过程都像在开一场玩笑。现在,空气潮湿,少数几只公鸡还在叫。过程在继续,这就好,陈医生的老婆想,聊胜于无。

一直等到郑家的房门打开。其实时间并不长,她们有早起的习惯。郑青蓝洗漱之后喝了一杯温水,和往常一样出门去了河边。陈小多下楼,跟在后面,在石码头西边的紫穗槐丛前咳嗽一声:"起得这么早?"他只会这样跟女孩子打招呼。

"一直这么早。"郑青蓝说,不给他缓冲的机会,"有事?"

"谢谢,那张纸条。"

"我考试从不作弊。"

郑青蓝冷着脸。陈小多分不清这句话里幽默的含量:"我是诚心感谢,别的啥也不说了。"

"你拿什么感谢?"

"尽我所有。"

"好,"郑青蓝说,"你平常玩的,都带我玩一遍。"

"没问题。"陈小多向她列举:"打台球,看电影,钻录像厅,溜旱冰,骑自行车乱跑,划船网鱼。"

郑青蓝说:"轮着来。"

陈小多以为她说着玩,她的脸还板着;但郑青蓝说她是认真的,如果不答应,拉倒。陈小多想,玩他在行,只要郑青蓝能消气,想玩啥玩啥。

约定早饭后出门。陈小多对父母扯了个谎,说要和同学聚会。他们骑着自行车先去锣鼓街打台球,那地方离花街远,遇不到熟人。一路经过很多条弯曲的小街和奇形怪状的房子,陈小多忍不住卖弄当地的掌故:这地方曾是漕运的衙门,那地方做过官吏的后花园,还有某著名京剧表演艺术家的故居,以及当年大清朝的粮仓、新四军的指挥部、革命烈士的纪念碑,等等。因为要卖弄和讲解,陈小多将多年前的记忆一一唤醒,发现这个抱怨多年的贫瘠故乡原来也不小,历史和风物都颇有点样子。陈小多讲得开心,彻底忘了三个耳光和别的事。

他们在锣鼓街的一家杂货店前开始打台球。郑青蓝没玩过,陈小多从最基本的拿杆动作教,告诉她左手如何支架,右手如何掌握球杆平衡,力量如何通过球杆输送到球面,告诉她如何选择恰当的角度把球收入袋中。没有比郑青蓝更好的学生,她的理科好,总能找到最科学的角度,她通过目测就能告诉你准确的反射角和入射角;但也没有比郑青蓝更差的学生,据说女孩子都如此,平衡感欠缺,球杆的轻重缓急让她头疼。如果换了谈正午或者周光明,陈小多一定会骂他们是猪,还有比握紧一根球杆更容易的事吗?但是陈小多对郑青蓝说:

"好,你打得真好,明年你就可以坐镇当擂主了。"

旱冰场在解放路和胜利街交叉口,赶到那里已经是午饭时间。陈小多想起卖熟食的吴大拿,建议还去他那里吃。两人找到他的熟食车。吴大拿胡子被剪掉之后继续长,但规模大不如前,黑和亮还在。他不再戴白帽子,车上没有了"清真"的牌子,这样他就可以放心地把猪肉和牛羊肉肩并肩码在一起,然后顺手将猪肉上大把的油水抹到胡子上。陈小多遵照郑青蓝的意思,买了羊肉和凉拌豆腐丝。

陈小多说:"吴师傅,最近还好吗?"

吴大拿白眼珠一翻,说:"小鬼,你是谁家的儿子?"已经不认识他了。

买完肉他们在馄饨店里坐下,那里还提供黄桥烧饼。陈小多讲起他们的解放路拜师,郑青蓝咯咯地笑,陈小多的经历让她想起遥远的古时候。所有人都穿长衫和短打,腰上佩剑或者留着胡子,有市井、酒肆、骑马的当差和坐轿的官爷,还有手持八卦盘的相面先生和从西域楼兰来的骆驼客;然后街市肃静,红尘生活缓慢地退出镜头,白衣剑客衣袂飘飘凌风而至。

郑青蓝说:"这么一想,我就有点转向。头晕。"

"这就对了,"陈小多说,"侠客行的时代,整个世界头都在晕,清醒的只有拿剑的人。"

"武侠小说看多了你。不过,那好像是段好日子。谁都能放得开,没有人整天盯着你,看你笑话,让你活不下去。"

郑青蓝的目光越拉越长,要真切地看到古代去。陈小多赶紧把羊肉端到她眼前:"先看这个。我们活在当下,所以伤心的事在任何时候都不要轻易提及,吃完了我们去溜冰。"

四个轮子的旱冰鞋套在脚上,郑青蓝就不会走路了。这个她也没玩过,她从一个陌生的地方来,那儿至今也没有旱冰。在电影和学校的电视里,她看见过大城市的生活,他们的日子过得令她如此陌生,仿佛分处不同的时代,画面上那些稀奇的景观足以自成一个世界。而这个小城,她依然陌生。过去她以为,她和同学们只有出了校门才能相互区别开,现在看来,即便在学校里,她依然被这个世界严格地剔除出来了。她恨那些流言的制造者和传播者恨得牙齿发酸,半夜里常被自己的哭声惊醒,但也不过恨恨而已,在一个讲究出身的年代,你已经从根子上就被打入了另册。你的愤怒、刚烈、决绝,不过是绝望的不同变种。如果说台球是男孩子玩的游戏,那么溜旱冰应该一视同仁,很多大人小孩弯腰驼背在巨大的旱冰场里奔跑,半数是女人和女孩,我为什么不能把这个游戏彻底学会?

"我想溜一个下午。"郑青蓝说。

"如果有夜场,我们可以玩到明天早上。"

女孩子的平衡感依然不好,但时间足够久则一切问题都可以解决。到下午五点钟,郑青蓝已经溜得相当流畅,掌握了向前、向后、单腿等所有动作要领。四个小时里摔了十二跤,平均每小时跌三次。她拒绝陈小多的扶持和引领,坚持要自学成才。好几次陈小多溜累了,坐到场边的长凳子上看她僵硬地练习,想到的只是这丫头倔得实在可以,不知道她的内心里正充满着悲哀和绝望,以及由此生发的愤怒和反抗。

到六点,黄昏完全降临,陈小多饥肠辘辘。郑青蓝单腿直立滑到他面前,头发被汗水湿透:"溜不动了,回家吧,我累得很高兴。"

第二天郑青蓝腰酸腿疼,旱冰是没法再溜了,自行车都骑不动,脚底下的路都是软的。陈小多问:"要不要歇一天缓缓劲儿。"郑青蓝说:"不行,你答应过的。""那好,我们去看电影。"

陈小多用自行车驮着她去运河电影院。同时放映两场,《英雄本色Ⅰ》和《少年楚留香》。这两场陈小多都看过,与侠义沾上边的电影他逮着就看。他把内容简要地复述一下,征求郑青蓝意见。

"当然是《英雄本色Ⅰ》,"她说,"楚留香太花,不看。"

他们都喜欢周润发演的小马哥。出了影院,郑青蓝说:"我要是男的,就当小马哥,情义兼具,自由自在。你呢?"陈小多说:"小马哥都让你当了,我就随便吧,是个好人就行。"

"为什么不当坏人?坏人多好。当了坏人你就可以没心没肺,想干什么干什么，不要牵挂这个惦记那个，谁也不敢欺负你。"

陈小多说："那你为什么要当小马哥？"

"我想当因为我当不了。我更想当坏人，做梦都想，什么都扔掉，全他妈扔掉！"

"做坏人可比做好人难啊。"

"所以我也当不了。"

郑青蓝繁复的因果推理要把陈小多弄晕了："你到底想做好人还是坏人？"

"中间人。想好的时候好，想坏的时候坏。"郑青蓝坐在电影院的台阶上揉着酸胀的小腿肚子，"不说这个。看录像去。"

陈小多提醒她："这地方女孩子很少去，你要小心，没准会放三级片啊。"

"三级就三级，"郑青蓝说，"你能看我就能看！"说完了自己都不好意思，脸就红了，"看我干吗？"

"这可是你要看的，要敢于承担后果。"陈小多说，"那咱们就挑家专放三级片的录像厅。"

当然是开玩笑。陈小多把郑青蓝带到运河路，一条街上有好多家小录像厅，选择的余地很大，各家对开的玻璃门上都写着"录像"两个大字。这地方过去陈小多经常跟谈正午和周光明来。谈正午跟很多家老板都熟，他知道哪一家在哪个时段会放哪个类型的录像，三级片和毛片要在晚上才会大规模地放映。但是生意不能只在夜里做，白天也得做，所以偶尔也会在预告的影片中额外插播一部香港舶来的三级片，既为提神也作诱饵，资深观众对此心照不宣。影片预告在录像厅门边上，要么是用毛笔写在红纸上，用么就是用粉笔写在一块小黑板上，挂在门边随风摇晃。

陈小多凭着记忆找到最干净的一家，"半边天镭射录像厅"，老板是个四十多岁的离婚女人。白天女老板值班，从来不放三级片；到了晚上，她弟弟值班，隔三岔五就来一部，据说到后半夜毛片都敢放。去年大年初八后半夜，她弟弟放毛片，从里面销上门，等警察敲碎玻璃跳进来，播放的录像已经变成了《少林寺》，觉远正在招呼师父和众师兄弟吃烤熟的狗肉。警察就搜，在她弟弟的后腰里找到了录像带，就是陈小多插匕首的位置。

半边天的小黑板上一串电影名，大多是新近的港台武打和枪战片，陈小多也只熟悉一部《火烧红莲寺》。"就这家，"陈小多说，"他们家一会儿就放三级片。不敢进了？"

郑青蓝又把目录看了一遍，说："进就进！"

两个人买了票就近找到空座坐下。尽管录像音响的声音大到足以证明这地方光明正大，整个录像厅里还是有种昏暗、浑浊、诡秘的气氛，郑青蓝适应完光线后扫视一下全场，那些年轻观众被脏兮兮的彩色光线描摹得贼眉鼠眼，像一个底层黑社会的聚会。头顶上两台吊扇效果甚微，声音让人更热，还有人抽烟，空气几乎变成了黏稠的胶状物。郑青蓝下意识地抓住陈小多的椅背，还好，不止她一个女观众。有一个女孩子能看，我就能看。郑青蓝对陈小多说："挺好，比看电影划算多了。

一张电影票钱可以在这里看一天。"

看了一部半陈小多睡着了。和过去很多次一样,这种混乱的地方他特别容易犯困,闭上眼准能睡着,甚至还能打呼噜。他一直坚持认为自己不打呼噜,打呼噜在他看来是个不雅的习惯,只有到了难以清爽的年龄才会出现的生理毛病。谈正午和周光明抓了他个现行,叫醒他之后,陈小多坚决否认,因为醒来后的确没人能听见自己的呼噜声。然后他被郑青蓝叫醒,没明白怎么回事就被拽出了录像厅。

"怎么了?"出了门他用手遮住外面的强光,"出事了?"

"你打呼噜了。"

"真的假的?"陈小多摸摸嘴角,有一串口水,"没骗我?"

郑青蓝跺着脚说:"他们放三级片。"

"不会吧?女老板白天从来不放三级的。"

"就是放了。古装的。"

陈小多突然笑了:"放就放吧,反正是你自己要看的。"

郑青蓝就红着脸做着样子打他,抱怨他把自己带到这种下流的地方。陈小多说打我没用啊,要打打老板去。年头真是坏了,女老板大白天也开始放三级了,举世皆浊我独清啊。陈小多发现自己一旦跟别人混熟了说话就很顺溜,越熟越顺溜;而一旦生分起来,越生分就越生分;擅长良性循环的人多半也擅长恶性循环。

"那我们下面该干什么?"

郑青蓝说:"吃午饭。然后去沙滩。"

陈小多挖水晶的沙滩最近刚刚被领导命名为"黄金海岸"。听说在政府的十年规划内，它将被建设成系统的"黄金海岸"大型游乐场，他们俩现在看到的只是大型的沙滩和河堤外围大型的荒地。陈小多模仿伟大人物站在河堤上，小细胳膊一挥：

"我们——要让——黄金海岸——走向——世界！"

郑青蓝撇撇嘴，一屁股坐到沙滩上："我就想在沙子上躺着，看看水，晒晒太阳。"就躺下了，"你呢？"

陈小多从河堤上跳下来，摔倒了，一直滚到沙滩上。沙子干净得像洗过一样。他找了个纯洁的距离在郑青蓝旁边躺下。

"这两天真是好玩死了。"郑青蓝两眼望天，天上白云朵朵，"你从小就是这么长大的？"阳光穿过云朵照到他们身上。这样的温度适宜躺在黄金海岸上。

"啥意思？"

"想打台球就打台球。想溜冰就溜冰。想看电影就看电影。想看录像就看录像。想到河边就到河边。"

"那当然，脚长在我腿上。"

半天没听见郑青蓝动静，陈小多歪过头看她："睡着了？"

"你才睡着了！"郑青蓝抓了一把沙扬起来，落了自己一身，"我的脚从来没长在自己腿上过。"

"听说鬼在夜里走路就不用脚。"

郑青蓝没接他的玩笑，自顾说："长在谁腿上我也不知道。反正这些年让我到哪我就到哪。"

"那你的脚长你姑妈腿上了。"

"她的脚又长谁腿上了呢？千帆，你感到过生活没意思吗？"

"当然感到过。三天两头。"

郑青蓝一听就知道那不是她的"没意思"。谁都有自己的"没意思"。她的脚又长在了谁的腿上呢？郑青蓝时刻提醒自己，把所有责任都推到她身上是不公平的，这么多年她比自己更加不容易，也许感到过更多的艰难、困苦和没意思。但她还是挺着，这个三十八岁的女人，只有头脑还健康，她带着她奔波，希望她好，以她为荣，被生活或者别的东西追着跑。每一顿饭她都等着她先吃她才动筷子。她能想象出她每次看见她推门进家时有多开心。

"又没声了？"

"活着呢。"郑青蓝说，坐起来看河水涌上沙滩，"你知道我这两天为什么疯狂地到处玩？你不会知道。我就想自由自在地玩一回。痛痛快快地，彻底地，玩。"

"咬牙切齿地。"

"对，咬牙切齿地。"

"别那么苦大仇深的。下次想玩招呼一声，我带你去。"

郑青蓝笑了。"腿还酸着呢，哪吃得消。"她说，突然指着水里的一条船，"那是不是杜老枪？"

陈小多歪着身子去看，果然是杜老枪，一手划船一手朝这边乱摆，吆喝着奇怪的调调："二姐姐家树上有两只鸟，我火药上膛，猜一猜哪一只先被打掉？"杜老枪活一双手和一张嘴,手是打猎,嘴是唱歌,你搞不清他从哪里学来那么多怪兮兮的腔调和词。

"小多,你们两个小鬼,跟我打猎去不?"杜老枪说,"到鹤顶找野鸭去!"

"叫我陈千帆!"

杜老枪哈哈笑:"屁,还陈千帆,谁不知道你就是陈小多。丫头,你们去不?"

郑青蓝问陈小多:"天黑能回吗?"

"回不了。"

"那就算了,免得姑妈着急。"郑青蓝对杜老枪喊,"杜伯伯,下次再跟您去!"

杜老枪的船走了。陈小多说:"咱们不会就在这儿看到天黑吧?"

"怎么不会?你说好陪我的。"郑青蓝说,胳膊枕在头底又躺下去,"就看到天黑。多宽敞的沙滩,又干净,躺着什么都不用想,神仙似的。活得就跟死了一样。"

22

晚上十点,陈小多冲完澡准备上楼,被他妈叫住。陈医生老婆问:"下午去哪玩了?"陈小多说:"旱冰场。""跟谁?""同学。""男同学还是女同学?""男同学。""我怎么听说是女同学,去的也不是溜冰场?"陈小多闻到一股血腥味,伸头往厨房看了看,一只野鸭被吊着脖子挂在砧板上方。"杜老枪送的?"陈小多问。他妈说:"我在问你呢!""知道了还问,"陈小多说,"这个杜老枪,手闲不住嘴也跟着忙。"

"跟你说多少遍了,没事别跟她瞎掺和,"陈医生老婆说,"你看看你就是不听。被人看见了吧。老杜说,这俩孩子坐一块儿,看着要多喜人有多喜人!你知不知道看着喜人有多可怕?幸亏是老杜,要是哪个长舌头,我和你爸脚指头上都长嘴,也说不清楚。你看看。咱们是正经人家!"

陈小多懒得跟她理论,来来回回就那一套,跟学校里传播流言的人没两样。干脆来点硬货堵住这话头:"要没她,我物理根本考不过。"

"我就不信,她帮你考了?"

"给我递纸条了。要被抓住,高考资格就没了。"

陈医生老婆张了张嘴,半天了说:"那是她愿意。"

"对,人家要是不愿意,你儿子别说考大学,就是中学怕也念不完整。"陈小多说,趿着拖鞋上了楼。他知道他妈不会死心,果然,听见她在楼梯口嘀咕:"哪辈子老祖宗坏了良心哪,你看看这老的老的不靠谱,小的小的也不听话,我这失眠和牙疼能利索吗!"声音很大,楼梯和门外的运河都能听见。花街的夜里很安静,放个屁都是声春雷。陈医生这时候推门进来,出诊刚回。陈小多就笑了,他妈掐指一算,就知道他爸赶上进家门,那就辛苦我爸去忍受吧。

睡前他的脑子里闪过一下那张纸条,就一下,还没来得及想对策,歪歪头就睡着了。

他还真没把它当回事,念了这么多年书,谁还不作一两回弊。错了就改,改了再错嘛,得允许年轻人一步步成长。他觉得谈正午和周光明有点小题大做。

第二天到了学校,发现问题貌似已经很严重了。早自习班主任就把谈正午和周光明揪出去,第一节课铃响才放回来。放假两天他们俩的精神养得不错,训话回来又变成了瘟鸡,脖子上蹲着两个大苦瓜。下了课他就找他们,周光明说:

"兄弟,事儿大了。"

昨天晚上学校例会,梳大背头的校长很不高兴,教育局明令杜绝作弊,还有人顶风作案,既然少年不知愁滋味,那就让他们尝尝死不死活不活到底什么味。校长说,妈的,严查到底。班主任得令，散了会和监考的对对眼握了很长时间的手，这两个浑小子是给高二（3）班脸上抹黑啊，谢谢你及时擦干净，让我们可以继续进步。我就不信他们嘴硬，吃了泻药也得让他们开口！班主任就这么跟谈正午他们说的，还不说，等着我给你们吃泻药啊？

跟泻药有什么关系呢？陈小多只能认为这是一个曲折的比喻，班主任的说话风格一贯徘徊在幽默和逻辑混乱之间。周光明和谈正午对了下眼，照之前彩排过的演。

周光明说："老师，是谈正午递给我的。"

谈正午说："老师，是我写的。"

班主任说："姓谈的，你好意思再说一遍是你写的？最后那道题你要能算出这个答案，我这班主任让给你当。"

谈正午说："我不当。我管不了五十个人，我能把自己管好了就行了。"

"牙结实是不是？说！"

"我说了，是我写的。"

班主任想了想，说："周光明，老师认为你还是不错的。你说。"

"老师，谈正午递给我的条，你问他。"

"好，吃水银了你们，"班主任擦了下鼻子，他的鼻子一年四季冒汗，俗称水牛鼻子，"让你们串通好了，就等着开开心心地取消高考资格吧。滚！"

他们俩就走回来了："千帆，你脑瓜好使，你想想。"陈小多翻个白眼:"好使个屁,要好使就不给你们递纸条了。教室里人多嘴杂,中午再说。"

午饭三个人在食堂旁边餐厅里吃。四摞砖头上搭一块石灰板,很多张这样的餐桌;头顶上又搭了很多块石棉瓦,就成了餐厅。很多人一起站在桌面吃饭,没有凳子,所以三分之一的学生都把一条腿蹬在餐桌上,这样吃得可以更舒服些。三个脑袋扎在一起,但可供商量的空间很小。一顿饭的工夫只得出一个假设和一个可能可行的办法。

假设:学校只是干打雷不下雨,做做样子而已。家丑不外扬,捅出去谁脸上都挂不住,所以,就是拎起鸡来吓唬吓唬猴,下不了杀手的,最后一定是闷头大发财,不了了之。这个假设比较美好,只是当事人心理素质得过硬,有信心把牢底坐穿。他们相互提醒,挺住,小腿骨折了也得挺住。

办法:这就得辛苦谈正午了,一是找来郑青蓝的作业本当字帖,短期速成;二是尽快把物理试卷吃透,能够通过正确的途径得出和纸条上相同的结果。

谈正午一听就急了:"练字倒还好说,头悬梁锥刺股也不过是个体力活,把试卷吃透简直不可能。好容易扔掉这门课,现在要重新拾起来他不能接受,你还是杀了我吧,'物理'这两个字这辈子不听我都不稀罕。"

陈小多说:"那好,你就把我供出来吧。"

周光明说:"你是不远万里来提供国际主义援助呢,我们哪好意思供。"

谈正午说:"操,你以为供出你来就有用?会做那题目吗你?"

陈小多想,最后那两道还真不会做。不过他比他们俩聪明的地方是,列不出推算过程他就不去画蛇添腿地写那光秃秃的答案,写了也不得分。说到底怪他们自己,明明六十分就万岁了,还贪,人一贪准出事。要让自己去重温试卷,他也扛不住,理科的任何东西他都不打算主动去碰,包括数钱,因为涉及数字。于是他说:

"正午,啥话也别说了。都当为兄弟们受难了。为了表达我个人对你的敬意,今天中午所有的碗我洗了。"

然后他们回到教室开始苦思冥想,希望能把试卷上相关的试题和郑青蓝提供的答案复原出来。难度相当大,多年的考试训练出他们一个能力,考完就忘。刚开始回想时,三个人几乎都想不起试卷长什么样了。这事花了整整一天半时间,中间还动员了很多同学一起回忆,总算把题目凑出来了。然后是答案。他们回忆和征集到了同一道题的不同答案,五花八门,真是一千个读者有一千个哈姆雷特,最后经过甄别确定了和郑青蓝相同的答案。要命的是最后一道计算题,收集到的众多算法都得不出郑青蓝的那个结果。谈正午和周光明去别的班级找物理最好的同学算,也不是这个数。最后只好让陈小多去找郑青蓝,天下只有她一个人知道这个过程。

折腾了这么久陈小多都没找她,就是不想把她扯进来。知道和不知道完全是两回事,她的闹心事够多了。现在只能请她

出山,还得把连锁作弊的事告诉她。他往一班的教室门口一站,最先看见他的是兔子,这个白皮肤的女孩噌噌噌跑出来,问:

"找郑青蓝?"

陈小多说:"嗯,兔老师好。"

"又出事了。"

"嗯?"

兔子刚想说,扭头看见郑青蓝经过讲台走过来,用右手食指堵住嘴:"抽空再说。你们聊。"挤挤眼回了教室。

陈小多简单介绍了经过,说明来意。郑青蓝有点不高兴:"为什么要给他们看?多事!"

陈小多揪着头发说:"哥们嘛,哪好意思见死不救。你老人家大人有大量。"

"烦不烦啊你!题目忘了。"

陈小多从口袋里掏出纸:"就一题。"

郑青蓝冷着脸,接过试题进了教室。

下个课间,郑青蓝把那张纸还回来,一脸空白的表情,七个字都是零下一度。"最后结果算错了。"她把正确的推算过程和结果写在纸上,考试时算错的结果附在旁边。

陈小多说:"兔子说——"

"没事,"郑青蓝打断他,转身就走,"我上课了。"

陈小多把试题给谈正午,他正在临摹郑青蓝的字,主要是数字和字母。昨天陈小多把她整理的化学复习纲要带给了谈正午。他问谈正午:

"听到新的风声没有？"

"你说作弊的事？"

"郑青蓝的。"

谈正午摇摇头。"哪个鸡巴鸟人会比我还无聊？"他说，"过去颜真卿我都不稀罕练，现在倒要回头练什么郑青蓝。这他妈人活得！"

"忍忍吧。没事多想想爬雪山过草地，多想想耶稣。"

字体和试卷基本都掌握了，年级主任召见了他们俩。年级主任长相让人害怕，主要是脸型不周正，他的脸型在平面几何和立体几何课本里都找不到；而且脖子前倾，远远地伸在身体前面，随时都可能脱离组织；嘴唇发紫，据说是心脏供血不好导致的，但同学们普遍认为是脖子伸得过长，血液送不上。年级主任上来就威逼，说了一通"不如何就如何"的话，谈正午和周光明根本不吃这一套。然后主任开始利诱，"要说了就怎么怎么着"，比如高考时学校可以考虑推荐一下，等等，还是不好使，他的火爆脾气就像心肌梗塞一样犯了。到隔壁办公室的那几步路他都来不及走，扯着嗓门喊全校最牛的物理老师韩文非，老韩老韩，过来，快过来！

韩老师小跑进门。年级主任指着试卷说，就照这个难度，再出两题让他做；做出来准许他们补考，做不出来，另说！谈正午和周光明眼都蓝了，完了。年级主任的水平就是比班主任和普通老师高，脑子活，听说教导主任退了休他就接班，应该。但是此刻他们俩恨死了年级主任，太不厚道了，简直不配做年级主任。办公室里吊扇跟年级主任一样是个急性子,可谈正午和周光明还是觉得热。锄禾日当午,汗滴禾下土;谁知盘中餐,粒粒皆辛苦。诗写得好,如果在班主任逻辑里,这个因果关系是轻而易举就能成立的。

韩老师的题目谈正午看不懂。为此韩老师很得意,最牛的老师就应该这样。

年级主任说:"你们俩,自己说,怎么办?"

谈正午憋了半天,说:"另说。"

周光明一声不吭,脸色刷白。

出了办公室周光明撇撇嘴想哭,考不过可以补考,吊销高考资格就啥也没有了。没准瞎猫碰上死耗子,考上个哪怕四流的大学,爹妈光宗耀祖的理想就差不多实现了。后路没了。谈正午反倒生出一股悲壮的豪情:"把你那嘴关严实了,别跟个娘们儿似的。不就是个大学么,老子不念活不下啊?老子的老子也没念过什么鸟大学,不照样活得人模狗样,一天三顿饭一顿不少,晚上还要啧咂二两老酒?不也照样把老子谈正午给生出来了?操,我就不信了!让你考你就能考上了?两眼贼亮的猫都抓不到死耗子,你个瞎猫还能?操!咱有点出息好不好,今晚我请你喝酒去!"

"我不是心疼那机会么。"

"个屁!对别人可能是机会,对咱们俩,那就是——往天上看,看见没?就是那飞机,瞅两眼还行,要拿过来玩玩,人家不给。"

周光明用力挤了几下，总算挤出两滴眼泪，一边一滴。"好吧，"他说，好像两滴眼泪落下来，就算告慰了爹娘和自己了，"喝酒去。操他妈！"

叫上陈小多，三个人来到运河边的小饭馆。一场酒开始时喝得像易水送别，周光明忍不住悲伤。风萧萧兮运河寒。一向没什么定见的人，现在最悲伤，白花花的机会就这么流过去了，比运河还残酷。谈正午喝一口酒就提醒他一次，不论从哪个角度讲大学跟他们都是没有关系的，看看咱们学校每年的高考升学率就知道了，咱们俩这成绩，中专都没戏。但是周光明放不下他的美丽幻想，万一呢？是啊，一"万一"大家都没话了，世间事有几件能扛得住这"万一"的？谈正午一个人喝闷酒，突然一拍大腿，说：

"妈的，老子学武去！"

周光明吊着张苦脸说："还要去武当啊？"

"少林也行，"谈正午说，"千帆，你说呢？"

陈小多说："要去你们去，我没兴趣了。拳脚改变不了一个人。"

"啥意思？"

"我也说不好，上次回来我就在想，武和咱们的侠是两回事，你能抓挠几下并不能让你成为一个有用的人。"

"听不明白。"周光明酸溜溜地说，"算了正午，人家千帆是要考大学的人了！"

"我也不明白。"谈正午说，"有了本事起码不会挨人欺负吧。"

"想不被欺负很容易,"陈小多从书包里拿出匕首,放到饭桌上,"一把小刀足够了。"

匕首很漂亮,谈正午喜欢,也玩过很多次。"可是千帆,"他把匕首拉出鞘又插进去,"你不可能在任何时候都带着它,拳脚可以。"

"你需要任何时候都带着它么?"

"还是不一样。如果我有了真功夫,谁他妈我也不怕。不要命的可以随时来找老子,什么柳斌、四大金刚,鸟,老子全把他们当孙子使唤!"

把柳斌和四大金刚当孙子使唤,这个前景好像挺诱人。跟远在幻想里的大学相比,柳斌和四大金刚看得见摸得着,把他们当孙子使唤也就跟着看得见摸得着了,周光明突然认为这不失为一个好主意。练武去,过两天好日子,然后当兵,复员了回来继续过好日子。"我跟你混,正午,"周光明说,"你要学我就学!"他终于能放松地喝一大口酒,放下杯子发了半天愣,然后说,"想起来了!前些天听我二姑家的表哥说,他们那里有个武术学校不错,我们可以去那里嘛。"

"好,就这么定了!"谈正午说着举起杯,"上面的处分一下来,咱俩就去。从现在开始,老子谁也他妈的不怕了!走一个!"

三个人喝了一堆啤酒。客最后是陈小多请。他觉得是自己害了兄弟,而且他没有站出来,于情于理都欠了他们。但这个客请得值，第二天他们俩的腰杆和脖子就挺直了。

午饭后他们不看书，反正参加高考也没戏，到河边转转去。陈小多作陪。太阳照着波光粼粼的运河，他们躺在河边一棵榆树的荫凉里，躺着躺着就犯迷糊。感觉正好，准备睡过去时，小税官不知道从哪里冒出来，老远就打招呼。陈小多不喜欢这个小混混，脸歪到另一边。三个斧头帮的人，说起话也不咸不淡。小税官是柳斌的红人，几乎相当于康熙座下的韦小宝，过去谈正午和周光明多少都得巴结点，今天不一样，他们喝过酒了，决定要去武术学校了，怕他个鸟。看小税官的眼神就有点往上斜。小税官还小，还处在看不清人情冷暖世态炎凉的年纪，不知道士别一日就当刮目相看的道理，一个劲儿地往外冒泡：

"听说没，两位哥哥？那郑青蓝的姑妈不是她姑妈。"

"不是她姑妈是你姑妈？"谈正午说。

"咋这么说话呢。哥，我跟你说，那是她亲妈！"

三个昏昏欲睡的人立马坐起来。周光明问："真的假的？"

"不是真的就是假的。"小税官得意地说，好像机密在握，"听说是真的。"

"别瞎说！"陈小多明白兔子说的"又出事了"，跳起来指着他，"小心你嘴上的把门的。"

"别人都是这么说的，"小税官跳着八字眉显得很无辜，"她妈是怕别人知道，才让郑青蓝叫她姑妈的。"

"没证据你可别乱喷粪啊。"谈正午说。

"你他妈才是喷粪！"小税官很不高兴，对我说话竟然不懂措辞。

"说你喷粪怎么了？委屈了？"谈正午又问周光明，"光明你觉得委屈他了么？"

"不委屈。"

"操你妈，谈正午，周光明，就知道你们和那姓郑的穿一条裤子！"小税官骂骂咧咧站起来，要走。

"再说一遍，你操谁妈？"

"操你妈，谈正午！操你妈，周光明！怎么着吧？"

谈正午一把揪住小税官左胳膊，周光明揪住他右胳膊。谈正午问："千帆，打不打？"

陈小多说："不能因为他小就纵容他胡说。"

两个人就噼里啪啦揍了小税官一顿。不是很严重，但小税官受不了，柳斌的小红人岂是想打就打的。小税官眼泪都憋屈出来了，一边往校门跑一边喊："操你们的亲妈，你们等好了，柳哥不撕了你们当肉串烤我就不姓汪！"

三个人都不困了。谈正午说："打得不痛快，早知道多给小狗日的几拳。"

"柳斌真找来怎么办？"周光明这时候有了点担心，"咱们现在可是什么也没学到啊。"

"有这个。"陈小多从后腰里拔出匕首，"软的怕硬的，硬的怕愣的，愣的怕不要命的。"

周光明还是犯嘀咕，嘟囔着说："其实没必要跟柳斌结仇。"过一会儿又说，"要是郑青蓝主动承认纸条是她写的，我们是不是还有参加高考的机会？"

"想什么呢，光明？"谈正午说，"小心千帆一刀捅了你。"

陈小多说："我还是先把自己捅了吧。"

"我就这么一说，这点好歹我还是知道的。"

等他们回学校，小税官已经带着柳斌和大税官等在教室门口了。陈小多走到谈正午和周光明前面，碰了碰衬衫里清凉的匕首。出乎他们意料，柳斌没找事，反倒当着小税官的面把小税官批评了一通。

"晓辉的错。"柳斌挨着把陈小多、谈正午和周光明的肩膀都拍一遍，"我来主要是跟兄弟们说两点：一，不管出了什么事，自己兄弟不能伤了和气；二，流言蜚语别人可以乱说，咱们兄弟不能。虽然这个传言我前两天就听说了，但我的态度是，传言嘛，宁可信其无，不能信其有。我们要有我们的立场、原则和底线。我只说这两点。"

小税官急了，把手举到头顶说："柳哥，你不能这样啊……"

"我该怎么样还要你教？回去！"

他们走后，谈正午拿两枚硬币揪着下巴上的一根嫩胡子，不解地说："操，这江湖老夫是越来越看不懂了。"

陈小多用鼻子笑了两声。柳斌这戏演的，竹叶青都开始冒充菜青虫了。

23

这个下午很平常，没有要发生伟大事件的迹象，房前屋后没有喜鹊和乌鸦在叫，也没有出现诡异天气。这个下午完全是它该有的样子，陈小多他爸出诊了；他妈去了百货大楼，一件新款的衣服到货，她决定领花街的风气之先。陈小多下楼去了趟厕所，又爬上来，经过走道时听见有人说，喂。他扭头看窗外，郑青蓝斜仰着脸，腮上的绒毛被阳光照成金色。周末的下午真好，他们脸上的表情因为不同原因显得空白。陈小多指指自己，她在跟我说话么？

"就你一人在家？"郑青蓝问。

陈小多说："是，你呢？"

"我想看看你的书橱。"

"当然可以。"他下楼打开大门，过一会儿郑青蓝挺着胸走进来，五官有点陌生。陈小多闻到一股女孩子身体香味之外的香味，她施了淡妆。热烘烘的香味让陈小多难为情，可是这香味的确很香。他把她带到他的房间里。陈小多和女孩子说话通常得慢热，这个漫长的过渡中他就盯着书橱说话："这一溜是金庸的小说。这一排是梁羽生的。这一堆是古龙的。还有其他,这是《胜英保镖》,这是《金弓神掌日月刀》,这是《风尘三侠》,这是《薛刚反唐》。还有,鲁迅的,钱锺书的《围城》,老舍的《骆驼祥子》和《四世同堂》,这是《珍妮姑娘》和《复活》。还有《童年》《在人间》《我的大学》。还有,还有。琼瑶的小说没有,席慕蓉的散文诗和汪国真的诗也没有。我知道你们女生都喜欢看这些,我这里没有。"

"知道,我长眼了。"郑青蓝拨开他,"你挡着我了。"

"噢,那你看。想看什么拿什么。"陈小多走到墙角,"喝水吗?"

"喝。"

陈小多到楼下端着两杯水上来,郑青蓝坐在床边两眼发直,书橱门打开,书原样摆在那里。没挑,一本都没抽出来看。"不喜欢?"郑青蓝摇摇头。"那怎么回事?喝水。"郑青蓝端着杯子在手上转,脸映在杯子里,越来越红。

"有事?"

"没有。"郑青蓝咬咬嘴唇抬起头,盯着陈小多的两眼要冒火,"你说,我好看吗?"

这样的问话陈小多在很多滥俗的小说里见过。每次看到了都想,这种问题有啥意义,庸俗,无聊,愚蠢。但小说主人公跳到他面前问,就有点不一样了,这完全不是个问句,你只能说"好看"。陈小多哼唧一声。

"说啊。"

"好看。"

陈小多往窗外看一眼，没来由地觉得要变天。他倚着书桌站着，看见郑青蓝慢慢站起来，她的脸红得要渗出血，她努力让自己目光专注、耿直、英勇顽强，她把两只手放到陈小多的两肋上。

　　陈小多说："你，干什么？"

　　郑青蓝把身体贴上来。

　　"郑青蓝，你，别，你干什么？"陈小多惊慌地说，本能地往后退。

　　"你不许动。"

　　陈小多说："不动。我不动。"

　　郑青蓝把脑袋放到他肩膀上，她的脸擦着他的脸。陈小多像投降一样举起两只手，还是想往后退，退不动，桌子振荡两杯水倒了，流到他裤子上。他还想说郑青蓝郑青蓝。郑青蓝蛮横地闭上了眼，呼吸艰难粗重，她找到陈小多的嘴，舌头撬开了陈小多的牙。陈小多觉得自己的口腔成了干枯的运河，但一条叫郑青蓝舌头的鱼游得很好。

　　"你死人呀，不会动动？"

　　"你不让我动。"

　　"小多，"郑青蓝忽然变了声音，含混地说，"你抱抱我。"

　　她竟然叫我小名，我叫陈千帆。陈小多睁大眼看着郑青蓝的脸在眼前慢镜头似的移动，感觉自己流下了口水。郑青蓝的胸部是两个圆球，他体会着柔软的挤压，慢慢放下胳膊浅浅地抱住郑青蓝。他有点懵，像重感冒，血液都聚到脑子里。他被郑青蓝的两只胳膊箍紧了，行动无法自理，她用力让他往左移他就往左移，让他坐下他就坐下，让他躺倒他就躺倒。躺下来，郑青蓝趴在他身上，两只手开始把他的衬衫从腰带里往外拽。然后手伸到他衣服里，陈小多剧烈地哆嗦一下，条件反射似的坐起来。郑青蓝滑到一边。她站起来，理理头发，一把抓住陈小多的右手：

"去我家，走！"

她不允许陈小多反抗，拉着他就往外走。下楼，出门。陈小多说，锁，锁门。郑青蓝根本不理他，拉着他继续走。陈小多觉得这人疯了，有种决绝赴死的气概。有点反常，太反常了。

先去了郑青蓝的房间。郑青蓝站在床前迟疑了五秒钟，像在做一个仪式，但很快改了主意，拉着陈小多跑到郑辛如的房间。这是一张巨大的双人床。这张床接待过很多男人，对，很多男人爬上来过。这是她的床。今天我就要在她的床上，小多，我还叫你的小名，叫小多让我有一种心碎的忧伤。小多。现在阳光很好，我们可以把门关上。郑青蓝一脚把门踢上，像章鱼一样攀附到陈小多身上。小多，躺下。她把陈小多推到郑辛如的床上，很多男人爬上来过，但爬上来的女人只有一个；可是今天，现在，就是现在，又一个女人爬上来。看清楚了，你看清楚了吗，我爬上了你的床。我带了一个男人爬上了你的床。

郑青蓝的动作生涩，咬牙切齿，她努力让自己像个行家里手，她把舌头从陈小多嘴里撤出来，在他身上游走。

陈小多躺在床上觉得很绝望，裤带咯嘣一声被打开，那声音让他更绝望。他护着自己的下身,看着郑青蓝跪在自己身边脱衣服,她的头发乱了。她的胸罩是白的,解开胸罩的一刻,更白的两个乳房跳出来。谈正午曾和他讨论过她的胸部尺寸,那时候他还没概念,现在活生生地悬在他脸面上,大小和形状的确相当可观。郑青蓝脸涨得紫红,她把衣服扔到陈小多脸上,不许看!陈小多躺在那里,风吹过裸体有点凉。然后一个热乎乎的身体躺在他身边,陈小多出汗了。脸上的衣服被拿掉。陈小多胆怯地移动两只手,左手触到毛茸茸的一堆东西上,赶紧缩回来。他们身体挨着身体,他的手不知道往哪里放。

"转过来,看着我。"郑青蓝扳过陈小多的脑袋。

陈小多骨头似乎生了锈,吱吱嘎嘎地费了好大劲儿才侧过身。现在,他完整地感受到了一个女人的身体,它的起伏和空白,阴郁和清朗,柔软和坚硬,它的冰冷和沸腾。她的下身贴着他的下身。我们的身体为对方而设。他内心里的恐惧远远大过欲望。他不知道恐惧什么,但他的确怕,那种怕既空空荡荡又结结实实,莫名其妙的抽象而又尖锐的恐惧。郑青蓝抱住他,脸往陈小多下巴和肩膀之间的空当里钻。知道吗,这样的时刻我见过很多次,多得我想吐。也想象过很多次,想起来我都要吐,郑青蓝说,她的手在陈小多的身上走,同时把陈小多的手拿到她身上。也许它的确没什么稀奇,衣服穿上去是为了脱掉,身体藏起来是为了露出来,肉,所有地方,都要拿出来,碰撞,挤压,拿来磨损、消耗和享乐,拿来告诉对方,这是我的,也可以是你的,甚至根本不是我的而全是你的,全部所有统统都是。人不就是这样吗？男人和女人，像我们这样。你说呢，陈小多？

　　陈小多的右手谨慎地放到她的乳房上，像抚摸一件瓷器。也许吧。谁知道人最终是什么样。他的手在柔软圆润的地方盘桓很久，然后沿着身体走势向前走。我也想象过很多次，我甚至见过爸妈他们在床上有节奏地活动，动得很难看。我梦见过你，在梦里我们重叠在一起，我们要好看一些。我已经这么大了，我爷爷在这个年龄已经要当一个孩子的爹了，年纪大的人总是什么都懂。所以一切都是正常，干那种事，结婚，生孩子，乃至私奔，不必大惊小怪。我想象过你不穿衣服，这是实话，我想象过进入，把全身的力气都用上，更多的时候一点劲儿都使不上。这话不能对你说。我会自己解决，男同学多半这样，把屁股对着世界，这么说的时候我还是脸红。

　　郑青蓝在抖。陈小多的手经过郑青蓝耸起来的屁股，手掌告诉他这个形状很圆，多么美好的球，软软的。陈小多的手鬼使神差地改变了方向，从后面到了前面，不看他也知道那一片漆黑的芳草地。书上都这么形容。陈小多觉得身体猛地绷紧了，浑身的劲儿东奔西突，恐惧被更大欲望覆盖，他一翻身到了郑青蓝的上面。他觉得自己必须得干点什么。

　　"青蓝，我。我，青蓝。"他说，太阳穴在擂鼓，"管不了了！"

　　他把郑青蓝的腿分开，跪在她面前。他身体的各个部位都在哆嗦，郑青蓝突然睁开了眼，两条腿剪刀一样合上了。"不行！"她抱着衣服坐起来,又抓起一件扔到陈小多的腿上。陈小多感到了难堪的恼怒,仿佛突然意识到自己的被遗弃,以及身体的羞耻和不洁:"你,怎么……"他赶紧用衣服遮住两腿之间。他看得见自己精瘦的上身的一根根可耻的肋骨。

"我不能,把你带坏了,"郑青蓝说,捂着脸哭起来,"你走吧。她快回来了。"

"谁?"

"她。烧过香该回来了。"

陈小多觉得整个事情就是个理不出头绪的骗局。都什么事啊这是。他的左裤腿老是穿不进去,他的脚在裤子里绝望蹬腾。

"我真的不能,我希望你能好,"郑青蓝泪流满面。她拿掉衣服,精溜溜地站在床上,"你要难受,我给你看。你想看什么我都给你看。可我不能把你带坏了。"

陈小多只觉得烦躁和愤怒:"神经病啊你!"

郑青蓝看了眼墙上的石英钟,说:"快,你到沙滩那儿看一下,他们别把柳斌给打死了。"

陈小多歪头瞅瞅光身子的郑青蓝。今天真他妈见了鬼了,怎么全都是没头没脑的事。"你说什么?"他问,有点转不过来。

"他们约了柳斌,我怕闹出人命。"

陈小多歪着头试探地问:"那大胡子?"

"你快去!"

陈小多头重脚轻地往外跑,听见郑青蓝在屋子里哭。莫名其妙,他妈的真是莫名其妙。他跑进家门,陈医生已经回来了，劈头就问，去哪游尸了你？门都不锁。陈小多没时间理他，推上自行车就往外跑。

　　金沙银沙的沙滩，两个人在踢躺在沙滩上的柳斌，两人都穿牛仔裤，其中一个是光头。大老远就听到柳斌的哀号。四下里没有人烟，水上乐园的工程只存在蓝图上，船也只有一条，慢得如同停在了运河中央。那种踢法让陈小多想起大学门口的惨案，做家教的大学生就这么被活活踢死的。他屁股离座伸长脖子喊："别打了，要死人的。"那两个打手闻声又来了几脚，撇下柳斌跑了。他们顺着船走的方向跑，与陈小多迎面，只是陈小多在河堤上，他们在水边。陈小多认出其中一个是戴戒指的光头，在学校里见过。光头他们继续往东跑，船也动起来。

　　柳斌的叫声让陈小多心烦，这帮主做得有点丢人，哼哼唧唧的。他下了车跳到沙滩上才发现不对，柳斌像个大虾弯成一圈，周围的沙子是红的。柳斌看见陈小多，说："手。我的手。"他把右手像战利品一样举起来，食指和中指只剩下了半根，血已经凝固了，黑红色的整齐的横断面看上去相当怪异。他们把那两个手指废了，让他再也握不了小斧头。柳斌指着河水说："手指，帮我找一下手指头。"陈小多先扶他坐起来，这家伙差不多成了无脊椎动物，软塌塌地坐在沙子上，鼻青眼肿，下嘴唇从里面翻出来，眉毛都被拳头打斜了。看他那样内脏应该没大问题，否则没精力老想着手指头。十指连心，柳斌的五官疼得错了位。快，快，求你帮我找一下手指头。陈小多就帮他找，河水冲上来又撤回去，沙子越洗越干净，有多少手指头也被带进运河里了。

他在二十米外的地方找到一把小斧头。在斧头附近继续找,最后找到白白胖胖的一小截肉,指甲的颜色都变了。他把手指头放到斧头上端到柳斌跟前:"是这个吗?"他实在不愿意用手去拿,看着都恶心。柳斌对这个陌生的东西盯了一阵子,一把抓到左手里:"是这个就是这个,我的。"塞进了口袋。

"你救了我,谢谢。"柳斌说,疼得嘴里继续咝咝啦啦地往外出气,"再帮个忙,送我去医院。"

前一句还像个受难者,后一句帮主腔就出来了。见人说话,陈小多很不喜欢。他在柳斌对面坐下:"等等,我先歇会儿。"他转着小斧头说:"如果不是看你这副尊容,我真想给你补上两斧头。"

"兄弟,你就这么恨我?"

"恨你的人很多。"

"郑青蓝那事真不是我干的。"

"跟你没关系?"

"手下的兄弟只跟我说过,她姑妈是干那个的。后来又传出的那是她亲妈,跟我一点关系都没有。绝对没有。我怎么知道那是不是人家亲妈呢。我也是听人说的。"

"谁?"

"刚才打我的那个,光头。狗日的在校园里亲口对我说的。"

陈小多就不明白了,绕来绕去竟绕到大胡子那里了,有点晕。其中的因果关系在哪儿呢。"头是你开的,你别打算不认账，"陈小多说，"反正你不是好鸟。你把郑青蓝给坑了你知道吗？"

"我是真心喜欢她，开始就是想逼她就范，谁知道事越弄越大。我也没办法。"

柳斌把左手无辜地摊了摊。这动作也让陈小多生气，站起来对着柳斌的左腿踢了一脚，小斧头在自己手里，他不怕。柳斌叫声凄厉，吓陈小多一跳。

"我腿可能折了。"

"真的假的？我可没用力。"

"光头踹的。求你了兄弟，送我去医院。"

"好吧。"陈小多觉得今天有点荒唐，竟然要送柳斌去医院，做圣人来了。柳斌那条腿站不住，他把他架到河堤上，再架上车。准备蹬车时发现斧头还攥在手里，顺手扔进了运河里。陈小多说："你可坐好了，我技术一般，掉下来别怨我。"

开始他还想慢悠悠地骑，但柳斌在后头不消停地哼唧，陈小多不忍心，送佛送到西吧，蹬车的速度一圈比一圈快。

那天他在医院里一直忙到晚上九点才回家，安排柳斌急诊、拍片、B超、化验，又去找人通知柳斌父母。折腾一圈下来，比柳斌还累。那半截手指头是白捡了，医生说都泡成这样了，我可接不了，带回家喂狗吧。左腿骨折，照拍出来的骨片上显示的严重程度，带三个月石膏夹板都未必管用。柳斌一听就急了，说：

"会残废吗？我还要高考哪。"

医生说:"还惦记高考?先求菩萨别变成瘸子吧。"

"医生,我真要成瘸子吗?"

"我希望所有人都能好胳膊好腿,还是有那么多人瘫痪不起。尽力吧。"

等柳斌躺到了病床上,他父母还没到。陈小多百无聊赖地围着床头转圈子:"你怎么跟光头他们混到一块了?"陈小多想知道的其实是,柳斌的这次挨揍跟郑青蓝究竟有什么关系,大胡子跟郑青蓝有什么关系,还有,跟他今天下午脱了裤子又穿上有什么关系。光头是给大胡子做事,为什么光头又要到校园里张扬郑辛如是郑青蓝的亲妈呢?这个逻辑有点乱。

"光头跟我约,就是见个面。"柳斌躺在床上,半个身子缠在绷带里,抖着腮帮子上的肉对陈小多说,"他说你不是想知道郑青蓝的事么,好,下午三点半沙滩上见。记着,就你一个人。我怕出事,斧头别在腰后。我到的时候,他们已经在那儿,船慢悠悠地在水里晃荡,他们坐在沙滩上说着方言。那种奇怪的方言我没听过,偶尔呜噜一句像说梦话。我跟光头握手,另外那个狗日的从背后就把我放倒了。要不是来他妈的阴招,谁放倒谁两说呢。想我柳斌英雄一世,倒着了这两个王八蛋的道。"

"打住,打住。"陈小多听不了他发感慨,"你还是留点力气养养骨头吧。你看叔叔阿姨来了,有人照顾你了。叔叔好,阿姨好。别哭,他没事。不客气,应该的。你们聊,我先回去了。"柳斌的爸妈是农民,看见儿子残缺地躺在床上,伤心得不得了,他们想儿子这下可怎么办,大学没时间考了,要成了重度残废,以后娶媳妇都要受影响。柳家的独苗啊,他们哪想得到儿子做帮主时的八面威风呢。

陈小多骑车回到家,饿得肚子里都没力气叫了。家里除了爹妈,还有郑辛如。郑辛如听见自行车声就迎出大门,问:"千帆回来了,千帆,你知道青蓝去哪儿了吗?"

"不,不知道。"郑辛如的问话让他回不过神来,他把问题又重复了一遍,"她去哪儿了?"

陈医生说:"这不问你么。"

陈医生老婆说:"你没听明白啊,咱儿子也不知道。"

郑辛如倚在门框上,眼睫毛绝望地耷拉下来。"去哪儿了呢?"她嘟哝着,"她把衣服都带走了。我跟你说了烧完香就回来,我还给你买了五香鸡胗。"

陈医生安慰她:"青蓝说,她就是出去走走。没准过会儿就回来了。"

下午陈医生煮完注射针头,端着高压锅向门外泼水的时候,看见郑青蓝背着包从花街里走出来。她还笑着说叔叔好。陈医生问:"出去啊青蓝?"郑青蓝说:"出去走走,叔叔你忙。"

陈小多说:"爸,你看见她去哪儿了?"

"我就看见她往河边走。泼完水我就进屋了。"

"你爸大的都忙不过来呢。"陈医生老婆撇着嘴说。

"少说两句会死?"陈医生白她一眼。

"不就出去走走嘛,能有什么事?"陈医生老婆抱着胳膊站在房间中央,"大惊小怪!我们家千帆出去一个多月也没见你急成这样。"

陈医生跟她扯不清楚,就劝郑辛如,孩子闷了出去走走正常,想明白就回来了,太公在此百无禁忌,一切都不必担心。陈小多肚子里有鬼,又说不出道道,也只能往宽心处劝。既然耳朵是用来听别人说话的,劝慰就总会起到效果。郑辛如悲凄地点头,大晚上待在别人家里无济于事,只能空荡荡地走回老屋。

她想不明白,这孩子最近撞上鬼了,前些天从早上起来就跟你别扭,洗脸水她觉得温度不对,吃饭她说筷子不一样长,喝汤嫌味道淡,睡觉时说蚊子叫声太大,那麻花拧得,娘俩成仇人似的。昨天晚上又突然变好了,和过去一样知冷知热知道心疼人了,睡前还问候我一声,今早起来还帮我挤了牙膏、端了早饭,嘱咐我去二王庙路上当心,带上雨伞。她说水边的天晴得好阴得也快,没准雨把人拦在半路上。

她挑今天日子不错,去二王庙上了香火,让所有的神仙保佑她们娘俩。奢侈的愿望她不会提,只需要平安温暖,过正常的好日子,竟把她给保佑丢了。长这么大她哪天离开过自己呀。郑辛如每根神经一直到末梢都慌慌张张,她预感到身体的某处要痒。可我的要求不高啊。

陈医生老婆站在房子中央继续说:"不出去怎么回来?看她慌的,每块肉都哆嗦。多大的事。"

陈医生借口钻研医术,抱着一张穴位图指指点点。陈小多上了楼，床单凌乱，留着下午的痕迹。这说明这奇怪的一天是真的。为了继续确证，他到阳台上看郑青蓝的房间，灯亮着，窗帘上印了郑辛如抽泣的影子。从影子看，娘俩的确很像，但这个影子的年龄明显偏大。

第二天上课，郑青蓝没回来。

第一节课下，谈正午和周光明向陈小多报告一个好消息：他们俩把对对眼放倒了。在对对眼回家的路上，上周五傍晚，他们俩守在竹林子里，一举将对对眼成功拿下。

说来话长。要在课间十分钟里说明白，谈正午和周光明只能长话短说。我们戴上面具，就是上次我们仨一起用硬纸板做的《西游记》面具，我是孙悟空，光明是猪八戒，他想戴沙和尚，我说沙和尚不吓人，傍晚时候猪八戒才吓人。沙路经过大桥头那儿有片竹林，你知道的，我们经常骑车去竹林里网鸟。那条路天一黑就没人走，我们侦察好了，每周末对对眼回家都走那里。我们的对对眼老师平常住校，只在周末回家。他骑一辆飞鸽牌旧自行车，车头上挂着一只人造革黑皮包，车后夹着一布袋要洗的脏衣服。他老婆周末得给他洗衣服，给他做饭，陪他睡觉，还有，得帮他收拾眼镜，擦洗干净了放进眼睛盒里。找不到眼镜对对眼就是个瞎子。所以，要搞他首先得搞掉他的眼镜。

话说我们潜伏在竹林子里，很多麻雀傍晚回来歇息，鸟叫声大如一片海洋。这个比喻不错吧。当时我就跟光明说，早知道我能说这么好听的话，我应该去当诗人。当了诗人就可以骗几个小妞玩玩了。我同情你，作文写这么好，一个都没彻底泡到。我说的这个是郑青蓝，你敢说你泡彻底了？就是把她上了？好，好吧，不低级趣味。对对眼来了，他的破车子响动我熟悉，左右两边晃荡时响声不对称。我们俩拔过他的气门芯，扎过他的车胎。当然是抓到我们作弊之后，谁愿意随便干坏事。我们从竹林里露出头，很好，周围一个人没有，我们大喊一声跳出来，我们说："给大爷留下买路钱！"对对眼一紧张，车轮子在沙子路上开始打滑，扭两下大秧歌就摔在地上。说时迟那时快，我像打虎的英雄武松一样，一脚踹他屁股上，对光明说："眼镜。"光明对着掉在地上的眼镜跺一下脚，左边的镜片碎了。我们只打算碎他一个镜片，得让他留一只眼摸回家。

然后？光明把他自行车气给放了，前后两个轮子都放。对对眼没了眼镜动作就不利索，刚要站起来我就伸过去一只脚，他又倒了。刚爬起来又倒下，三番五次，我都烦了。我就踹他自行车，轮子包了饺子，链条也掉下来。光明解开他的布袋子，一口气扔出来五条内裤，这家伙厉害，加身上的那条，一周上五天课他得换六条。他拿内裤干什么使了？反正我就是不能让他顺顺溜溜地站起来。他伸出手乱挠，像瞎子摸象。一会儿问我眼镜呢？一会儿又说，你们是谁？我怎么得罪你了？我和光明开始不搭他的茬，说好了埋头苦干不吭声。后来被他问烦了，对对眼的确挺烦人，他能把同一个问题翻来覆去地问上几十遍，我干脆说，说了你能把我们怎的，老子不念这破书了。我还想再具体点，光明提醒我来人了，前面有辆车开过来，天还没黑透就打开大灯，晃得我眼花。我说撒，咱俩就像小鸟一样隐入了竹林。千帆，这句像不像诗？以后你要写小说，我就写诗去。解不解气？当然解气，太他妈的解气了。

把对对眼弄一顿，高不了考也值了。光明，你说是不是？

十分钟时间里谈正午嘴皮子上下翻飞，插根针进去都难。若是按单位时间内语言流量计算稿费，谈正午绝对是挣钱最多的人。他刚讲完上课铃就响了。周光明最后插上一句话，说：

"嗯，揍了对对眼，心里好受多了。"

下一个课间他们俩就被班主任叫去了办公室。陈小多想，一定是东窗事发了。没想到他们俩羞答答地回来了，分到了红烧肉似的。高考资格他们可能又有了。陈小多说："好事怎么全让你们摊上了？严重祝贺，领导也有良心发现的时候，这是社会的巨大进步。不过，他们为什么要大赦天下呢？"周光明说：

"郑青蓝主动招了。"

陈小多头皮都麻了："她招了？人呢？"

"据班主任的情报，她在信里说的。她给校长写了信。"

"她真不想念了？"陈小多觉得问题大了。

从莫名其妙的床上事件开始，到柳斌被打，到现在的写信自首，这一串子事似乎是郑青蓝早就谋划好了的。她到底想干什么。

"千帆，哥们儿可没逼过她。"谈正午说，"我和光明没跟她提过任何事。"

"我们压根就没跟她说过话。"周光明无辜地说,"不信你可以问她。正午,"他突然琢磨过来了,"咱们整那对对眼不会出问题吧?"

下午上课前,他们俩再次被班主任召见。课上了一半才放回来,面如土灰,头低毛耷那样子,陈小多就知道这回不可能是好消息。果然,对对眼告到了学校里,他断定放倒他的就是谈正午和周光明。他们无视师道尊严,公然打击报复,完全是黑社会流氓,是可忍孰不可忍,学校能忍我可忍不了,要给人民教师一个公正的说法。这已经不是处分的问题了,要见官司,进法庭和派出所。陈小多都不知如何安慰他们俩,谈正午实在嚣张过了头,打就打了吧你开什么腔,早就过了学生打老师可以成就英雄的时代了你又不是不知道。开历史倒车。

陈小多一直为郑青蓝的事烦躁和难过。主动招认,基本上意味着放弃高考资格,不高考她想干什么?希望她回来时上面能网开一面。他不担心她把他也供出来,供出来也好,分担一桩因他而起的灾难他才会心安。一辈子抱着一包炸药心神不宁,这种事他不想干。既然郑青蓝认了,谈正午和周光明多少算有戏了,偏偏又整了对对眼。真他妈无巧不成书,就不让你好好过日子。

最难过是周光明,以为死翘翘了却又绝地逢生,刚看见太阳,乌云又大兵压境,心里的那朵小花还没来得及开放啊。操你妈的谈正午,你嘴上长脚气了还是得痔疮了你非要多那两句。跟你混我他妈的算是没前途了。周光明后悔得差点肠扭结，直想拿脑袋撞墙。

正如我们所料，一周以后，谈正午和周光明被学校开除。

三个人在运河边的小饭馆里道别，桌上摆满了啤酒瓶。阳光照到酒瓶上，个个像手榴弹。上次的易水送别只是个假设，这回是来真的。真的和假的不一样，试过了才会知道。他们边喝边哭边笑，好像刚从精神病院逃出来的。话少酒要多喝，陈小多从来没喝过这么多，他把自己往死里灌。他们是兄弟，哥们儿，他们准备投奔周光明表哥所在的县城的那个武术学校。谈正午哈哈哈地说，老子好好学艺，过两年回来还是好汉。周光明只是咧开嘴哭，妈的高不了考了。陈小多不知道该跟他们说什么，可能一肚子话，可能一句也没有。他清醒的时候记得自己只管喝酒，无话可说；喝多了以后说没说、说多少，就不清楚了。他最先倒下，被谈正午和周光明送回了家。

第二天早上陈医生老婆对陈医生说，你这个儿子还不如你，喝醉了酒只会说两个字：走吧，走吧，然后就放声大哭。

24

但是郑青蓝一直没有回来。陈小多坐在课桌前,把一封潮湿的信翻过来掉过去地看,背面都看了。它从水上来,沿着运河弯弯曲曲地走,到河边的这所中学,班主任远远地对他挥手,陈千帆,你的信!同学里很少有人能收到信,只有离开的亲人才会给你写信,而我们所有亲人都在身边。一群人围上来要看新鲜。陈小多看见信封上的字,心跳开始加速。他把信对折塞进裤兜,对同学们说:

"散了吧,不是《告全国同胞书》。我姑妈家的妹妹。"
信没头没尾,一张纸,称谓落款都没有:

我在水上漂游,远离花街和石码头,很好。我终于离开了。可能会继续念书,也可能再也不会看一个字。他对我很好,也可能不好,我不知道。老是做梦,好像这些年的生活都是梦做出来的,我自己,原本就是待在船上。有一天船过石码头,我看见你歪着头坐在门槛上,你看不见我。我很好,请转告所有人,转告我妈,照顾好自己,我很好。一切都好。

陈小多把信一直装口袋里，犹豫是不是要告诉郑辛如。这些天郑辛如精神很不好，一大早就去河边转悠，见到人还像往常一样笑，说随便走走，老待在家里闷。街坊邻居不知道郑青蓝的事，随口问，怎么没见你们家青蓝呀？郑辛如继续笑笑，去她舅舅家了。陈医生老婆在窗户前看见了，对陈医生撇撇嘴说，就不回来看你还嘴硬，让你找。陈小多当天没告诉父母和郑辛如，第二天也没告诉，到了第三天，想告诉反倒胆怯了，为什么拖了两天才说？他讲不清这个道理。然后想，就让郑辛如先等等，等至少还存了点希望，她还可以去河边找，若知道了郑青蓝如此决绝，那去河边的念想都断了，郑辛如一大早起来该往哪里走。此外，陈小多希望收到郑青蓝的第二封信，没准她会反悔，再写一封信告诉自己她要回来，至少会在信封上留下个详细点的地址。现在这个信封的右下角郑青蓝写着：地址内详。信里面压根儿没提到。

再等等吧。

两周后陈小多收到另一封信，从班主任那里接信时心跳的振动都传到了手上，五根手指扑通扑通乱蹦，看了信封才知道，是谈正午和周光明寄来的。他们俩说，我们已经开始了伟大的武术生涯，相当没意思，整天就是跑步、做俯卧撑，对着个沙袋抡拳头，老师不高兴了才让我们蹲马步。武术不好玩，还不如在学校念书。这些都是周光明执笔。只有最后的"想念兄弟"是谈正午写的，这四个字是郑青蓝体。想念兄弟。陈小多能想象他们训练时的模样,一群人赤膊上阵,从头皮开始往下流汗。这样热天里的大太阳,谈正午和周光明要晒成黑铁蛋了。陈小多鼻子发酸。想念兄弟,他们还在那个遥远的武术梦里吃苦流汗。

这一天学校公布会考结果,陈小多全过,可以顺利参加高考。没有预想中的激动,同学们相互祝贺的时候他从教室里走出来,心里空荡荡的。别人告诉你,通过了,"通过"两个字就可能决定一个人的命运,有点荒诞。其实每次成绩公布时,他都有这感觉,一个轻描淡写的分数,这就是你整天哼哧哼哧为之努力的东西。这努力、奋斗变得很抽象。他在校园的梧桐大道上遇到兔子,这个泼辣的女生有两门没过,不过她不担心,可以补考嘛,补考也不过,大不了不高考,鸟大学,不上会死啊。兔子穿一件火红的连衣裙,越发显得人白,这是只燃烧的白兔子。的确,她对任何关心的事情都充满激情,说两句就换话题问郑青蓝的事,这人到底他妈的怎么回事?会考各门都是高分通过,人却没影了。简直糟蹋了个好分数。

"没取消她高考资格?"

"没有啊。好容易逮到一个好学生,哪舍得取消。"说话时,兔子嘴里还含着从校门口买来的冰棍,"班主任说,本来教育局是有抹掉的打算,校领导就跟教育局拼命地烧香求情,没准都磕头了。咱们学校每年能考上几个呀。她人到底跑哪去了?"

陈小多想,我他妈还想问你呢。但说出口的话是:"有空吗，出去走走？"

"没问题啊，你都不怕别人说闲话，我怕个屁。"

"什么闲话？"

"跟老娘装纯洁？人家会说，才子陈千帆跟兔子有一腿了。"

陈小多说："我都这样了，怕个鸟。"

他就想和兔子说说话，这学校里真正对郑青蓝上心的人大概也就他们俩了。他们俩在校门口的运河边走了好几个来回，反倒没说上几句话。实在是无话可说，不知道说什么好，就转个身回来了。

郑青蓝依然没消息。再拖下去很不合适，得告诉郑辛如。但陈小多很是担心郑辛如，郑辛如的颧骨在一天天变高，两个腮帮子在往下陷，眼睛开始变得更大，大而无神，她硬是不吭声，见了谁其实都想凑上去问一句：见着我们家青蓝没有？找个什么场合说破好呢，陈小多为难了。

傍晚他在阳台上往下张望，黄昏涌进老屋和院子，老屋里没开灯。郑辛如和一只野猫坐在井台边，握紧右拳头捶左胳膊，抬头看见了陈小多。

"千帆，有事？"

"没，没事。阿姨你不舒服？"

"就是痒。忍忍就过去了。"

"让我爸给你看看，他昨天说又找到了一个方子，应该管用。"

陈医生倒是一直没耽误琢磨，中医西医，中药西药，经典方子大路方子野方子和旮旮旯里的偏方子，沾点边的都搜罗来，一本本地往家里买医书。但他昨天根本没说过找到了啥别致的方子，陈小多纯属顺嘴瞎说，为了把下一句应付过去，舌头跑在了大脑前面。他没想清楚该怎么跟郑辛如挑明。郑辛如真就站起身打算过来。这些天她一直不好意思进陈医生家，怕陈医生老婆追着问，知根知底地追问你什么也藏不住，就忍着，再痒也想办法忍着。陈小多这么一说，给了她一根竿，痒得已经逼着她只能见竿就上了。

陈小多赶紧往楼下跑，跟他爸说："郑阿姨要来看病，你再给她扎两针。就说有了新方子。"

陈医生端着碧螺春没听明白："儿子，啥意思？"

陈医生老婆正坐在电视前纳鞋垫，说："我养的好儿子，你看看，给人当托儿了呗。"电视里在重播连续剧《渴望》，她看得入迷，绝大部分对白熟悉得都能背下来，还是要看。只要播，她就会坐在电视前，弱一点的雷声小一点的雨都别想让她离开电视。

陈小多只好说："别吵了！我就是想告诉郑阿姨，郑青蓝来信了。"

"那丫头在哪儿呢？"陈医生老婆耳朵一凛，来了另外一种精神，"信上说啥了？"

郑辛如敲响了门。陈小多过去开，说："我爸把银针都准备好了。"

陈医生拿着银针盒子站起来，一群银针在精致的银白色铝盒子里沙沙地叫。郑辛如对陈医生夫妇笑笑,那笑稀薄、心虚和胆怯,她说,真不好意思,又给你们添麻烦。陈医生老婆凉着脸不吭声,面对陈医生的椅子坐下来,拿出一只眼瞅着电视,把穿过鞋垫的红黄双色棉线拉得长长的。陈医生说,不客气,你坐。见她捋起袖子,又说,到胳膊上了?这地方我有办法了!

陈医生说他有办法,是因为前两天他坐在藤椅里使劲地想如果我的胳膊痒,我该怎么对付?他使劲地想啊想,真的就痒了,越想越痒,感到有一堆小虫子在往里钻,痒得瘆人。他高兴坏了,对着在厨房里忙活的老婆大叫,多他妈,我痒了!气得老婆一菜刀剁进砧板里,你痒了你跟那骚货一块过吧你!陈医生说,你看你说什么话嘛,我是说可以方便对症下药了。你就下吧,老婆把砧板连菜刀一起拂到地上,我看你是脑子里进屎壳郎了!

陈医生说:"我有办法了。"

陈医生老婆冷笑一声说:"你太有办法了。"

"没事,"陈医生扶着眼镜对郑辛如说,"别听她的,更年期提前了。是这儿吗?好,像虫子往里面钻?对,我明白。河谷穴、行间穴和申脉穴一起扎,不会错。过去没人这么扎过,我试验了,好使。"陈医生让她脱掉鞋子卷起裤腿,准备先在脚后跟处的申脉穴下针。

一截小腿露出来,因为焦虑皮肉稍显松弛,依然白腻得扎眼。

陈医生老婆两眼都离了电视,说:"千帆,你不是说青蓝来信了吗？念给妈听听都说啥了。"

虽然她的声音不在正调上，陈小多还是挺感谢他妈，总算给他开了个头。果然郑辛如跳起来，说："青蓝的信？在哪？千帆你快告诉阿姨！"

陈小多掏出信递过去，郑辛如的手和嘴唇急得直抖，抽出信时把信封口都扯坏了。陈医生和老婆也围上来看。信很短，他们看的时间很长。陈医生老婆甚至一个字一个字把信念出声来。念到"我妈"两个字时，她拍了一下手掌："我说呢，我早就该看出来了！还姑妈还侄女，骗鬼呢！"郑辛如根本不理她，把信翻过来找字。

"没了？千帆，"她说，"还有呢？"

陈小多说："都在这里了。"

"她没说她在哪？"郑辛如整个人都在抖，嘴唇干白。

"没有。"

"信从哪里寄来的？"陈医生问。

陈小多想起信封上盖的邮戳，字迹有点模糊。于台？好像多了点东西。陈医生说："盱眙。一定是。运河一直通到那里，还有淮河。"

"在哪？"郑辛如一把抓住陈医生的胳膊，"你告诉我盱眙在哪？"

西山墙上贴着中国地图，陈医生被她抓着推到墙边。"这里。我们在这儿。"陈医生的手指从石码头开始出发，弯弯曲曲一路前进，到这儿："那里有山有水，很多年前我跟千帆他爷爷去过，是个好地方。大文豪苏东坡和大书法家米芾都去过，米芾还在山上的一块石头上留了字：第一山。"陈医生老婆不知道什么苏东坡和米芾，看见丈夫被别的女人一直抓住不放心里很不舒坦，也不管电视里刘慧芳怎么受苦受累了，从郑辛如手里抢过信，点着那张纸说：

"'他对我很好，也可能不好，我不知道'。这个'他'，谁呀？"

郑辛如转过身，伸手要信，目光有点乱："我不知道。我怎么知道。"

想要多个心眼是件多么不容易的事，陈小多经事还少，所以他张嘴就来："我猜是那个大胡子。"

"哪个大胡子？"他妈说，"噢，我想起来了，就是经常来的那个？他不是……"她指着郑辛如，"来找你的吗？不会你们娘俩……"

陈医生呵斥她："别瞎说！"

"我就是这么一说，不是真的当然最好了。"她也觉得自己过分了，悻悻地拿起剪刀低下头剪鞋垫上的一根线头。

郑辛如的脸都紫了，整个哆嗦得不成样子。陈小多担心这个很多天都没正经吃饭的女人要倒下来。

陈医生赶紧说："别听她的，你坐下，我们来扎针。你还痒着呢。"

"我痒！我痒！"郑辛如像得了疟疾，脖子神经质地缓慢转动，突然从陈医生老婆手中夺下剪刀，对着左胳膊痒痒的地方一剪刀扎下去。血不是武侠小说中写的那样像焰火一般迸溅而出，而是慢慢流出来，细长嘴的剪刀穿过胳膊，迟钝了一两秒钟，血才顺着剪刀尖先滴再流，慢慢成了粗壮的一根红线。陈医生一家都呆了，这样的自残是需要相当勇气的。陈医生老婆捂住嘴叫起来。捂嘴的时候忘了手里还捏着针，针扎进了嘴唇里，跟着又叫了一声。郑辛如还攥着剪刀，嘀咕着，"我痒！我痒！"她是把"痒"当成了自己和敌人，要一遍遍诅咒，要怒其不争。

陈医生让她别动，幸好没伤到血管。他给剪刀两头消了毒再慢慢拔出剪刀，接着再消毒包扎。整个包扎过程没人吭声。郑辛如一脸绝望的视死如归表情，什么都不需要说。陈医生要认真包扎，也想不出说什么好。陈医生老婆一屁股坐在凳子上，完全傻了，嘴唇上的血珠子渗出来掉进衣服里也不管。她没想到会这样，后悔自己的小心眼，后悔得想跺脚跳起来。陈小多两胳膊张开，成了只茫然的大马猴。家常的氛围里惊现如此激烈的血光之灾，他还很陌生，脑子有点跟不上。

用了两瓶云南白药、四卷绷带、一大盒酒精棉球，然后打消炎针，开了一堆消炎药。郑辛如离开时依然没说话，也不说胳膊还痒不痒，只是过一会儿掉下来几颗眼泪。她把信还给了陈小多，要走了信封。她走后，陈医生老婆给了自己一个嘴巴子，对着纳了一半的鞋垫哭起来。她是真伤心，不管过去怎么想，刚才郑辛如那触目惊心的一剪刀，什么怨恨都没了。要说怨恨，郑辛如这女人该有多大的怨恨。她的鞋垫上正绣着四个字：幸福之家。"家"字绣了一半，代表房子的宝盖头下面还空着。

第二天一清早，陈小多还在做梦，陈医生老婆打开门，看见郑辛如右手拎着一只箱子上了石码头里的一条船。她爬上二楼阳台往老屋院子里看，和平日没有区别，好几种花还在墙角开放，花瓣和枝叶上缀着露珠，只是三间屋的门都锁上了。她把陈医生叫醒，说："那个郑，她不会是搬走了吧？"陈医生坐起来，转了转脑袋让自己清醒。

"肯定是去盱眙了。"

陈医生老婆松了口气："她要是还住咱们老屋，咱不要租金了。"

陈医生说："听老婆的。"

"哼，就知道你巴不得！男人没一个好东西。"说是这么说，陈医生老婆这回显然没往心里去，"想起来了，你那痒到底怎么样了？"

陈医生摆摆手让她别出声，对着右膝盖小声咕哝："痒。痒。痒。痒。"两分钟之后，他开始挠膝盖，"痒了，痒了！他妈的真痒了！"

老婆觉得这事诡异，想痒就痒，相当于心想事成了，这成了什么事。"不是痛风吧你？"

"痛风那是疼，这是痒。"陈医生催着老婆，"快，快拿银针。"

老婆把银针拿过来，陈医生开始摸索着给自己扎针。一边扎一边说:"有点怪。要是真成了意念生病,那还有点麻烦。"

一个早上陈医生就在床上试验,记不清究竟扎了那个穴位,痒痒竟然就止住了。收起银针下床时,他已经不知道这想痒就痒是福还是祸了。

如果陈医生能够预见到以后的事,他会绝望得躺在床上起不来,因为的确从这个早上开始,他完全可以做到想到哪就痒到哪。任何时候,不管他在任何地方,只要有了意向,头脑里的想法就伸出了很多只细铜丝似的小手,随时随地迅速出击,深入,抓挠,往骨髓里探,痒得让陈医生必须立马下针。他必须随身装着铝合金银针盒子和一团酒精棉球。

陈医生成了病人。刚开始还挺高兴,他在很短的几天里就把全身各个部位的痒都想出来了,随之也就发现了医治这些地方的针灸良方,每扎好一个痒处他都觉得自己离扁鹊、华佗和张仲景们近了一点。后来就不行了,扎遍了全身他就只能感到痛苦了,这么没尽头地扎下去,扁鹊、华佗和张仲景只会变成筛子。陈医生宁愿做个平庸的医生,也不愿为了当扁鹊、华佗和张仲景而变成筛子。他很难过,没事就坐电视前,一直盯到屏幕上出现了"再见"和雪花。

陈医生老婆心疼丈夫,就宽慰他:"咱别急,练好了等郑辛如回来,一把手把她的毛病全治了。你是在惩前毖后,救死扶伤,就跟毛主席他老人家说的那样。"

陈医生嚼着碧螺春茶叶苦笑笑:"只能这么想了。我为人人,人人为我。"

25

半个月还多两天，黄昏之前，郑辛如拎着箱子回来了。从石码头上岸，简直变成了另外一个人。变瘦了，变黑了，眼更大了，神采少了；头发变短了，因为长头发要花费很多时间梳洗，理好了风一大也乱，干脆对着旅馆的镜子咔嚓咔嚓自己剪掉了，在南大街的理发师路明看来，剪得生硬结巴很不好看。陈小多觉得还行，甚至有点别样的风味，可能就是电视上没事就说的那种前卫和时髦。前卫和时髦就得跟看顺眼的不一样。后来陈小多到南京念了大学，的确看到大城市里的很多女孩子都剪这种参差囫囵的发型，咔嚓这里一下，咔嚓那里又一下，剪刀注意力十分涣散，但大家都觉得很酷。郑辛如上岸的时候筋疲力尽，走路膝盖弯老想对折，左胳膊上还缠着绷带，显然已经换过，显然也已经很不干净，白绷带变黄了。她把箱子拎上一个石阶就要歇一下。石码头没变，花街也不会变，郑辛如看不见变也看不见不变，对她来说唯一可以安慰的是，石码头和花街都在原地没动，没有趁她不在的时候私自跑了。

陈医生老婆坐在门前择韭菜，抬眼看见郑辛如一步步从湿漉漉的石阶上升起来，她不能说自己一点都不惊奇。不由人地她就站起来，觉得这么迎上去似乎也不合适，拉不下那个脸。上一次见面还是敌人呢。她对屋里咳嗽一声，陈医生没反应，又咳嗽一声，说："人呢？挺尸啦？"

陈医生端着碧螺春走过来，看见老婆对着石码头努努嘴。一目了然。他想过去帮一把，又怕会错了老婆的意。老婆说："瞎了你？"陈医生放下茶壶小跑着迎过去。

"回来了？"他说，接过郑辛如的箱子。他明知道她不可能找到女儿，还是很想确证一下，但忍了忍硬是换了话头，"还痒么？所有的针灸方法我都找到了。"

郑辛如摇摇头。再也不痒了。这辈子都不会痒了。

陈医生一脚踩空，差点被箱子绊倒。怎么会这样？他不知道该为郑辛如高兴还是为自己难过。想起某一个神说过一句话，我不下地狱谁下地狱。看来真轮到我了。

陈医生老婆攥着一把韭菜还站着，讨好地说："回来啦？"

郑辛如笑一下，只是个笑的雏形，在嘴角闪了闪，风一吹就没了。

她连眼泪都没有了，陈医生老婆想，我怎么突然才发现这女人的不容易呢。她很苦，她一定很想哭，可是她没有眼泪了。然后就觉得自己两眼里装满了泪水，眼前的人和景晃晃荡荡含糊起来。

现在要说的是以后的事。

郑青蓝再也没有回来。这是个很不好的结局，但事实我们都不能随意改变。她没有回来,一趟都没回来,至少从来没有人看见过她回来。四年后的一个夏天下午,陈小多正在念大学的文科,回花街过暑假,闲着没事陪他叔叔陈子归出去跑长途。在安徽境内,解放牌大卡车沿着淮河岸边的柏油路行驶。天热,行人和别的司机都在睡午觉,他们的车可以肆无忌惮地跑。柏油路软软的,发黏,车轮经过时撕撕扯扯,像放一串没完没了的小鞭炮。陈子归一边开车,一边摇头晃脑地跟着录音机里的崔健唱《一无所有》,忽然对陈小多说:

"陈小多,看,那边,屁股屁股!"

陈小多听着鞭炮声昏昏欲睡,打个哈欠说:"说过多少次了,陈子归同志,鄙人陈千帆,看在亲人的分上,你可以免掉陈字,直接叫千帆。"

"好,陈千帆。快看,女人屁股!"

陈小多来了精神,扭头往窗外的淮河里看。一个年轻的女人蹲在船帮上往淮河里撒尿,白花花的圆屁股撅在阳光里,为了防止掉进水里,手里抓着一根系在货物上的绳子。旁边的凳子上坐着一个三四岁的小女孩,扎着两个冲天小辫子。小女孩在摇晃一个竹做的摇篮,摇篮里躺着一个更小的小孩。两个小孩都在码放整齐的货物的阴影里。这是条单放船,柴油动力挺足,因为马达声很大。因为蹲着,女人的屁股显得沉稳巨大,她把一件淡粉色底缀蓝碎花的普通旧连衣裙撩到腰部以上。短头发有点乱,从早上起来就没时间梳过,她在侧着脸跟小女孩说话。陈子归兴奋地吹了一声口哨,对着车窗外大叫:"嗨,屁股！屁股！"那个女人扭过头看了一眼，立马又转回去。

陈小多说："停！停下！"

叔叔不明白发生了什么事，车子停下来已经驶出去二三十米。

"倒车！倒车！"

"这么窄的路我怎么倒？咱不能为了看个女人屁股不赶路吧。"

"郑青蓝！"

陈小多打开门跳下车，撒开腿往回跑。单放船的方向和他们的卡车相反，速度并不慢。陈小多看着那女人站起来，先看了一下红色的内裤，提上去，再放下裙子。热蒸汽上升，置身阳光底下，十五米外的景物就虚虚飘飘，陈小多觉得她的红内裤如同一团燃烧的火焰。她低头弯腰推着摇篮车绕到货物的另一边，扎冲天小辫的小女孩搬着小板凳跟在她身后。三个人从阳光和阴影下消失了。从一个身材变了形的女人后背上，陈小多不敢肯定那就是郑青蓝。而且不知是否因为在她弯腰时裙子低垂，陈小多觉得她的肚子似乎又挺起来了，也许有了身孕。陈小多追着单放船跑，放开喉咙喊：

"青——蓝！青——蓝！郑——青——蓝！"

马达声轰隆隆地响，无人应答。陈小多只追到了一身汗，太阳晒得他头皮发麻，像炸了痱子。船把淮河分成两半，越来越远。水光耀眼，船也缥缈。陈小多绝望地蹲在地上，喉咙焦干。他哑着嗓子说，哭腔都出来了：

"青蓝，我是陈小多啊。"

"谁不知道你是陈小多。"陈子归走过来,对他屁股踢了一脚,"哪有什么郑青蓝,我看你是中暑了。上车,还赶路呢。"

"长得很像。"回到车上,陈小多说。

"想看人家屁股就直说。女人脱了裤子长得都很像。"

"真有点像。"陈小多继续嘀咕。

"想女人啦你。要不,叔叔帮你搞一个?再跑六十公里就有一家路边饭店,老板的闺女长得不错,你点一个菜她就脱件衣服,咱今天叫她全光,丝袜都不剩!想想看,光溜溜赤条条,简直就是盘红烧肉!"

"低级趣味。"

"你叔叔就是低级趣味。不低级趣味,这长途车谁一年跑到头给我看看?咱们家千帆不低级趣味,你倒是带个女朋友回来啊?我爹盼着孙媳妇都快盼出白内障了。"

陈小多不理他,还想着郑青蓝的事,真的看花眼了?也许吧。他现在近视,整天钻进图书馆看小说,视力从一点五降到零点三。他后悔没把眼镜戴出来。可是,戴眼镜跑长途好像不是那么回事,要戴也戴墨镜。

这些年郑辛如一直住在他们家的老屋里。很多人以为她会走,和很多外地来的女人一样,铁打的营盘流水的兵。但她没走,守着自己过。那一剪刀下去之后,再也不痒了。倒是陈医生的痒痒病很费了一番周折,折磨了他两年多,想起来就痒。大小医院去了不下十家,没用,那些医生懂得一点都不比他多。还找过三个江湖郎中,路子一个比一个野。第三个听说还是个业余气功大师。他肥嘟嘟的小白手在陈医生痒得钻心的小腿上方胡噜来胡噜去,问,感到了我的气没?陈医生不知所措地回答,感到了。他只感到了一股小风杂乱无章地掠过小腿肚子。如果气就是风,那他的确感受到了。最后去了大医院,经著名的心理医生调治才慢慢好转。心理医生说,往这边想,他就往这边想;心理医生说,往那边想,他就往那边想。第三年的年底竟然痊愈了。好了以后他回过味来,这治疗方法不就是跟自己当初得病是一回事嘛,方向相反而已。

郑辛如痒病没了,但这病不来那病来,杂七杂八的毛病她也生了好多种,包括个别难以启齿的妇科病。病来了就治,身体当然也撑得过去,人瘦了,也黑了,不像过去那么饱满丰腴和光鲜,早早生出了白头发。人要老起来,一夜的时间足够。

一个不挣那种钱的外乡女人坚持留在花街,有点古怪,而且眼看着她要在这里老下去。她和那些女人不同了,大家就想知道她的来路。如果她还做男人生意,别人就没这个兴趣了;挣钱而已,来了挣,挣了走,问那么多干吗?现在不一样,她像花街人一样在花街生活,她基本上就是花街人了。那得知根知底。但是,让你干着急,你没法从她嘴里套出来什么能平复好奇心的东西。她从哪里来,最终要到哪里去,也就是说,这个人究竟是谁,你没法知道。如果有人知道,那也只有一个人,陈医生的老婆,她们现在是好姐妹。陈医生老婆嘴虽然不闲着,但不该说的不说,只要她认准了,陈医生吹枕边风都不行。陈小多也好奇,刚念大三时有一天打电话回家还问了一句:

"妈,郑阿姨老家到底在哪儿呀?"

"知道了能当饭吃?"

"就好奇嘛。你看,我一看到'连云港'三个字就想,我外公外婆家在这个城市,我妈也在这里出生,长大。"

"知道了也没见你多孝顺。几年没去看你外公外婆了?"

"不是念书忙嘛。"

"忙得连自己外公外婆都没时间看了,你还有时间操心别人的外公外婆?"

"随口问问。"

陈小多知道没戏了,也就不再问。既然郑辛如不愿意说,既然她也嘱咐他妈不说,如果他妈知道的话,那一定有她们的道理。后来陈小多也想开了,纵她有天大的秘密又如何,都是凡人一个,谁还不是得一天一天地过日子。现在和将来都未必重要,何况过去。她能守住点神秘感,挺好。

郑辛如一个人住在陈小多家的老屋里,陈医生两口子坚决不再收她的房租。陈医生老婆说,只要她愿意,可以一直住下去。她在院子里辟出了一块小菜园,丝瓜、豆角、萝卜、小葱各样都种了一些,吃不完还会送点给陈医生家。陈医生老婆再有白大雁之类的新鲜好吃的,也分出一份送给她。现在她们俩的关系很好,闲了就凑在一起纳鞋垫绣花。陈医生老婆是纳鞋垫的好手,所有手艺都教给了她。她不做身体生意,鞋垫和刺绣卖的钱足够她一个人生活,每年还能攒上点钱。市区一家卖土特产的商店老板和洋鬼子有交道,隔三岔五到花街来收购鞋垫和刺绣，转手卖给洋鬼子。他说洋鬼子智商低，喜欢这玩意儿，你越土他们越喜欢，出手还大方。

纳鞋垫的时候电视机或者收音机常开着，一边干活儿一边聊天一边看和听。经常电视里唱黄梅戏，那曲调陈医生老婆和郑辛如都爱听，也都能唱上几段。陈医生老婆的嗓子不错，但做戏的姿态不行。有一回电视里又唱《女驸马》，陈医生老婆正端着杯水经过电视，顺手放下杯子跟着唱，做梳妆科。郑辛如点评说腰和手腕都硬了，要软，再软，柔若无骨。陈医生老婆就让她来试试。郑辛如放下鞋垫，跟着电视里的演员水光溜滑地做了一串动作，陈医生老婆觉得真好。那腰扭的，那胳膊弯的那手指头翻转的，最妙的要算那双眼和嘴角的笑。眼角带出了风，似媚非媚，欲说还羞，当真有戏子之态；嘴角的笑从容优雅，半开半合，是一朵花开到一半的最好时候。陈医生老婆觉得，这才是个真正的女人，一不留神脱口说了一句：

"到底是做过的！"

声音出来她就后悔，太伤人。果然郑辛如僵住了，然后迅速收拢起身体，低眉走到椅子上，一声不吭拿起鞋垫接着纳。陈医生老婆不知道该怎么办，道歉不合适不道歉也不合适，晾在电视机前。好半天，她才想起给郑辛如杯子里象征性地加点水，因为杯子里是满的。她端到郑辛如面前说："喝水喝水。"郑辛如喝了，没说话。从此陈医生老婆在郑辛如面前，有些话都得先过滤一下再说出来。而郑辛如，再也不让自己在别人跟前出现任何的风尘态。

都过去了。

三间老屋还是五年前的格局，一间堂屋当客厅，一间郑辛如自己住，郑青蓝住的那间还归她，照原样摆放，床、床单、被褥、拖鞋、床头灯、书桌、课本和郑青蓝用过的三角尺、圆规、钢笔和墨水瓶，都待在原地等着郑青蓝回来。郑青蓝没有回来。但是郑辛如相信女儿一定会回来。她把生活中任何一点反常的细节都看成是女儿回头的征兆：眼皮跳了，她开始打扫卫生，把青蓝的床单被子该洗的洗该晒的晒，为了青蓝回来住得更舒服；小腿肚子抽筋了，她会跑到石码头看看，问刚刚是不是有陌生的船经过这里；有时候收养的野猫不吃食，或者房前屋后哪儿有喜鹊叫，她都会跑出门去四下张望。见到陈医生老婆，就问，看见有人上石码头了吗？陈医生老婆不忍心打击她，不说没看见，而是说：看见了我就告诉你。

除了一个人必要的生活，郑辛如把剩下的钱都攒着，为了每年出一两趟远门。每次去运河和淮河沿线的一个城镇。出门之前，她请会写毛笔字的陈医生帮她写至少两百张寻人启事，在她去的城镇和码头张贴。她口述，陈医生写：孩子，回来吧，妈想你。郑辛如拎着满满的一箱子出去，拎着空箱子回来，当她满脸空白地回到石码头，陈医生夫妇就知道没找到。大家都不说破，也不问。一趟又一趟，生活就这么往下过。

陈医生老婆常替她难过，忍不住跟丈夫说："明知道找不到还找，这日子哪天有个盼头？"

"不找连盼头都没了。"陈医生说，"让她找。青蓝这孩子啊……"

有时候一群女人凑在一块,哪个嘴快了忍不住也会问郑辛如一句:

"你就这么等着青蓝回来?"

"我得等她回来,"她说,"我走了,青蓝回来去哪儿呢?"

她没说她年轻时也这样,远远地走,辗转,漂游,以为再不回来了,最终还是回来了。她带着女儿来到花街,让自己像树一样扎下根来。人都是要走的,也都是要回的。所以,她相信青蓝一定会回来。不在今天,就在明天,如果明天和后天都没回来,她就等大后天和大大后天。她想象某一个晚上,月亮初升,墙角花香阵阵,槐树在院子里摇荡只有家里才有的阴影;她在听黄梅戏《孟丽君》选段;她喂养的某只流浪猫刚好经过院子,忽然惊喜地竖直耳朵,叫声温暖;然后,有人沉重地敲响院门;然后,那个疲惫荒凉的人影站在她面前,说:

"妈,我回来了。"